KEITAI SHOUSETSU BUNKO SINCE 2009
野いちご

永遠なんてないこの世界で、きみと奇跡みたいな恋を。

涙鳴

STARTS
スターツ出版株式会社

どこかへ行きたいと願っても、病院という籠の中、自由なんて手の届かないモノだと思ってた。

　そんな私の前に、きみは颯爽と現れて……。
「欲しいものは、望んでるだけじゃ手に入らねーよ」
　そう言って、手を差しのべてくれたんだ。

「海へ……行きたい」
　きみと出会って初めて、私は自由になりたいと強く渇望した。

　そして始まった、ふたりで海を目指す旅。
　明日燃えつきるかもしれない命に、永遠、希望、奇跡なんてものはない。
　絶望だけが溢れるこの世界で、儚く脆い私たちは、望むことさえあきらめかけていた、夢のありかを探すための旅を続ける。

　これは、絶対なんてないこの世界で、唯一の"永遠"を見つけるまでの軌跡の物語。

contents.

◇ 1 章 ◇

Episode 1：白亜の籠　　　　　8

Episode 2：明日、また会いたい　32

Episode 3：鳥は空を求める　　50

Episode 4：涙の旅立ち　　　　84

◇ 2 章 ◇

Episode 5：ふたりの逃避行　　110

Episode 6：波乱の幕開け　　　125

Episode 7：恋文　　　　　　　146

Episode 8：守るということ　　180

◇ 3 章 ◇

Episode 9：ともに生きたい人　200

Episode 10：つかの間の休息　　233

Episode 11：募る想いを胸に　　259

◇ 最終章 ◇

Episode 12：終着地点　　　276

Episode 13：見つけた答え　　301

Episode 14：
きみと築く、永遠の城　　　325

◇ 文庫限定番外編 ◇

After story：
旅の続きは、未来に向かって　338

あとがき　　　　　　　　　348

◇1章◇

Episode 1：白亜の籠

　風がいっそう乾き、肌を刺すような冷たさが目立つ12月のこと。
　私は病衣の上からカーディガンを羽織っただけの姿で、トイレの鏡の前に立っていた。
「わぁ……バサバサだ……」
　すっかり伸びた黒髪を指でいじり、苦笑いを浮かべる。
「それに、顔もまっ青」
　そう見えるのは照明のせいなのか、血色のせいなのか。
　はたまた、脳裏につねに居座る死が見せた幻視か。
　私、朝霞風花はこの病院の小児病棟に入院している。
　本来であれば、18歳の私は一般病棟に入院するべきだけど、私には少し特殊な事情があった。
　私の心臓の血管には、子供の頃にかかった感染症が原因で、瘤ができている。
　人より血管が細くなってしまった私は、小さい頃から心臓に負荷のかかるスポーツは控えるように言われていた。
　両親にも、部活や放課後に友達と遊ぶことは禁じられていて、普通の女子高生と同じ生活はできなかった。
　それを過保護だと言って反発できなかったのは、ひとり娘である私を大切に思ってくれていると知っているから。
　けど、どうしても拭えないもどかしさが私を苦しめる。
　どうして私だけ、こんな息も詰まるような生活をしな

きゃいけないのか。
　どうして、自由に生きられないのか。
　なにか悪いことをしてしまったのだろうか。
　いい子になれば、神様が病気を消してくれるのだろうか。
　考えても考えても、募るのは思うように生きられないいらだちばかりだった。
　心臓に爆弾を抱えて生きている私は、検査のために２歳のときから１年おきに入退院を繰り返している。
　ちょうど次の検査を受ける日が近づいていた高校３年の冬、日常生活をしていても胸の痛みが起きるまでに病状が悪化した私は、定期よりも早く病院を受診した。
　そこで、運命は残酷だと思い知らされた。
　８日前の検査の結果、私は手術を受けることになってしまったんだ。
　なので、今回は検査ではなく、手術目的での入院。
　私をずっと診てくれている小児科の先生の方が、病気の経過も観察しやすいからと、18歳ではあるけど小児病棟に入院することになったのだ。
　２日後に迫った手術のために、今は毎日いろんな術前検査や当日の流れの説明を受けて過ごしている。
　手術の成功率は95％と高いらしい。
　だからといって安心できるかというと、私はちがった。
　私が残りの５％に入ることだって、あるかもしれない。
　絶対、大丈夫なんて保証はどこにもないから。
　それに、この手術は大きな効果は得られるものの、合併

症の発生率が高いらしい。

　心臓の筋肉が傷ついて機能に障害が出たり、それによって脳への血流に問題が出て、目覚められなくなるリスクもあるんだとか。

　今まで、なにひとつ自分の望むようには生きられなかったのに、死ぬかもしれない。

　生きられたとしても、目覚めたら今の健康な体は失われているかもしれないだなんて……。

　こんな残酷なことがあるだろうか。

　だから、自分が手術を受けるという実感もまだ湧かない。

　ただただ、得体の知れない不安と恐怖だけが胸の内で暴れてるんだ。

「ふう姉、検温だってよー」

「あ、ほのかちゃん」

　私を呼びにきたのは、同じ心臓病で入院している同室の三浦ほのかちゃん。

　肩までの短い黒髪に、クリクリした瞳。

　可愛らしい14歳の女の子だ。

「ふう姉？　どうしたの？」

　私のことを"ふう姉"と呼んで慕ってくれている。

　私は外で遊ぶこともできなかったので、友達がいない。

　せめて、妹か弟がいればなと思っていたひとりっ子の私にとっては、待望の妹みたいな存在だった。

「ふう姉？」

　返答のない私を心配してか、ほのかちゃんが顔をのぞき

こんできた。
　いけない、考えごとしてた。
　手術が決まってからというもの、よくこんな風にボーッと考えごとをしてしまうから、困る。
「あ、ごめんね。それじゃあ戻ろっか」
「うん！」
　ほのかちゃんは大きくうなずくと、私の腕を引いて歩きだす。
　廊下に出ると、私たちとおそろいの病衣を着た子供や、白衣の看護師さんとすれちがう。
　いつもと変わらない風景。
　窓の外に視線を向ければ、少し前まで紅葉で鮮やかだった世界は灰色になっていた。
　私たちは病棟の外に出られない。
　心臓病患者は温度差でも血管が収縮するので、行動制限があるのだ。
　それに、誰もいない場所で倒れて発見が遅れたら、それこそ死に至るかもしれない。
　だから、仕方のないことだとは思うけど、この閉塞感に息が詰まりそうになる。
　外の世界だけが、四季ごとに姿を変える。
　病院の中は、時が止まったみたいになにも変わらない。
　入院は１年ぶりなのに、毎年ここへ来ているせいか、心がこの白亜の城に囚われている。
　今回は手術だから、あと１週間はここにいなければなら

ない。
　でも、もしかしたら私は、この場所で最後を迎えることになるかもしれないんだ。
　もしくは、次に目覚めたら、何十年も時が流れていたりして……なんて想像してしまった。
「ふう姉、体調悪いの？」
　声をかけられて、ハッとする。
　また、ひとり思考の海に沈んでいたらしい。
「あ……ううん。今日は体調はいいよ」
「じゃあ、悩みごとでもあるの？」
　私、そんなに沈んだ顔してたのかな。
　顔には出さないように意識してるつもりだったんだけど、ほのかちゃんには隠せないみたいだ。
「ふう姉より年下だけど、これでも聞き上手って友達からお墨付きをもらってたんだよ？」
　わざと、肩をすくめてみせるほのかちゃん。
　私を元気づけようとする彼女の優しさが胸に染みる。
　ほのかちゃんは妹みたいな存在だけど……。
「ふふっ」
　こうやって迎えにきてくれたり、なんだかんだ世話を焼いてくれているから、どっちが姉かわからないなぁ。
　私の方が「ほのか姉」って、呼びたいくらいだ。
　そんなことを考えて笑うと、ほのかちゃんの眉根がいぶかしげに寄る。
「出た、ふう姉のひとり笑い」

「え?」
　ひとり笑い?
　キョトンとする私を、ほのかちゃんが指さす。
「たまに病室でくすくす笑ってるよね。あれ、かなーり怖いから!」
　やだっ、見られてたんだ。
　そうなんだよね、私。
　おもしろかった会話とか、テレビの内容とか、ひとりになったときに思い出して笑う癖があったんだった。
　不気味な姿を人様の前ではさらさないように隠してたんだけど、詰めが甘かったみたい。
「それはたしかに、怖いだろうね」
「なんで他人ごと!?」
　すかさずツッコミを入れてくるほのかちゃんに、また笑いがこみあげてくる。
　口がパクパクして金魚みたい……だめだ、笑う。
「あははっ、もう本当にだめ。おなか痛いっ、ふふふっ」
「また勝手にツボに入っちゃったの?　ふう姉の笑うツボ、いまだに謎なんだよね」
　あきれたようにため息をつく、ほのかちゃん。
　私は決して、笑いの沸点が低いわけではない。
　でも、笑っていないとやっていられなかった。
　いつも楽しいことを考えるようにして、気を抜いたら襲ってくる恐怖や不安から逃げている。
　そんな弱い自分は嫌いだけど、暗い顔をして家族やほの

かちゃんたちに心配をかけたくなかった。
「そ、そうかな？」
　だから私は、やっぱり笑ってごまかすように言う。
「そうだよ！」
　ほのかちゃんに気持ちを偽ったことを申しわけなく思いながら、私は530号室の前にやってきた。
　ここは、私とほのかちゃんの病室だ。
「さっちゃん、ふう姉連れてきたよー！」
　そう言って、ガラガラと扉を開け、先に中へと入るほのかちゃん。
　さっちゃん……。
　そっか、もう検温が回ってきたんだ。
　ほのかちゃんの言うさっちゃんとは、看護師の野々村さつきさんのこと。
　セミロングの茶髪をうしろでひとつに束ねていて、見た目は気が強そうだけど、明るく優しい25歳のお姉さんだ。
「ただいま戻りました」
　ほのかちゃんに続いて、病室に入った瞬間だった。
「おい、ふう！　ゲームやろーぜ!!」
「わっ……」
　バンッと突っ込むように抱きついてきたのは、三田圭介くん。
　みんなからは"圭ちゃん"と呼ばれている。
　ソフトモヒカンの髪型が、いかにもやんちゃそうな小学1年生だ。

ここは４人部屋で、他に圭ちゃんと同い歳の引っこみ思案な女の子、白木愛実ちゃんがいる。
　みんなとは同じ不安を抱える同志のような存在だからか、すぐに打ちとけることができた。
　今や家族のような絆で結ばれている。
「もう、びっくりしたよ」
「にひひ〜」
　私の腰に腕を回して、いたずらが成功した、みたいな顔で見あげてくる圭ちゃん。
　一部始終を目撃していたほのかちゃんは、頬をふくらませて腰に手を当てると、圭ちゃんをキッとにらんだ。
「危ないじゃない、圭ちゃん！」
「うっせ、ほのかには言ってねーし！」
　圭ちゃんは私にしがみついたまま、隣にいるほのかちゃんにあっかんべーをする。
　あーあ、いつもこうなるんだよね。
　ほのかちゃんは、たくさんいる兄弟の長女のようにしっかり者だ。
　圭ちゃんが病院の廊下を走ったりすると、必ず注意してくれる。
　だから、いつも嫌われ役になってしまうのだ。
「もう、圭ちゃん可愛くない！」
「ほのかの方が可愛くない！」
　ふたりとも、ここが病院だって忘れてるなぁ。
　言い争う声が、病室内に盛大に響きわたっている。

でも、私はこの風景が好きだ。
　血の繋がりはないけれど、同じ病気と闘う、妹や弟のような存在。
　この子たちといると、まっ白い壁や床、毎日同じ時間に回ってくる検温や検査……繰り返される毎日の中に、変化を見つけられる。
　今日は圭ちゃんがなにをやらかしたとか、ささいなことでもいいんだ。
　心臓に瘤があると言われてからは、もう二度と明日は来ないかもしれない、という思いがいつも脳裏にあった。
　つねに死の影がつきまとい、なにをするにしても、これが最後かもしれないと考えて胸が締めつけられる。
　最近は、手術が失敗して自分が死ぬ夢を何度も見ていた。
　嫌だと振り払いたいのに、残酷な未来を思いえがいてしまう。
　変わらない日々は、そんな未来を当然のように連れてきてしまう気がして、怖かった。
　だから、昨日とはちがう出来事を見つけるたびに、私の心は喜びに震える。
　ああ、私はまだ生きてるんだって実感できるから。
　もしかしたら、生きて自由に生きられる未来が、希望が私にも残されているんじゃないかと思えるんだ。
「圭ちゃん、しーっ、だよ」
「うー、だって、ふう姉っ」
　ぶうたれる圭ちゃんの頭をなでる。

ずっと妹か弟が欲しいって思ってたからかな……。
圭ちゃんのわがままも、可愛く思えてしまう。
頼られたり、甘えられたりするのは嫌いじゃない。
心も体も弱い、こんな私を頼ってくれている。
自分の存在が認められたようで安心するんだ。
たぶん、私は怖いのだと思う。
なんの役にも立たない、消えてもいい存在になることが。
そうなったら私は、神様から見放されてしまう気がして、本当に死んでしまう気がして……。
「ふう姉、早く熱を測って俺と遊べ」
「うん、約束する」
指切りをすれば、圭ちゃんはすぐにニコニコ笑顔になる。
口は悪いけど、純粋で素直ないい子だもんね。
「ふう姉は圭ちゃんを甘やかしすぎ！」
顔をあげると、ほのかちゃんが怒ったように頬をふくらませている。
「ほのかちゃん……。ごめんね、つい」
圭ちゃんだけをかまいすぎちゃったかな、と私は苦笑いを浮かべた。
「もう、ふう姉は誰の味方なの？」
案の定、「姉と弟、どっちの味方なの！」という、お母さんの永遠のテーマのような質問が投げかけられる。
うーん、ふたりを傷つけずに納得してもらうには、どうしたらいいだろう。
「私はほのかちゃんのことも、圭ちゃんのことも大好きだ

からなぁー……」
　ふたりに見つめられて、回答に悩んだ。
「ふう姉って、本当に平和主義者だよね。いや、のほほんとしすぎて、誰かにだまされないか心配だよ」
「ふふっ、しっかり者のほのかちゃんがいてくれるから、私はこんな風に気を抜いていられるんだよ」
　やきもちを焼いてくれたんだよね。
　お姉ちゃんの取り合いみたいで、不謹慎だけどうれしくなる。
「こーら、3人とも、検温の時間ですよ！」
　そう言って私たちの目の前に仁王立ちしたのは、看護師のさっちゃんだ。
「ごめんなさい、さっちゃん」
　私の検温、待たせちゃったな。
　さっちゃんのお仕事が私のせいで遅れちゃったら申しわけない。
「風花ちゃんのことだから、みんなの面倒を見てくれていたのよね。ちゃんとわかってるから大丈夫よ」
「さっちゃん……」
　優しく笑って、気にしないでとウインクしてくるさっちゃんに、私は顔をほころばせる。
　お姉さんがいたら、こんな感じなのかな。
　私はひとりっ子だから、わからないけれど……。
　さっちゃんといると、そんな安心感があった。
「さ、検温するわよ」

「はい」
　仕切り直すように言ったさっちゃんがカーテンを閉めている間に、私はベッドに座る。
「風花ちゃん、胸の痛みはどう？」
　体温計を脇に挟んだところで、さっちゃんが聞いてきた。
「動くと、ときどき痛くなります」
　最近は、ちょっとした動作でも胸が痛んでしかたない。
　この胸の爆弾がドクドクと主張してくる。
　お前はいつ死んでもおかしくないんだぞって。
　その声に耳をふさぎたくても、襲ってくる胸の痛みや苦しさが、これは現実だと私を追いつめる。
　死にたくない。
　なにより、なにも成しとげないまま死ねない。
　このままじゃ、私はなんのために生まれてきたのかわからない。
　死ぬために生まれてきたの？
　痛みを、苦しみを知るためだけに生きてるの？
　そんな悲しいだけの人生なら、いっそ生まれてこない方がよかったと、自分を否定してしまいそうになる。
　そんな自分が……ただただ、虚しい。
「風花ちゃん、鳴ったわよ？」
「あ、はい」
　気づかなかった、測り終わってたんだ。
　私は脇に挟んだ体温計を外して、さっちゃんに渡した。
　最近だめだな。

いつでも、なにをしてても、心はちがう世界へと引っぱられる。
そうなってしまう、不安の元凶には心当たりがあった。
「そうだ、2日後の手術のことで不安なことはある？」
「手術……」
そう、私は2日後、心臓のバイパス手術をする。
不安がないと言えば、嘘になる。
だって、手術の成功率は高くても、絶対に助かるなんて誰にも言いきれないんだ。
数日後には、この世界から消えてしまうかもしれない。
なのに、きっと助かるはずなんて、期待なんかできない。
その分、そうでなかったときの絶望が大きくなるだけだから。
「やっぱり怖い？」
「あ……はい」
眉尻をさげた心配そうな顔のさっちゃんと目が合う。
私は曖昧に笑って、サッと視線をそらした。
これ以上は、平気なふりをするのがしんどかったから。
言葉にしたら、恐怖が大きくなってしまったのだ。
ただ死ぬのだけは嫌だと、心が叫んでる。
心臓の弱かった私は、放課後、友達と出かけることもできず、病院と学校を行き来する日々を送っていた。
心配性の家族に外出も制限されていたので、旅行なんてできなかったし、海さえ見たことがない。
私はまだ、自分が生まれた世界の半分も知らないんだ。

自由を知らないまま、死にたくない。
意味のない生なんてない……そうは言うけれど。
それは、私には当てはまらない気がした。
私は自分の命に、意味を見いだせていないから。
病院という名の、この白亜の城で生かされている人形としか思えない。
「そうよね、怖いわよね……。でも、不安なことは抱えずに吐きだすのよ？　ストレスは病気にもよくないから」
　さっちゃんの声にハッと我に返る。
　いけない、またボーッとしてた……。
「あっ、はい、ありがとうございます」
　私があわてて返事をすると、さっちゃんはふわっと笑ってうなずく。
「じゃあ、また顔を見にくるわね」
　私の取りつくろった態度に気づくことなく、さっちゃんは病室を出ていった。
　また、ベッドにひとりになる私。
　窓側のカーテンを開けて、雲ひとつない透明な青空を見あげた。
　空にも朝、昼、夕でちがう顔があるように、私のまだ知らない世界がきっとたくさんある。
　海は、山は、町は、人は、どんな顔を持ってるのかな。
　この世界の美しさを知らずに、死にたくないよ。
　あのとき、こうすればよかったって、後悔をしたくない。
　どうせ死ぬなら、十分幸せだったと思える終わりがいい。

それが叶うなら、この世に未練なんて残さずに、手術だってなんだって踏み出せるのに……。
　神様……それを望むことは、傲慢なのでしょうか。
　──ガラッ。
　私は病室にある床頭台の引き出しから、1冊の雑誌を取り出した。
　その表紙には、『一生に一度は見たい絶景特集』と書かれている。
「青く光る海……か」
　開くページは決まって、小さな島を囲むマリンブルーの海を紹介しているページだ。
　太陽の光が当たって、海面に無数のダイヤモンドを散りばめたかのような光を放っている。
　本当、どれだけ眺めても飽きないくらいに綺麗だな。
　何度も開いたから、しおりがなくても簡単にこのページが開くくらいに跡がついていた。
「行けるわけ、ないのにね……」
　私は、海を見たことがない。
　だから、この世のものとは思えないほど美しい瑠璃色の大海原に憧れる。
　生まれた場所も都会だったし、心臓が悪かった私は外へ出ることを両親に許してもらえなかったから。
　さすがに学校へは行かせてもらえていたけれど、放課後に友達と遊びにいったり、旅行へ行ったり。
　そんな普通の生活を、私は知らない。

過保護なくらいに、守られている。
　じつは、手術が2日後に決まったのも、両親の早く普通の子のように元気になってほしいという強い希望があったからだ。
　私の気持ちなんて、いつも二の次。
　いつも……私のためだと言って、なにも選ばせてはくれない。
　両親の優しさが、かえって息苦しかった。
「窮屈、だなぁ……」
　死ぬのが怖い。
　なにも成しとげられないまま、世界から消えたくない。
　だからこそ、手術の前に海を見にいきたい。
　そんな想いを抱えていても、私はなにひとつ、両親には言えずにいる。
　いつも、顔色をうかがってばかり。
　私の意思とは関係なしに、手術も決まっちゃって……。
　自分の命のはずなのに、私のモノじゃないみたい。
　そんなことを考えて、また気持ちがどんよりと落ちこむ。
　――カシャリ。
　雑誌を見ていると、私のベッドの周りを覆っていたカーテンがためらいがちに開けられる。
「……ふう姉」
「あ……愛実ちゃん？」
　カーテンの隙間からちょこんっと顔を出したのは、黒髪のオカッパ頭に、パッツン前髪がチャームポイントの愛実

ちゃんだった。
　圭ちゃんからはよく、コケシってからかわれてたな。
「……ふう姉……」
　モジモジしながら、ちらちらと私を見る愛実ちゃん。
　私はふっと笑って、両手を広げた。
「そんなところにいないで、こっちにおいで？」
　声をかけると、愛実ちゃんの顔にほんのり笑みが浮かぶ。
　そして、駆(か)けよってきた愛実ちゃんと一緒にベッドに腰かけた。
「…………」
「えっと……」
　だんまりな愛実ちゃん。
　相変わらず、口下手(くちべた)だなぁ。
　どうして私のところに来たのかな？
　考えをめぐらせていると、その手にくしが握(にぎ)られているのに気づく。
　あ、もしかして……。
「愛実ちゃん、くし貸して」
「うん」
　愛実ちゃんは私にくしを渡すと、くるりと背を向ける。
　やっぱり、これは髪をとかしてほしいって意思表示だ。
「愛実ちゃんの髪はサラサラしてて、綺麗だね」
「ふん〜♪」
　鼻歌を歌う愛実ちゃんに、私は笑う。
　ご機嫌(きげん)みたいでよかった。

愛実ちゃんはこうして、不器用に甘えてくる。
　圭ちゃんと同い歳なのに、性格は真逆だ。
「おい、ふう姉！　俺とゲームは!?」
　愛実ちゃんの髪を梳いているときだった。
　うしろのマットが沈み、私たちの体がぐらつく。
　振り向けば、圭ちゃんが私のベッドに乗りあげていた。
「あ、圭ちゃん」
「あ、じゃねーし！　ふう姉、絶対、約束忘れてただろ！」
「忘れてないよ。待たせちゃってごめんね、圭ちゃん」
　愛実ちゃんと圭ちゃんに囲まれて、私は苦笑いする。
　人口が急激に増えちゃったな、私のベッド。
「あーっ！　また、ふう姉に甘えてる！」
「わっ、ほのかちゃん」
　今度は、ほのかちゃんまでもが私のベッドに座り、圭ちゃんを羽交いじめにした。
「う～！　はーなーせ～、バカほのか!!」
「こら！　病室なんだから静かにしなさい！」
　注意するほのかちゃんの声も響きわたってるんだけどね。
「うる、さい」
　耐えきれずに怒りの声を発したのは、愛実ちゃんだった。
「愛実、てめー！　抜け駆けすんなよなっ、このコケシ頭！」
「ぐすっ……ふぇっ、ふう姉～っ」
　圭ちゃんのイライラが、愛実ちゃんに飛び火した。
　これは、どんどんひどくなっていく一方だな。

泣きだした愛実ちゃんをなぐさめつつ、私は手をたたく。
「ほらみんな、そんなにケンカしないで。好きなだけ、ここにいたらいいよ。ただし、みんな仲よくすること」
 微笑みながら優しく諭すと、みんなはしぶしぶうなずいて静かになる。
 それにホッとして、息を吐きだしたときだった。
「あら、風花。またみんなと遊んでいたのね」
「あ……お母さん、お父さん」
 声の方へ視線を向ければ、にぎやかな私のベッドを見て笑うお母さんと、険しい顔のお父さんの姿があった。
「風花、体調はいいのか？」
「うん、平気だよ」
 心配そうなお父さんに笑いかけると、お母さんも安心したような顔をした。
 都議会議員をしている厳格な父と専業主婦の温厚な母は、誰から見ても完璧な夫婦だった。
 けれど、私の目には少しちがって映る。
 朝霞家ではいつもお父さんの言うことが絶対で、お母さんは意見を言わない。
 自分がいつでも正しいと思っている父に言いなりになる母、ケンカがない夫婦。
 どれも、違和感しかない。
 でも、結局のところ私もお母さんと同じ。
 お父さんの言いなりなんだ。
 ただでさえ、私は病気で迷惑をかけている。

これ以上、家族の期待を裏切りたくない。
　そんな気持ちから、いつもやりたいこと、言いたいことはのみこんで、両親の理想の子供を演じてきた。
「風花、２日後には手術だから……」
「うん」
「あんまり、はしゃぎすぎないようにね」
　ひとり娘である私のことを、大切にしてくれている両親。
　はたから見れば、誰もがうらやむ幸せな家族だろう。
　そう、まるで見本のように完璧すぎて、私には温かみが感じられなかった。
「あんまりはしゃぐな。風花がどうしてもと頼むから個室にはしなかったが、うちの娘はお前たちとちがって特別なんだぞ」
　やめて……。
　私だけ特別扱いなのも、部屋でずっとひとりでいるのも嫌だったから、大部屋に入院することを望んだ。
　でも……私のせいで、ほのかちゃんや圭ちゃん、愛実ちゃんたちがお父さんに責められてる。
　そんなの耐えられないよ……。
　私が、お父さんの言うとおりにしなかったから？
　特別って、なにに対して言ってるのだろう。
　私が議員の娘だから？
　そんなもの、なんの役にも立たないのに。
　私の大切な人たちを傷つけないでよ。
　怒りが胸の内に湧く。

なのに、結局なにも言えない自分が嫌になる。
「いいか、静かに寝てるんだぞ。全部、お前のために言ってるんだからな」
　お父さんが私の肩に手を置いて、念を押すように言う。
　どうして、なにもわかってくれないの。
　お父さんがくれる愛情は、全部が苦しいよ。
「お父さん……」
「ふう姉……」
　呆然とお父さんの顔を見あげる私に、愛実ちゃんがしがみつく。
　たぶん、お父さんの棘のある言い方が怖かったんだろう。
　愛実ちゃんだけじゃない。
　圭ちゃんはゲーム機の画面を見つめたまま下を向き、ほのかちゃんはなにかに耐えるように両手を握りしめている。
　さっきまで、あんなに楽しかったのに……。
　みんなが怯えてるのは、私のせいだ。
「愛実ちゃん、みんなごめんね」
　本当にごめんなさい。
　私は聞こえるか聞こえないか、わからないくらい小さな声でつぶやいた。
　そして、愛実ちゃんを両親から隠すように抱きしめる。
「私、これくらい大丈夫だよ。だから……」
　だから、早く帰って。
　お願いだから、私を縛りつけないで。

「大丈夫なわけないだろう。そう楽観視しているから、父さんたちが守ってやらなきゃならないんだ！」
「でも、私はっ」
　あなたが抑えつけた言葉の分だけ、言いたいことがたくさんあるの！
　私は特別なんかじゃない。
　議員の娘でも、みんなと同じひとりの人間だよ。
　私は、望んでみんなといるんだよ。
「わた、し……っ」
　本当は、手術の前に行きたい場所もある。
　この世界に生まれたことを、後悔したくないんだ。
　そう何度も言葉にしようとしているのに、喉でつかえる。
　お父さんの目が私を咎めているように見えて、言う前に怖じ気づいてしまうからだ。
「なにも考えなくていい。お父さんの言うことを聞いていれば、きっと大丈夫だ」
「…………」
　なにも考えなくていい、なんて。
　それは、楽なようでいちばん悲しい生き方だ。
　お父さんとお母さんは、私がただふたりの言うとおりに生きることを望んでる。
　私の意思なんて、どうでもいいんだ。
　そんなの嫌だと心で嘆きながら……。
「……わかった」
　私は今日も、抗えない。

弱くて、情けなくて、本当に自分が嫌になる。
「み、みんなも、風花と仲よくしてくれてありがとうね」
　その場の空気を変えようとしたのか、お母さんが気を遣って明るく振る舞う。
「あ、いえ！　むしろふう姉が、私たちの面倒を見てくれてるっていうか！」
　ほのかちゃんが、あわてて返事をした。
　また、気を遣わせちゃったな……。
　誰より優しいほのかちゃんは、この空気をよくしようとしてくれたんだろう。
　人の気持ちに敏感な子だから。
　ほのかちゃんだって、私のお父さんのせいで嫌な思いをしたはずなのに……。
　ありがとう。
　そんな気持ちをこめて、ほのかちゃんを見つめた。
「もう戻らないと、これから大事な会議があるんだ。また明日来る。ちゃんと寝てるんだぞ」
「それじゃあね、風花」
　そう言って、嵐のように去っていく両親に手を振る。
　そして、姿が見えなくなった瞬間、どっと息を吐いた。
「はぁぁ……」
　無意識に、息を止めていたみたいだ。
　家族の前なのに、こんなに緊張するなんておかしいよね。
「俺、ふう姉の父ちゃん嫌いだ」
「こら、圭ちゃん！」

ボソッとつぶやいた圭ちゃんを、ほのかちゃんが叱る。
「ほのかちゃん、いいの」
「でも、ふう姉……」
「ごめんね、怖かったでしょう」
　そう言って愛実ちゃんを抱きしめたまま、圭ちゃんの頭をなでる。
「でも、ふう姉のことは好きだ」
「ありがとう、圭ちゃん」
　私を突き放さないで、慕ってくれるみんなが好き。
　この場所は窮屈で、まるで鳥籠のような場所だけど、みんなとめぐり合わせてくれたことだけは、感謝している。
「ふう姉、ふう姉こそあまり気にしないでね」
「ほのかちゃん……うん、ありがとう」
　心配してくれるほのかちゃんにも、ギュッと抱きつく。
　するとなぜか、さっきまで押しつぶされそうだった心が軽くなっていくのを感じた。

Episode 2：明日、また会いたい

　午後3時になると、病室は静まり返る。
　病室で顔を合わせるうちに意気投合したみんなの家族は、合同でデイルームで面会するからだ。
　テレビや自動販売機などがある広々とした憩いの空間は、談笑するにはちょうどいい。
　本来、面会はこの時間が決まりだけど、私の両親は朝早くに面会に来てから仕事に行く。
　午後は会議があって忙しいらしい。
　なので親同士の付き合いもなく、この時間はひとりになってしまう。
「静かだなぁ……」
　急にひとりになると、寂しくなる。
　それだけみんなが、私の心の支えになってるってことだ。
　私はベッドにテーブルをつけて、その上にお気に入りの雑誌を置く。
　もちろん、検温のあとに読んでいた『一生に一度は見たい絶景特集』の雑誌だ。
　無意識に、あの輝かしいマリンブルーの海が載っているページを開く。
　それから、ほとんど無意識に指先で写真の海をなぞった。
「ここは……見えない格子のある、籠だ」
　どこかへ行きたいと願っても、死を恐れる体が、両親へ

の罪悪感が、私をここに引きとめる。
　だから、自由なんてないこの場所で、必死に籠の中の幸せを探すんだ。
　それは、私にとっては同じ籠の中で生きるみんなだった。
　みんなといられるのは、幸せ。
　だけどそれは、外にいる自由と引きかえに得られるもの。
「それって、本当の幸せなのかな……」
　このまま、お父さんの言うとおりに生きていくことが、この場所に留まっていることが、本当に私にとっての幸せなのか。
　でも、こうして考えるだけで私は……。
「結局、なにもできない……」
　私のつぶやきは、初めからなかったかのように空気に溶けた。
　誰も、私の心の声を聞いてはくれない。
　返事だって当然、返ってくるはずがない……はずだった。
「なにお前、したいことでもあんの？」
「え……」
　突然聞こえてきた声に、私は弾かれるようにして雑誌から顔をあげる。
　そこには、アッシュゴールドの髪をワックスで遊ばせた無造作ヘアーの男の子がいた。
　キリッとした眉や意志の強そうな切れ長の瞳、鼻、唇。
　すべてにおいてバランスよく配置された、端正な顔立ち。
　でも、180cm近くある長身と、耳につけられた銀のイヤー

カフや十字架のピアスのせいなのか……。
　はたまた、向けられる眼光の鋭さのせいなのか。
　ものすごく、"ヤンキー"みたい。
　なんて、見た目だけで判断するのはよくないよね。
　この人も病衣を着てるし、入院してる患者さんだろうか。
「おい、聞いてんのかよ」
「わっ！」
　思いのほか近くで聞こえた声に驚く。
　男の子は、気づかないうちに私のベッドサイドまでやってきていた。
　私は条件反射で雑誌を枕の下に隠す。
　いつ死ぬかもわからないのに、望んでいるものがあることを誰かに知られたくなかった。
　ううん、知られちゃいけない。
　私がいい子でいるためにも。
　それにしても……ち、近い。
　あきれ顔で私の顔をのぞきこむ男の子と、至近距離で目が合う。
　心臓がはずかしさに騒いだけど、深呼吸をして平静を装った。
「ごめんなさい、ボーッとしてて……」
「おいおい、しっかりしてくれよ」
　ため息をついて、私を見おろす男の子に苦笑いを返す。
「よく、みんなに注意されるんです。それで、あの……」
「あ？」

わ、怖いっ。
　向けられる鋭い眼光に、息をのんだ。
　一瞬、暴走族とか、極道の人を思い浮かべてしまう。
「あ、あの……」
「言いたいことがあんなら、ハッキリ言え」
　口ごもる私にイラついてか、男の子はギンッと私をにらんだ。
「ご、ごめんなさいっ。えと、あなたは……誰ですか？」
　なかば脅迫されながら、疑問を口にする。
　それを聞いた男の子は、一瞬キョトンとして……。
「ぷっ……ぶはは！」
　吹きだした。
　おもしろいことを言ったつもりはなかったので、私はポカンとしてしまう。
「なにを悩んでるかと思えば、そんなことを聞くためにモゴモゴしてたのかよ！　ぶははっ」
　しかも、爆笑されてしまった。
　謎だ。
　彼が笑っている理由がまったくわからない。
　なんだか未知の生物に出会った気分だよ。
　あ、もしかして……。
　そこで、自分もすぐ笑ってしまうことを思い出す。
「もしかして、笑いのツボ浅い仲間ですか？」
「……は？」
　唖然とした顔で、男の子が私の顔を凝視した。

変なことを言ったかな、と首をかしげつつ、私は続ける。
「私もすぐに笑っちゃうんです。だから、あなたも同じかなって。あ、お笑いコンビ組めそうですね」
「ぶっくく……お前マジ、もうしゃべんな。第一、ふたりでずっと笑ってたらネタが始まらないだろ」
たしかに、と思った私は「あ」と声を漏らす。
そんな私を見て、男の子は肩を揺らしながらまた笑う。
あぁ、やっぱり笑いのツボが浅いんだな、この人も。
なんだか、親近感が湧いてきちゃった。
強面がずいぶんやわらかくなって、気づけば私の緊張もほぐれていた。
「変な女」
困ったように小首をかしげて、ふっと笑う男の子の表情に、ドキンッと高鳴る鼓動。
誰かを見て、こんなにも胸が騒いだことがあっただろうか。
ううん、これが初めてだ。
なんだろう、この気持ち……。
心に芽生えた新しい感情にとまどう。
「それでさ、お前は……」
なにかを言いかけた男の子を見て、あらためて彼が立ちっぱなしだったことに気づく。
やだ、今まで気づかなかったなんて。
「あっ、立っていたら疲れちゃいますよね。どうぞ、腰かけてください」

私はベッドサイドの椅子をすすめた。
「おう……つか、お前誰だ？」
　椅子に腰かけながら、男の子が尋ねてくる。
　それ、私もさっき聞いたんだけど……。
　タイミング的には、今さらな感じがした。
「朝霞風花です」
　とりあえず名前を言い、ぺこりとお辞儀をして、握手を求めるように手を差し出す。
　男の子はその手を見つめて、目を見開いた。
　えっ……握手、嫌だったのかな？
　不安に駆られながら男の子を見つめ返すと、そっと手を握られた。
　トクンッと静かに心臓が音を立てる。
　またダ……。
　そういえば、初めて男の子の手を握ったな。
　だから、こんなに落ちつかないんだろうか。
　自分で差し出したのに、なんだか緊張してきちゃった。
「お前、握手とか律儀だよな」
　手を繋いだまま、男の子がつぶやく。
「え？」
「いーや、なかなか好ましい性格ってことだ」
　綺麗なモノでも見るかのように、まぶしそうに細められた目。
　そんな視線を向けられる資格がないと思った私は、やんわりと目をそらした。

好ましい性格……。
　この人には、私はそう映るのかな。
　だとしたら、それは本当の私じゃない。
　いい子でいようとする、偽物(にせもの)の私が顔を出しただけだ。
「……私は、自分の性格が嫌いです」
「へぇ、なんで？」
　深刻(しんこく)に受けとめるでもなく、軽い口調で彼は言った。
　重いと思われたら嫌だと思っていた私は、それだけで気持ちが楽になる。
　ただ、聞き返されると気まずい。
　ここから先、なにを言えばいいんだろう……。
　自分で切りだしておいてわからなくなった私は、うつむいた。
「おい」
　ふいに、繋いだままの手をギュッと握られた。
「あ、手……っ」
「逃げるな」
　引き抜こうとした手を、強く引かれる。
　射抜(い)くような瞳に、まるで自分の気持ちから逃げるなと言われているような気になる。
　心の中を探るような視線にとまどって、抵抗するのを忘れた。
「言いたいことをためこむと、体によくねーぞ」
　気遣ってくれるのはありがたいんだけど……。
　それよりも、はずかしいから離れてほしい。

「オラ、話せ、風花」
　わ、いきなり呼び捨て……。
　初対面なのに距離も近いし、強引な人だな。
「おい、聞いてんのか？」
「…………」
　人見知りとか、しなさそう。
　あ、でも……見た目で逃げられちゃいそうだなぁ。
「風花、お前、またボーッとしやがって」
「ハッ、ご、ごめんなさいっ」
　あきれとイラだちを足して２で割ったような複雑な声に、私は我に返った。
　さすがにあきれるよね、いつでもボケッとしてると思われてそう。
　苦笑いを浮かべて、私は男の子を見つめる。
　というか、この人の名前を聞きそびれてたな。
　今になって思い出すなんて、私って本当に抜けてる。
「あの、名前を聞いてもいいですか？」
「あ？　そういえば、言ってなかったな。小野夏樹だ」
「夏樹さん……」
「ゲッ」
　突然、夏樹さんが変な声をあげた。
　なにごとかと目を見張ると、苦虫を噛みつぶしたような顔をしている。
「"さん"とかやめろ……鳥肌立つ」
　ええぇっ、鳥肌立つとか……ひどい。

だって、見ず知らずの男の子を、いきなり呼び捨てにするわけにもいかないし。
　夏樹さんじゃなかったら、なんて呼べばいいの？
「うーん」
「そんなに悩むことか？」
　真剣（しんけん）に悩んでいると、夏樹さんが目を瞬（しばたた）かせる。
　そして、見かねたように頭をガシガシとかいた。
「わかった、わかった。なら、さん付けで……」
「いえ、せっかくの申し出なので！」
　やや食い気味に、夏樹さんの言葉をさえぎった。
「なんで、そこだけ頑（かたく）ななんだよ」
　だって……さん付けをやめてほしいってことは、もっと親しげな呼び方がいいってことだよね。
　つまり、仲よくなりたいという意思表示！
　せっかく、夏樹さんが私と友達になろうとしてくれてるんだから、ここはもういっそ……。
「では、なっちゃんと……」
「は!?」
「呼ばせて、いただいて……も……」
　なっちゃんの顔がみるみる険しくなって、私の声がしぼんでいく。
　そ、そんなに、にらまなくてもっ。
「よくねーよ」
　ですよね……。
　でも、なっちゃんって、可愛いのにな。

即答された私は、それでも"なっちゃん呼び"を捨てきれない。
「私は"ふう"って、呼ばれてるんです」
「…………」
「だから、夏樹さんは、なっちゃんで……」
「…………」
　無言の圧力が恐ろしい。
　絶対、嫌がってるよね……。
　顔が心底不愉快だって、訴えかけてくる。
　見つめ合うこと数秒、泣きそうになっていると……。
「はぁ、勝手にしろ。そのかわり、俺もお前をふうって呼ぶからな」
「あっ……はい！　よろしくお願いします、なっちゃん」
　さっそく名前を呼ぶと、照れくさそうな顔で頬をポリポリとかくなっちゃん。
　見た目とは裏腹に、可愛らしい一面を見た私は、小さく笑ってしまった。
「つか、名前よりも気になることがあんだけど……。ふう、お前なんで敬語なの」
「へっ……」
　だって、なっちゃん、私より年上に見えるし……。
　そういえば、年齢聞いてなかったな。
　いくつなんだろう。
「なっちゃん、私より年上でしょう？」
「俺は18だ。つか、年下のくせに、この俺を大胆にもなっちゃ

ん呼ばわりか？」
「ええっ!?」
　私と同い歳だったの!?
　なっちゃん、大人っぽい。
　比べると私って顔も幼いし、体もちんちくりんの子供じゃないか。
　うう、ショック……。
　本気で、早くも止まった自分の成長を憂いた。
「お前、なんでそんな驚いてんだよ……。まさか、俺のことジジイとか抜かすんじゃねーだろうな」
「ち、ちがうっ、大人っぽいから驚いたの。なっちゃん、同い歳だったんだね」
　それがわかると、自然に敬語が抜けた。
「マジか。たしかにお前、見た目は完全にガキだよな」
「ひどい……」
　わかってる、どうせ童顔だよ。
　いまだに中学生に見られることもあるんだから。
「だってよ、お前小せぇんだもん」
　背を測るように、私の頭に手をかざすなっちゃん。
　私は160cmあるので標準だと思うけど。
「なっちゃんが大きすぎるんだよ」
「俺は普通だ。お前がチビなんだよ」
「チビじゃない！」
　軽く言い合いをしていると、病室の扉がガラガラと開けられる。

「ふう姉、ただいまーって……なに、その男!!」
「あ、ほのかちゃん」
　面会が終わったんだろう。
　ほのかちゃんが病室に戻ってきた。
　そして、ベッドサイドに座るなっちゃんを指さすと、口をパクパクさせる。
「しかも、手まで繋いでるっ」
「あっ……」
　なっちゃんと手を繋いだままなの、忘れてた。
　それはなっちゃんも同じだったのか、あわてたように手を離す。
「こ、これは握手の延長だ」
「うちのふう姉をたぶらかすなんてっ、ケダモノ！」
「おい、ふう。コイツはお前の妹か？」
　面倒くさそうに確認してくるなっちゃんに、私は首を横に振りながら微笑む。
「ほのかちゃんは……」
「ふう姉ーっ!!　帰ってきてやったぞ！」
　私の言葉をさえぎったのは、うちのやんちゃっ子、圭ちゃんだ。
　そのうしろで、愛実ちゃんがうかがうようになっちゃんを観察している。
「圭ちゃん、愛実ちゃん、お帰りなさい」
「ふう姉……」
　タタタタッと、駆けよってきた愛実ちゃん。

しかし、近くに来るとなっちゃんの長身に圧倒されたのか、「ひっ」と小さな悲鳴をあげる。

立ちどまった愛実ちゃんを横目に、ますますなっちゃんの顔には疑問が浮かぶ。

「この小さいのも、お前の妹……なわけねーよな。顔似てねーし」

「同室の子たちなんだけど、私にとっては可愛い妹と弟だよ」

立ちつくしている愛実ちゃんに視線を向ける。

いまだ、なっちゃんを警戒している彼女に安心させるように笑うと、手招きをした。

すると、ビクビクしながら私のベッドの上に乗りあげる。

「なんだ、子守か」

私に抱きつく愛実ちゃんを見て、なっちゃんが言った。

「ちがうよ、私が子守されてるの」

こうしてムギュッと抱きしめると、私が癒やされる。

ひとりでいると余計なことまで考えちゃう私にとって、みんなの存在は救いだ。

気を抜けばいつでも恐怖の水底に沈みそうになる私の心を、みんなの声が、手が、体温が引きあげてくれるから。

「ふう姉、コイツ誰？」

無遠慮になっちゃんを指さした圭ちゃんに、私は苦笑いをこぼす。

「圭ちゃん、私も今日初めて会ったんだ。なっちゃんっていうんだよ」

私は彼の前でかがむと、目線を合わせて説明した。
　それを聞いた圭ちゃんは「ふんっ」と鼻を鳴らす。
「なっちゃん？　けっ、女みたいな名前だな。俺の方が男らしい名前だろ、ふう姉！」
　なぜか、なっちゃんに対抗心むき出しな圭ちゃん。
　さっきから、ちょこちょこにらんでいる。
「おいガキ、俺はなっちゃんじゃなくて夏樹だ」
「ガキじゃない、圭介だ！」
　子供相手にすごむなっちゃん……大人げないなぁ。
　圭ちゃんも負けず嫌いなので、どちらも引く様子がない。
　いがみ合うふたりを見守っていると、ほのかちゃんが私の袖を引いた。
「ふう姉、本当にこの人、誰？　どうしてここにいるの？」
「あ、そういえば私も、それを聞いてなかったよ」
　なっちゃん、どうしてこの病室に来たんだろう。
　部屋をまちがえたのかな。
　そもそも、なっちゃんは私と同い年なのに、どうして小児病棟にいるんだろう。
　彼も小さい頃から、この病棟に入院してたのだろうか。
「もう！　ふう姉ってば本当に抜けてるんだから！」
　頭を抱えるほのかちゃんに苦笑いを浮かべた。
「もう、ふう姉は私が守らないと」
　ほのかちゃんは決意したような顔をして、なっちゃんの前に仁王立ちする。
「それで、なんでうちの部屋にいるわけ？」

「ほのか……だったか。悪い、逃げこんだ場所がここだったんだよ」

逃げてきたって、なにから？

ばつが悪そうな顔をして、しきりに髪をいじるなっちゃん。

なっちゃんって、困ると髪いじる癖があるのかな？

「やだ、犯罪？」

口を覆い、不審者(ふしんしゃ)を見るような目を向けるほのかちゃん。

「夏樹の変態(へんたい)ヤンキー！」

「……不審者ヤンキー」

続けて、圭ちゃんと愛実ちゃんが、なっちゃんに罵倒(ばとう)の総攻撃(そうこうげき)をする。

「俺はここの患者だ。小さいときから心臓が悪くて、ここに入院してんだよ」

あ、そうだったんだ。

じゃあ、私と同じで、前から診てくれている先生がいるから、特別にここに入院してるってことかな。

「次、生意気なこと言ったら……しばくぞ」

「まぁまぁ、なっちゃん怒らないで」

どこぞの凶悪犯(きょうあくはん)かと思うくらいに怖い顔ですごむなっちゃんをいさめる。

「お前、コイツらの姉がわりなんだろーが。なんとかしろよ、傍観(ぼうかん)すんな」

「ははは……ごめんね」

止めるタイミングが遅(おそ)かったみたい。

なっちゃんに怒られてしまった。
「はぁ……。お前らと話してたら、どっと疲れたわ」
「もう帰っちゃうの？」
　腰をあげて、扉の方へと歩いていくなっちゃんを、つい引きとめる。
　なっちゃんは首のうしろに手を当てて、「あ？」と気だるそうに私を振り返った。
「おう、また来る」
「うん、待ってる！」
　つい、食い気味に言ってしまった。
　なっちゃんとは初対面なのに、あまり自分を偽ることなく話せた気がする。
　気の知れた親友のように、一緒にいると落ちついた。
　だからまた、会いたい。
　そんな気持ちが先行して、自分でも驚くくらい素直に『待ってる』なんて言ってしまった。
「なっ……」
　ぎょっとした顔で私を見つめるなっちゃん。
　その頬はうっすら赤い。
「なっちゃん、顔が……」
　赤い。
　そう言おうとした瞬間、顔を見られたくないのか背を向けられてしまった。
「はずかしいヤツ」
　なっちゃんはボソリとつぶやいて、スタスタと部屋を出

ていってしまう。
「怒らせちゃったかな……」
　去り際のそっけない態度に落ちこむ。
　おかしいな。
　どうしてこんなに気持ちが沈むんだろう。
　彼に背を向けられただけで、私……傷ついてる。
　いつもなら、早く帰りたかっただけだろうって気にもしないのに。
「あれは照れてるんだよ、鈍いなぁ」
　ほのかちゃんが困ったように笑う。
「え、そうなの？」
　そう言われれば、たしかに顔が赤かった気がする。
「変な男に捕まらないようにしないと！」
　また、ほのかちゃんが心配してる。
　本当に、どっちがお姉さんかわからない。
　それにしても、小野夏樹……なっちゃん。
　この白亜の籠の中で、また新しい出会いがあった。
　これは神様がくれた、つかの間の幸せだろうか。
　いつ死ぬかもわからない私を、哀れに思ったのかな。
「……って、ふう姉、聞いてるの？」
　心配そうに私を見つめるほのかちゃんを、ぼんやりと見つめ返す。
　こうしてみんなと過ごす明日は、もう来ないかもしれない。
　そう思ったら……。

「うん、聞いてるよ……ごめんね」
　切なくて、悲しくて、声が震えてしまいそうになる。
　そして願うのだ。
　どうか、明日もみんなに……彼に会えますようにと。

Episode 3：鳥は空を求める

　翌朝、自販機でジュースを買った私は、病室に戻ろうと廊下を歩いていた。
　すると突然、胸がズキズキと痛みだす。
「うっ……ふう」
　すぐに立ちどまって深呼吸をする。
　こういう発作は前からあったけど、日に日に悪くなっているのが自分でもわかる。
　脈打つみたいに、痛みの波が襲ってきて苦しい。
　動悸が落ちつくのを待ちながら、やけにまぶしい光が私を照らしていることに気づいた。
「まぶしい、な……」
　苦しさに耐えるように腰をかがめながら、顔をあげる。
　今日も窓から見える空は青く澄んでいた。
　ここ最近は天気にも恵まれて、晴れの日が続いている。
「けど、まだ空は遠いな」
　白い籠から見た空は、地上から見るよりも空や太陽がくすんで見える。
　風もない、草木や花の香りもしない。
　私は……ずっと籠の鳥。
　それも、翼をもがれた鳥だ。
　ようやく胸の痛みがおさまり、また歩きだす。
　足取りは発作の疲労感と沈んだ気分のせいで重かった。

「うっせーよ、手術は受けねーっつってんだろ!!」
　私の部屋の３つ隣の病室の前を通りかかったとき。
　廊下の外まで響く、怒鳴り声が聞こえてきた。
　ほとんど条件反射で足を止める。
　そこは個室で、ほんの少しだけ扉が開いていた。
「夏樹、なにを意地になってるんだ」
　夏樹……？
　低くて渋い声の誰かが、聞き覚えのある名前を口にした。
　私はいけないと思いながらも、足音を立てないように扉へ近づく。
「意地とか、そういうんじゃねーんだよ!!」
　この声、なっちゃんだ。
「お前は母さんの気持ちを、なにもわかってない！」
「わかってないのは親父の方だろ！」
　あの年配の男性は、なっちゃんのお父さんなんだ。
　もう、後には引き返せなかった。
　切羽つまったなっちゃんの声に、いてもたってもいられなくて、中をのぞきこむ。
　すると、なっちゃんと年配の男性が向き合って話している様子が見えた。
「あれは、お前が悪いんじゃな……」
「俺が、自分を許せねーんだよ！　母親殺しといて、自分だけのうのうと生きるなんて、できるわけねぇだろっ」
　言いかけるお父さんの言葉をさえぎったなっちゃん。
　なっちゃんが、お母さんを殺した……？

心臓がドクンッと嫌な音を立てる。
まさか、そんなことあるわけないよ。
信じない、信じたくない。
ちがうという証明がほしかった私は、自分が安心したいがために立ち聞きを続けた。
「お父さんには、夏樹しかいないんだっ」
「俺は……アンタのために生きてるんじゃない」
「どうして、わかってくれないんだ!!」
　　——パシンッ!!
病室に乾いた音が響いた。
一瞬の出来事で、状況をのみこめない。
ただ、なっちゃんがたたかれたことだけはわかった。
「あっ……夏樹、すまな……」
「ってぇな……話になんねぇ。俺が出てく」
うつむいたまま、大股でこっちへ歩いてくるなっちゃん。
あっ、いけない……立ち聞きしてたのが、バレちゃうっ。
あわてて逃げる場所を探すも、見つからない。
なす術もなく、扉が無情にも私の目の前で開いた。
「あわわっ」
「なんでお前がここに……」
バッチリなっちゃんと目が合う。
どうしようっ、なんて謝ればっ。
許してくれないよね、なっちゃん。
触れられたくないモノが、誰にでもある。
それを、こんな風に勝手に見られたんだから。

「ご、ごめんなさいっ。勝手にのぞいたりして……」
「……べつに、とりあえず行くぞ」
　なっちゃんは私の手首をつかんだ。
「えっ、なっちゃん？」
「いいから歩け」
　迷わずどこかへと歩いていく彼に、早足でついていく。
「はぁっ、なっちゃんっ……」
　そのスピードが少しだけ速くて、動悸がした。
　さっき発作があったばかりだから、胸もツキツキと痛む。
「はぁっ、悪いな、急ぎすぎた。大丈夫か？」
「う、うん……ふぅっ」
　なっちゃんが止まってくれたおかげで、少しだけ症状がおさまった。
「なっちゃんは、大丈夫？」
「あ？　俺のことなんていいんだよ」
　そう言いながらも、空いている方の手で自分の胸を押さえている。
　なっちゃんも辛そう。
　もしかして、なっちゃんも私と同じ心臓病……？
　……"俺のことなんて"なんて、どうして自分を蔑ろにするような言い方をするの？
　そんななっちゃんを見たくない。
　もっと自分を大切にしてよ。
　そんな想いが溢れてくる。
「歩けるか？」

「あ、うん」
　そう答えると、また歩きだす。
　なっちゃんは、どこに行こうとしているんだろう。
「ねぇなっちゃん、どこに行くの？」
「いいから、ついてこい」
　有無を言わさず連れてこられたのは、エレベーターの前だった。
　私たち、病棟の外に出ちゃいけないのに……。
「さすがに、病棟を出るのはまずいよ」
「ルールは破るためにあんだよ」
　そんなの、初めて聞いたよ。
　でも、なんでかな……。
　彼が言うと正論に聞こえる。
　なっちゃんは、思いのままに行動できる人なんだな。
　私にはない行動力を持っている彼がうらやましい。
「なっちゃんはすごいね」
「俺は、全然すごくなんかねーよ」
　なっちゃんの目が伏せられる。
　私が彼の手を振り払えないのは……。
　きっと、今なっちゃんをひとりにしちゃいけないと思ったからだ。
　それが、なぜなのかはわからないけど……。
　なっちゃんは、とても傷ついているように見えたから。

　——チーン。

乗りこんだエレベーターがどこかの階に到着する。
　扉が開くと、そこは屋上だった。
「いい風が吹いてるだろ」
「本当だ……」
　つぶやきながら、私は目の前に広がる青空に目を奪われて前へと歩いていく。
　屋上の中央までやってくると、髪をなでる、少し痛いくらいの冷たい風を全身に感じた。
　吐いた息が白くなって、冬なのだとあらためて感じる。
「病院の中にいると、季節を肌で感じることがなくて……」
　私はそう言いながら、両手を空に向かって伸ばす。
　そして、ゆっくりと瞳を閉じた。
「ここは、時の流れさえ感じられなくなるから、窮屈だった……」
　この、凍てつく寒さも心地いい。
　空だって、近くに感じる。
　これが、外の世界なんだ……。
　屋上は転落防止のために、私たちの背をはるかに越えるフェンスに覆われている。
　閉じこめられていた籠の扉が、ほんの少し開いた程度の解放感だけど、それでもいい。
　少しでも、自由を感じられるなら。
　今までお医者さんの言うことを聞かなきゃと思っていたから、この屋上に来たことはなかった。
　でも、こんなに綺麗な空が見られるなら、もっと早く規

則なんて破っちゃえばよかったな。
「ふう、お前……」
「なっちゃん、さっきは本当にごめんなさい」
　私はあわててなっちゃんの前に駆けより、頭をさげる。
　少し乱れた呼吸を整えながら、うかがうようになっちゃんの顔をのぞきこんだ。
　すると、左の頬が赤いことに気づく。
「大変っ、頬赤くなってる」
「あぁ、さっき親父にたたかれたから」
　そうだ、私も見ていたじゃないか。
　まさか、こんなに赤くなってたなんて気づかなかった。
　なにか、冷やす物……。
　ポケットもないのに、焦(あせ)っていたせいか病衣の腰のあたりをポンポンとたたく。
　そこで、自分の右手に握られていた物に気づいた。
「あっ、これだ！」
　私は持っていたオレンジジュースの缶(かん)を、背伸びしてなっちゃんの頬に当てる。
「いってぇーっ！」
「あっ、ごめんなさい！」
　私はとっさにジュースを頬から離す。
　でも、冷やさないと……。
　迷っていると、なっちゃんは私の手を引いてベンチに腰かけさせた。
　隣に座ったなっちゃんが、私をじっと見つめてくる。

「あ、あの?」
　ドキドキする……。
　発作とはちがう、胸の苦しさがあった。
　なっちゃん、まっすぐな目をしてる。
　その瞳に私が映りこむくらい、澄んでいるのがわかった。
　赤ちゃんの目が輝いているのは、この世界の穢れを知らないからだという話がある。
　そして、大人になると世の中の汚いものを見るうちに、その輝きはくすんでいくんだとか。
　それなのに、穢れが溢れるこの世界で、彼の目は澄んでいた。
「これなら、背伸びしなくていいだろ」
「あ……う、うんっ」
　そういうことだったんだ。
　なら、不用意に見つめないでほしい。
　なんだか、なっちゃんを見ると落ちつかなくなるから。
「ふう、頼む」
「はい」
　おとなしく頬を差し出してくるなっちゃんに、私はおそるおそる缶を当てる。
　なっちゃんの頬の痛みが、今感じてるだろう胸の痛みが、少しでも和らぎますように。
　願いながら、なっちゃんの手当をすることに専念する。
「……なんで、なにも聞かねーの」
　しばらくして、なっちゃんがポツリとつぶやく。

なんでなにも聞かないか……か。
　なんて答えよう。
　私は考えるように空を見あげた。
「触れられたくないモノ……」
　立ち聞きしておいてなんだけど、私は言葉を選びながら口を開く。
　なっちゃんは意味がわからないという顔をしていた。
「なっちゃんの触れられたくないモノだと……思ったの」
　私にもある。
　本当の気持ちを偽って、家族の前ではいい子のように振る舞っている私。
　大事な友達が私のお父さんにひどいことを言われても、なにも言えないこと。
　なんでも心の内に秘めて、自分さえ我慢すればいいと向き合うことから逃げる性格。
　このままじゃいけないことは、わかってる。
　誰よりも変わりたいと願ってる。
　だけど……。
「それを他人からとやかく言われるのは……嫌な気持ちになると思ったの」
　私がいちばんわかってるのに、わざわざ言わないでよって、そんな気持ちになるから。
「ふう……」
　なにか言いたげな顔のなっちゃんに、苦笑いを浮かべる。
「立ち聞きしちゃったのに、説得力ないね」

「俺の怒鳴り声が聞こえたんだろ。誰だって気になる。だから、気にすんな」

なっちゃんは私の頭をポンポンとなでた。

優しいな、なっちゃんは。

怒られたって仕方ないことをしたのに、私をなぐさめてくれる。

初めは強引な人だと思ったけど、ちがうな。

思ったことはなんでも言葉にする、やりたいことはする、ちゃんと自分を持っている人なんだ。

私はただ流されるだけの人間だから、人に合わせるのが正しいとカンちがいしていた。

時には、彼のような意志の強さが必要なのかもしれない。

正反対の彼に、私はどうしようもなく惹(ひ)かれる。

「ふうにも聞こえてたと思うけど、俺の母親は、俺のせいで死んだんだ」

「っ……それは、どういうこと?」

「心臓が悪かったお袋は、俺を産んですぐに死んだ。もともとリスクはあるって言われてたのに、命(いのち)懸けで俺を産んだんだ」

そういう、意味だったんだ……。

理由を知って、ホッとする。

「俺も母さんと同じく、小さい頃から心臓が悪くてさ。お前だけ幸せになるなっていう呪(のろ)いだと思ったよ」

そんな……。

なっちゃんを愛していたから、お母さんは命を賭(か)けられ

たんじゃないの？
　お母さんが犠牲になったとか、自分が殺したとか、そんなことを言ったら、お母さんはきっと悲しむ。
「手術しないと助からないって言われた」
　どこか、あきらめたような目。
　それだけで、なっちゃんの中に"生きる"という選択肢がないことがわかった。
「けど、俺はお袋を殺しておいて、自分だけが助かりたいだなんて思わない。だから、手術なんてごめんだ」
　やっぱり、手術を受ける気がないんだ。
　でも、私はなっちゃんに死んでほしくないよ。
「なっちゃん……お母さんは、なっちゃんに自分を責めてほしくないはずだよ！」
　なっちゃんの考え方はあまりにも悲しい。
　これじゃあ、お母さんの想いが報われない。
　そう思ったら、いても立ってもいられずに言ってしまう。
「いいや、そんなの、自分の罪から逃げるために事実を美化しただけだ」
「そんな……」
「どんな理由にせよ、母さんが俺のせいで死んだことには変わりないんだからな」
　どの言葉もなっちゃんには届かない。
　それ以上、どんな言葉をかければいいのかわからない私は口をつぐむ。
　なにもできないことが、もどかしかった。

「それなのに、親父は俺に手術を受けさせようって躍起になってる。昨日も、それでふうの部屋に逃げこんだんだ」
　いまいましそうに言う彼に、胸がチクリと痛んだ。
「そうだったんだ……。でも、お父さんはなっちゃんが心配なんだよ」
「ちがうね、親父は怖いだけだ」
「怖い？」
「お袋の姿を俺に重ねて見てる」
　なっちゃんはベンチに深く腰かけなおすと、遠い目で空を仰いだ。
　私はなっちゃんの横顔をチラリと見やり、同じく天へと視線を向ける。
　そして、語られる言葉を静かに待った。
「昔からそうだった。『お前は母さんと生きてる』って、耳が腐るほど聞かされた」
　その言葉だけ聞いたら、素敵な考え方だなと思う。
　お父さんはきっと、なっちゃんに"お母さんの分まで生きてほしい"と思ってるんだ。
　でも、なっちゃんはもしかして……。
　そのお父さんの想いが、重荷なのかな？
　私も両親から向けられる愛情に、いつも息苦しさを感じていた。
　だからこそ、なっちゃんの気持ちが理解できる気がする。
　なっちゃんはお父さんにそう言われるたび、「お母さんはお前のせいで死んだんだ」と責められているように感じ

るのかもしれない。
「俺は母さんの身代わりじゃなく、俺のまま死にたい」
「そんな……！」
　死にたい、だなんて。
　そんな悲しいことを言わないでほしかった。
　けれど、悲しいほどに、なっちゃんの目には迷いがない。
　死ぬことが怖くないの？
「母さんへの罪悪感を抱えて生きるのも、父さんの悲しみを埋めるために生きるのも……嫌なんだよ」
「なっちゃん……」
　なっちゃんを通してお父さんが見ているのは、お母さんの面影であって、なっちゃんじゃない。
　それに気づいたとき、どれだけ辛かっただろう。
「私は、私のまま……か」
　まるで、自分に向けられた言葉のように思えた。
　お父さんとお母さんに正しいことだと諭されると、心の中では反発していても、嫌われたくない一心で言われるがままになっていた私。
　後悔のない生き方を望む私と、自分らしい死を望むなっちゃん。
　私となっちゃんは、向かう先は生と死でちがうけれど、"自分らしく"という点で根本的な考えが似ている。
「その気持ちは、私にもわかるよ」
　つい、こぼれた本音。
　今までの私なら、自分の本当の気持ちなんて絶対に言わ

なかったのに、なっちゃんが自分のことを話してくれたからかな。

　私まで口がすべってしまった。
「昨日、私が、自分の性格が嫌いだって言ったの覚えてる?」
「あぁ、あのときは続きを聞きそびれた」
「私は小さい頃から心臓が悪くて、両親から大事に大事に育てられた。それはもう、過保護なくらい」

　なっちゃんの体温ですっかり温まったオレンジジュースの缶を、私はベンチに置いた。

　そして、自由気ままに流れる雲を見あげる。
「友達と遊んだり、運動会とか修学旅行とか、行事に参加することも許してもらえなかった。たぶん、外に出ると死んじゃう病気だとでも思ってるんだろうね」

　冗談まじりに笑って、肩をすくめてみせる。

　でも、あながちまちがいじゃないと思う。

　毎日学校まで、車で送り迎えするくらいだから。

　私の世界といえば、病院と教室と家だけ。
「遊びにも行けないから、友達と共通の話題もなくて、気づいたらひとりぼっちだったな」

　見あげた青の中に、まっ白い鳥が一羽、飛んでいるのを見つけた。

　その鳥の動きを追うように、私は片手を伸ばす。
「ここも同じ。とっても窮屈」
「なんで、文句言わないんだよ」
「私を大切にしてくれてるから」

愛してくれている。
　それが重い枷になっていたのだとしても、私は……。
　そんなふたりを裏切りたくなかった。
　だから、両親の望むいい子を演じてきたんだ。
「大切にすれば、愛せば、ふうを縛っていいのか？」
「……え？」
　私は驚いて、空からなっちゃんへと視線を向ける。
　なっちゃんは、少し怒ったような顔をしていた。
「ふう、お前は誰のために生きてんだよ」
「……私は両親のためだよ。ふたりのために、手術も受けるって決めて……」
「それで、ふうは幸せなのか？」
　まっすぐ、射抜くような瞳が私を見つめる。
　その視線は私の心さえも見すかしてしまいそうで、怖かった。
「それは……」
　幸せだと……言えなかった。
　私の意思なんて聞かずに、なんでも勝手に決められる。
　でも、それを受け入れたのは私だ。
「少なくとも俺には、ふうが幸せそうには見えない。お前はもっと、わがままになった方がいいと思うぞ」
「…………」
　私は心のどこかで、なっちゃんの言っていることを肯定している。
　もし、心のままに、わがままに生きられたら……。

でも、それを言葉にする勇気はなかった。
　口にすれば、私を愛してくれてる両親を裏切ることになるから。
「お前、本当はしたいことがあるんじゃないか？」
「え……」
　核心をつかれて、心臓がドキリと跳ねる。
　どうして、なっちゃんはそう思ったんだろう。
「病室で雑誌見てたろ」
「なっちゃん、気づいてたの？」
「お前が気づく前から、俺あそこにいたし」
　そうだったんだ……。
　それならそうと、早く声をかけてくれればよかったのに。
「あれは……海を見てたの」
「行きたいのか？」
　コクリとうなずくと、なっちゃんは考えるように空を見あげる。
「お前、手術はいつ？」
「えっと、明日かな」
　肩をすくめながら苦笑いで答えると、なっちゃんは信じられないと言わんばかりに唖然とした顔をする。
「は!?　なら、手術受ける前に行った方がいいだろ。なにがあるか、わからねぇんだから！」
　なっちゃんは自分のことのように、怒ってくれているみたいだった。
「はは……私もそう思う」

苦笑いを浮かべると、私は空へと視線を移す。
　風にまかせて、雲が流れるように自然に。
　自分の気持ちにも素直になれたらよかった。
「だけど、私は弱いから……結局、なにも言えずに言われたとおりにしか生きられない」
　その点、なっちゃんはすごい。
　ちゃんと自分の意思を持って生きてる。
　私とちがって、強くて勇敢な人だ。
「その弱さに気づいてて、なんで変えようとしねぇの？」
「それは……」
　言いよどんでいると、ふいに頬に視線を感じる。
　隣を見れば、なっちゃんはいつの間にか私を見ていた。
「本当は、自由になりたいんだろ。見たい景色があるんだろ？」
　なっちゃんの言葉は、私の心に築いた不可侵の城をどんどん壊していく。
　大砲でも撃ちこまれているような、城攻めにでもあっているかのような気分だ。
「……そうだよ」
　ポツリと、唇の隙間からうっかりこぼれた本音。
　脆くなって穴の開いた城壁から、閉じこめていたはずの私の想いが溢れ出る。
「本当は悔いのないように生きたいって思う。だけど……怖いのっ」
　声が泣きだす前みたいに震えた。

なっちゃんのまっすぐな瞳にうながされて、私は吐きだすように思っていることをぶつける。
「怖い？」
　そう、私は怖いんだ。
　私を愛してくれるお父さんとお母さんに嫌われることが、ガッカリさせてしまうことが。
　そして、私の居場所がなくなってしまうことが……。
「ただでさえ、この体のせいでふたりに迷惑をかけてきたから……。わがままなんて言ったら、捨てられちゃうんじゃないかって思った」
　誰かにこんなにも自分の気持ちを話したのは、生まれて初めてだった。
「私がいい子でいれば、それでいいと思ったの！」
　本当は誰かに、聞いてほしかったのかもしれない。
　ひとりでためこむのは、もうずっと前から限界だった。
「ふうは、それでいいのかよ？」
「もう、受け入れてるよ……」
「納得してねぇから、そんな辛そうな顔してんだろ」
「今さら、この生き方を変えられないよ」
　私はあきらめているんだと思う。
　望むたびに、手に入らない夢だって失望するから。
　だから、この籠の中で少しでも癒やされたいと寄り添える人を探す。
　つかの間の幸せに浸(ひた)って、死ぬ瞬間まで恐怖を感じぬように。

後悔したくない、海に行きたいという、本当の気持ちから目をそらすために。
「ふう、お前……」
「なっちゃん、戻ろう。体冷えちゃうよ」
　その先は、言わないでほしかった。
　話を切るように先にベンチから立ちあがると、なっちゃんに手を差し出す。
　そんな私をゆっくりと見あげた彼の目が、みるみる見開かれていった。
「ふう」
　なっちゃんの手が、私の腕をつかんだ。
「なっちゃん、どうしたの？」
　うわっ……！
　軽く引きよせられて、私はかがむような体勢になる。
　なっちゃんの顔が、こんなに近くにあるっ。
　鼻先がぶつかりそうな距離に、息が詰まる。
　今度は私が、目を見開く番だった。
「あ、あの？」
　驚いている私の頬に、なっちゃんの手が伸びる。
　触れた手の温もりにそっと目を閉じると、頬にツーッと涙が伝った。
　あ、私……泣いてる？
　熱い雫の感触に驚いて、パッと目を開けた。
「悪い、言いすぎた」
　なっちゃんの無骨な手が、涙を拭っていく。

外はこんなに寒いのに、温かいな。
「思うように生きられないのは、苦しいよな」
　なぐさめるように優しく頬をなぞられて、涙腺がゆるんだ。
「うぅっ」
　それだけで、溢れてくる雫。
　止まらない、どうして？
「っ……人前で泣くつもり、なかったんだけどなぁ」
　いつものように、笑ってみせた。
　涙は止まっていないから、意味はないかもしれない。
　でも、これ以上なっちゃんに迷惑かけたくない。
「いい、無理に笑うな」
「無理してなんて……」
「じゃあ、笑った顔がすげー不細工だから、笑うな」
　ポンッと頭の上に手を乗せられる。
　そのままワシャワシャと、髪をかきまわされた。
　あぁ、この人の優しさはだめだ。
　私の強がりなんて、簡単に剥いでしまうから。
「ごめんねっ……」
　弱くて、ごめんなさい。
　誰にも迷惑かけたくないのに。
「なんで、ごめんね？　俺はお前が泣こうがわめこうが、べつに迷惑だなんて思わねぇぞ」
　なんで、私がかけてほしい言葉がわかるの？
　泣いたり、わがままを言うのは得意じゃない。

けど、なっちゃんがそう言ってくれるなら……。
　今だけは、甘えてもいいかな？
「そばに、いてください……っ」
　初めて、誰かにお願いをした。
　初めて、誰かを頼った。
　なっちゃんだから、私は素直になれたんだと思う。
「もう少しだけ、ここにいようぜ」
　腕をさらに引かれて、その胸にすっぽりおさまる。
　ああ、ホッとする。
　温もりに包まれると、そっと目を閉じる。
「あと、少しだけだから」
　そう言ったなっちゃんに、強く抱きこまれた。
　まるで、世界の悲しみすべてから守られているみたい。
　なっちゃんのそばは、安心する。
　閉ざされた視界の中で、なっちゃんの存在だけを感じながら、私はつかの間の安らぎに浸ったのだった。

「ただいま、みんな」
　なっちゃんと一緒に530号の病室に戻ると、すぐさま圭ちゃんと愛実ちゃんが駆けよってくる。
「どこ行ってたんだよ！　って、ゲッ、夏樹」
　圭ちゃんは、なっちゃんを見たとたんに渋い顔をした。
　あのあと、私が落ちついてからふたりで屋上を出た。
　病室まで向かう間、なにも言わずに私の手を引いてくれたなっちゃん。

会話はなかったけど、繋いだ手は強くて、それはなっちゃんの不器用な優しさに思えた。
「圭介〜、生意気を言うのはこの口かっ、あぁん？」
「ギャーッ!!」
　なっちゃんの大きな手で頬をつかまれた圭ちゃんの顔は、見事なひょっとこ顔になっていた。
　今日もふたりは騒がしい。
　圭ちゃんも憎まれ口をたたくけど、本当はなっちゃんに遊んでもらえてうれしそうだ。
「ジュース……遅い」
「愛実ちゃん、待たせちゃってごめんね」
　このオレンジジュースは、愛実ちゃんのリクエストだ。
　ジュースを買ってすぐに屋上に行ってしまったから、かなり待たせちゃったよね。
　それに、愛実ちゃんは甘えたさんだ。
　うぬぼれかもしれないけど、私がいなくて寂しいと思ってくれていたんじゃないかな。
「あとで、髪も梳いてあげるからね」
「うん」
　うれしそうな顔をする愛実ちゃんの頭をなでていると、ほのかちゃんが起きてこないことに気づいた。
　おかしいな、いつもなら私よりも早く起きて、朝だよーってみんなのことを起こしてくれるのに。
「ほのかちゃん？」
　私は愛実ちゃんの手を引いて、ほのかちゃんのベッドへ

と歩いていく。
　すると、目を閉じたまま横になっていた。
　眠ってるのかな？
　様子をうかがっていると、ほのかちゃんのまつ毛が震える。
「ん……ふう姉？」
「ほのかちゃん、体調悪い？」
　ベッドサイドの椅子に腰かけて、愛実ちゃんを膝の上に乗せると、ほのかちゃんの手を握る。
　すると、いつもより青い顔で私を見あげた。
「うん、なんか今日は……胸が苦しくて」
　ほのかちゃん、顔色が悪い。
　こんなこと、今までなかったのに……。
「看護師さんには話した？」
「うん、さっちゃんに……話した。様子見るって……」
「そっか……それなら、少し横になってた方がいいね」
　その手を握りながら、空いた方の手で背中をトントンと一定のリズムでたたいてあげる。
　すると、愛実ちゃんもほのかちゃんの頭をなではじめた。
「なんだ、ほのか体調悪いのか？」
　なっちゃんが近づいてくると、ほのかちゃんは弱々しく視線をあげた。
「あ……なっちゃん、来てたの？　ふう姉に手出したら許さない、からね……」
「お前、自分の心配しろよ」

「うるさい……なぁ」

その言葉に、ほのかちゃんが軽くなっちゃんをにらむ。

ほのかちゃん……。

いつもより覇気(はき)がないな。

このまま、症状が悪くならなければいいけど……。

そんな考えが頭にチラついて、すぐに振り払う。

ほのかちゃんは大丈夫。

大丈夫に決まってる。

すぐによくなるよ、きっと……そうだよね?

自分に言いきかせるように、何度も心の中で繰り返した。

「安心しろ、俺は巨乳(きょにゅう)で美人がタイプだ」

「なにに安心していいのかわからないよ、なっちゃん」

私はどんな説得の仕方だと、あきれる。

「とにかく、お前は自分のことだけ考えてろ」

なっちゃんは頭をガシガシとかきながら、私の隣に腰かけた。

あ、そっか。

これも、なっちゃんなりの気遣いなんだ。

冗談を言って、空気を明るくしようとしてくれてる。

彼の不器用な優しさに救われた私だからこそ、わかった。

「なんだよほのか、遊ばないのかー?」

「圭介、お前はここに座ってろ」

なっちゃんは圭ちゃんを膝の上に乗せた。

「ふう姉の膝がいい!」

「我慢しろ」

そうしてみんなで、ほのかちゃんを見守る。
　すると、ほのかちゃんがゆっくりと体を起こした。
「寝てていいんだよ？」
「ううん、だいぶ楽になってきたから……」
　そう言って笑うほのかちゃんは、あきらかに無理をしていた。
　こんなときにも、無理して笑うんだから。
　心配をかけたくない気持ちは、わかるけど……。
「それにね、なにか話してた方が気がまぎれるし」
「ほのかちゃん……」
　そうだよね、私たちは胸に爆弾を抱えて生きている。
　いつでも死と隣り合わせで、ひとりになると嫌でも考えてしまうんだ。
　自分の命のタイムリミットを。
　だから、必死に気づかないふり、見ないふりをする。
　いつもつきまとう"死"の影から逃れるために、誰かの声、体温を求めるんだ。
　その不安が、痛いほどわかった。
「おい、それでも寝てた方が……」
「ほのかちゃんの、したい話をしよう」
　その答えしか、私にはなかった。
　心臓の痛みより、恐怖の方が何倍も耐えがたいことを知っているから。
「でも、ほのかは体調よくねぇーんだろ？」
　私を止めるなっちゃんに、曖昧な笑みを返す。

「不安を抱えるには……ひとりでは心細すぎるから」
「ふぅ……」
「だからね、少しだけ」
　そう言うと、なっちゃんはゆっくりとうなずいてくれた。
　なっちゃんにも、なにか思うことがあるのかもしれない。
　私たちにしかわからない、"死"と隣り合わせの恐怖。
　ちょっとした体の不調は、死へのカウントダウンに思えて仕方ないのだ。
「で、なんの話がしたいんだ？」
「私、恋バナがしたい」
「は？」
　尋ねたなっちゃんが、見たことのないような顔をした。
　信じられない！という彼の心の声が聞こえてきそうだ。
「えーと、恋バナ？」
　完全に固まってしまっているなっちゃんのかわりに、私が聞き返す。
　恋バナがしたいというあたり、やっぱりほのかちゃんは年頃の女の子だなぁと思う。
「だって、学校に通ってた頃は友達と恋バナで盛りあがったりしてたのに、ここに来たら全然できなくて……」
　不満げに唇を突き出すほのかちゃん。
　中学では、活発な女の子だったんだろうな。
　恋も部活も勉強も、全力投球していそうなイメージだ。
　そんな彼女の姿を想像して、今はそれが叶わないことが切なくなった。

「ふう姉となっちゃんなら、話題もあるだろうからさ」
「ははは、まぁそうだよね」
　たしかに、圭ちゃんと愛実ちゃんにはまだ早い話題だ。
　だけど、私も恋愛経験はないので役に立てるかはわからない。
「ほのか、好きなヤツいんの？」
「うん、なっちゃんは？」
「いや、今はいねーな」
　って……なっちゃん、普通に恋バナ始めてるし。
　こういうのって、女の子同士でするもんだと思ってたけど、男子の意見を聞けるのはいいかもしれない。
「私ね、小さいときから心臓が悪かったし、激しいスポーツはできないけど、部活には入りたかったの。だから、男子バスケ部のマネージャーになったんだ」
「マネージャー！　それだけで恋の予感だね」
　私が言うと、ほのかちゃんの頬に赤みが差す。
　マネージャーと部員って少女漫画(まんが)によくあるパターンだけど、女の子はそんな定番の恋に憧れるモノなのだ。
　まさに理想のシチュエーション！
「新入部員として入ってから、重い道具をかわりに運んでくれたり、私のことを気にかけてくれる人がいて……」
　懐(なつ)かしいような、はずかしいような。
　そんな感情が混在(こんざい)した、照れくさそうな顔でほのかちゃんは言う。
「あ、わかった。バスケ部の先輩が好きなの？」

私がニヤッと笑って尋ねると、指先で髪をいじりながら、照れくさそうに「うん」とうなずく。
　そんな、ほのかちゃんが可愛らしい。
　女の子がいちばん輝く瞬間は恋をしているときというのは、あながち嘘じゃないなと思った。
「如月遠矢先輩っていうんだけど、バスケが本当にうまいんだ。しかも、カッコよくって……」
「おいおい、スポーツしてる姿にホレたとか言うなよ？　小学生じゃあるまいし」
　口をあんぐりと開けて、なっちゃんはあきれた顔をする。
　小学生って、それは言いすぎじゃない？
　私はなにかに一生懸命になって、輝いている人に心惹かれることってあると思うけどな。
「ちがうよ！　遠矢先輩の優しくて、紳士なところにもホレたんだからっ」
　ほのかちゃんはむくれながら、抗議の視線をなっちゃんに向けた。
　雲行きが怪しくなる恋バナ。
　このままじゃ、いつもみたいにケンカになっちゃう。
　ただでさえ、ほのかちゃんの中でなっちゃんは不審者的な立ち位置にいるんだし、私がなんとかしないと。
「なにか、進展はなかったの？」
　私はさりげなく、軌道修正する。
　ほのかちゃんが声をかけた私を見て、必然的にふたりのにらみ合いが終わった。

よ、よかった……。
　ホッと息をついて、私は肩の力を抜く。
「一緒の高校に行くって、約束してたんだ」
「えぇっ」
　それって、もう付き合ってるんじゃ……。
　それか両想いだよ、きっと。
　でなきゃ、そんな約束する？
　頭の中で、いったいどんな男の子なんだろうと想像がふくらむ。
　私の大事なほのかちゃんの恋の相手だ。
　彼女が傷つくことがないように、私たちが見極めないと。
　でも、私の頭に浮かぶ遠矢先輩の人物像は……まさかね。
　一緒の高校に行こうとか、誰にでもそんなことを言うような……。
「チャラ男か」
　ちょっと！
　たしかに私も思ったけど、言わないでしょう普通！
　信じられない一言を放ったなっちゃんに、サァーッと血の気が引いていく。
「な、なっちゃん」
　私はあわてて彼の服の袖を引く。
「ほのかちゃんの好きな人に、なんてことを！」
　その線を疑ったのは私も同じだけど、言葉を選ぼうよ！
　せっかく、ケンカにならないように気を回したのに、意味ないじゃん。

「だって、付き合ってもないのに思わせぶりなこと言うなんて、聞くからに怪しいだろ」

顔を近づけて、コソコソと小声で話す私たち。

ほのかちゃんはそんな私たちを、不思議そうに見つめている。

「それにしたって、単刀直入に言いすぎだよっ」

オブラートって言葉を、なっちゃんは知らないんだから。

しっかり者のほのかちゃんに限って、それはないって。

うん、きっと大丈夫。

そう思うと私の心配も少し薄れた。

「一度だけ、好きって言ってもらえたことが、あったんだけど……」

こぼれた、ほのかちゃんの言葉。

彼女の方を向けば、寂しそうに笑っていた。

「え、ならふたりは付き合って……」
「ううん、私が話をそらしちゃった。手術するために3日後には入院を控えてたし、それで助かる保証もないでしょ?」

ほのかちゃんは、いつ消えるかもわからない命で想いに応えることが……怖かったのかな。

そう思ったら、ズキンッと胸に痛みが走る。

ほのかちゃんの悲しみが、伝わってくるようだった。

絶対なんてないから、私たちは怖くなるんだ。

愛する人を残していく不安。

なにも得られずに終わる命。

後悔を残して、空へと旅立つこと。
　そのすべてが、怖くてたまらない。
「私には、遠矢先輩に好きって言う権利は……ないって思った。そうしたら、なんかね」
「ほのかちゃん……」
　たまらず、ほのかちゃんをギュッと抱きしめる。
　悲しいはずなのに、それでも気丈に微笑むほのかちゃんが痛々しくて見ていられなかった。
「でもよ、その遠矢ってヤツからしたら……」
　なっちゃんがポツリとつぶやく。
　圭ちゃんと愛実ちゃんは退屈だったのか、気づけば私たちの胸に寄りかかりながら膝の上で眠ってしまっている。
　だからか、なっちゃんのつぶやきがやけに大きく聞こえた。
「ほのかの心臓が弱かろうが、関係ねぇと思うぞ」
「え？」
　ほのかちゃんはその意味を問うように、なっちゃんの顔を見つめた。
「病気はほのかの一部で、もっと言えば個性だろ。話せば、全部受け入れてくれたんじゃねーの」
「なっちゃん……」
　なんて優しくて、強い考えを持ってる人なんだろう。
　どんな自分でも、いいんだって思わせてくれる。
　そして、なにより。
　なっちゃんだって病気と闘ってるのに、私やほのかちゃ

んを励ましてくれる。
　私たちの抱える不安と、真剣に向き合おうとしてくれる。
　なっちゃんの彼女になる人は、絶対に幸せだろうな。
「ま、あきらめずにぶつかってみろよ」
　ポンポンッと、なっちゃんがほのかちゃんの頭をなでた。
　その手が頭に触れた瞬間、ほのかちゃんの瞳からポロリと涙がこぼれる。
「ありがとう……なっちゃん、ふう姉」
「私はなんにも……全部なっちゃんが答えてくれたから」
　なっちゃんの言葉は、確実にほのかちゃんの心を救ってくれたと思う。
　晴れやかに笑う彼女の顔を見て、そう思った。
「まさか、なっちゃんがこんなに話のわかる人だとは思わなかったな」
「だてに18年生きてねーからな」
「手始めに手紙でも書いてみようかな。口で言おうすると、胸がいっぱいで言葉にならなそうだし」
　意気ごむほのかちゃんは、今まででいちばん輝いた顔をしている。
「ラブレター、なんつって」
　照れくさそうに笑うほのかちゃん。
　その顔は少しだけ、血色がよくなったように見える。
　恋をすると、こんな風に人は変われるのかな。
　私にも、手術前に海に行きたかったという心残りがある。
　恋をしたら、自分の後悔と向き合う強さを手に入れられ

るのかもしれない。
「私にも……」
　こんな風に、強くなれる日が来るかな。
　自分の気持ちに素直になる勇気がほしいよ。
「ふう、大丈夫か？」
「え……？」
　心配そうに私の顔をのぞきこんでくるなっちゃんに、目を見開く。
「また、泣きそうな顔してる」
「そうかな」
「そうかなって、お前な……」
　私の答えに、なっちゃんは困ったような顔をした。
　心臓がチクチク刺されるように痛む。
　本当は泣きたかった。
　私は、ほのかちゃんやなっちゃんのように強くない。
　だから、誰より変化を望んでしまう。
　もっと、強い私になりたいって。
「でも、それって結局……」
　病室の窓から見える、宝石のような青空を見つめる。
　願うだけで、自分からは動けない弱虫。
　私はただ、じっとしているだけ。
　そして傲慢にも、いつか誰かが私を自由にしてくれるのを待ち望んでいる。
「たとえ、なにかを失ってでも叶えたいっていう、覚悟も勇気もないってことだ……」

つぶやいた声は、虚しく空気に溶ける。
「ふう、なんか言ったか？」
「ううん、なんにも」
　ぎこちなく笑うと、なっちゃんは「でも……」となにか言いかけて結局、口を閉じた。
　籠の鳥は、自由な空を求める。
　だけど、飛ぶ勇気のない鳥は翼があっても飛び立てない。
　永遠に自由なんて、手に入らないんだ。
　だから私は、ずっと囚われ続けるんだろう。
　身も、心も……この白亜の籠に。

Episode 4：涙の旅立ち

　恋バナをした日の深夜のことだった。
「うぅ……ね、え……ふう」
　隣のベッドから、うめき声が聞こえた。
　……んん、な、に……？
　かすかに聞こえる、聞き覚えのある声。
　深い眠りから、急速に浮上する意識。
　それに合わせて、ゆっくりと重いまぶたを持ちあげる。
「ふうっ……姉っ」
「えっ……ほのかちゃん!?」
　苦しみに耐えるようなその声に、私は飛びおきた。
　それは、ほのかちゃんが寝ている隣のベッドから聞こえる。
　私はスリッパも履かずに、裸足でほのかちゃんのベッドへ駆けよった。
　しかし、ベッドの上にほのかちゃんの姿はない。
　え、どこなの!?
　焦っているせいか、頭がうまく働かない。
「うう、助け……」
「あっ」
　声を頼りに、あわててベッドの反対側に回る。
　そして、ゆっくりと視線を床に向けると……。
「はぁっ、はっ……ふ、姉っ」

胸を押さえて、荒い呼吸をするほのかちゃんがそこに倒れていた。
「ほのかちゃん!!」
　私はあわてて、ほのかちゃんを抱きおこす。
　ほのかちゃんは血の気の失せた顔で、苦痛に表情を歪めていた。
　なに、なにがあったの!?
　とにかく、看護師さん呼ばなきゃっ。
　私は震える手でナースコールに手を伸ばすと、助けを呼んだ。
『どうしました?』
「ほのかちゃんが倒れてっ」
　しどろもどろになってしまって、うまく言葉を紡げない。
　ただ、悲鳴に近い声で叫ぶと、看護師さんは『すぐに行きます』と言って会話を切った。
　どうしたらいいのっ。
　なにをしてあげたらいいのか、わからないっ。
　無力な自分がくやしくて、涙がポロポロと流れる。
「お願いっ、ほのかちゃんを助けてっ」
　早くっ、早く!!
　看護師さんは、どうして来ないの!?
　たぶん、ナースコールを押してからまだ1分もたっていない。
　だけど、私には途方もなく長い時間に思えた。
「ふ、ぅ……姉……っ」

「ほのかちゃんっ、しっかりして！ 今、看護師さんが来るからね？」

　苦しそうに私の名前を呼ぶ、ほのかちゃんが、そっと私の頬に手を伸ばした。

「え……？」

　唐突に触れた手に、私は目を見張る。

　でもすぐに、その手があまりにも冷たいことに気づいた。

「大丈夫、大丈夫だからっ」

　誰に向けて言ったのか。

　私は自分に言い聞かせていたのかもしれない。

　ほのかちゃんは絶対に助かるって。

　頬に触れた弱々しい手を、私は引きとめる思いで強く握りしめた。

「ほのかちゃんっ……」

　頬に触れたほのかちゃんの手、すごく冷たい。

　こんな冷たいなんて、絶対におかしい。

　ほのかちゃんになにが起きてるのか、誰か教えてよっ。

「そんな、声……大きく……なく、ても……聞こえ、る」

　ふう姉は、本当に困った人だな。

　そんな意味がこめられているように思えた。

「でもっ……ほのかちゃんっ」

「ふう、姉っ……絶対なんてっ……この、世界にはっ……ない、よ……っ」

　ほのかちゃんの瞳から、涙がこぼれた。

　それは、なんの涙なのか……。

こんなときに、どうしてそんな話をするの？
わからない。
ううん、わかりたくないっ。
だってまるで、自分の終わりを悟っているみたいだ。
「なにっ、言ってるの……？」
　嗚咽が邪魔をして、うまく息が吸えない。
　なにがなんだかわからなくて、パニックになる頭で必死にほのかちゃんの声に耳を傾ける。
「後悔、しないで……生きて……ふう、姉っ」
「そんな言い方……まるでっ」
　まるで、別れの言葉みたい。
　そう口にしたら、本当になってしまいそうで怖かった。
　口をつぐむ私に、ほのかちゃんが笑う。
「ふう、姉っ……もうっ、自分の……はぁっ、ために生きて……」
「え……？」
「行きたい、場所……っ、に、ううっ、行って。生きたい人とっ、生き……てっ」
　こんなときにまで、私のことなんて心配しなくていいんだよ。
　優しすぎて、気を遣いすぎて、いつも自分は後回し。
　本当に不器用な、私の大好きな妹。
「ならっ、私と生きてよっ、ほのかちゃん‼」
　籠の外に出て、知らない景色を探しにいこうよ。
　これから一緒に、本物の空を見にいこうよ。

好きな人に告白だって、まだしてないでしょう？
　だから、いかないでっ。
「お願い……ずっと一緒にいようよ！」
「わかって……る、くせ……にっ……」
　それって、もう私のそばにはいられないってこと？
　そんなの信じられない。
　わからないよ、ほのかちゃんの言ってることっ。
「あぁ……心配、だなぁ……っ」
　怖くてたまらないはずなのに、ほのかちゃんは笑っていた。
「心配って？　私にできることがあるなら……っ」
　言いかけた言葉は、ほのかちゃんの意味深な瞳を見た瞬間にとぎれる。
　私は泣きさけぶのもやめて、じっと彼女を見つめた。
「ふう、姉っ……約束、してっ……」
「約束？」
　とぎれとぎれの、か細い声に耳を澄ませる。
　なにひとつ、聞きもらしてはいけないと思った。
「さっき、言った……でしょっ」
　さっき……。
　それってもしかして、私のしたいように生きてっていう、あの言葉のこと？
「はぁっ、お願いっ」
「いやっ……だめだよっ!!」
　泣きさけぶと、ほのかちゃんが私の涙を拭うように指を

動かした。
　約束したら、ほのかちゃんはいなくなる気だ。
　そんなの絶対、嫌だ。
　ほのかちゃんがいなくなったら、きっと立ち直れない。
　私がこんな息苦しいだけの場所で笑っていられたのは、ほのかちゃんがいたからなのに。
「最後、くらい……安心、させ……てよ」
　ああ、これが本当に最後なんだ。
　その目から光が消えていくのを見て、悟ってしまった。
「ううっ……」
　涙が溢れて、言葉にならない。
　それが、ほのかちゃんの最後の願いなら……。
　私はあなたのお姉ちゃんだから、ちゃんと言わないと。
　グッと唇を噛んで決意を固めると、ふぅーっと長く息を吐きだした。
　そして、ほのかちゃんの目をしっかりと見据える。
「……わかったっ、約束するっ」
「よかっ……た。今まで……あり、がとう、ふぅ姉……」
　幸せそうに笑う、ほのかちゃん。
　それが、ひどく美しいものに見えて、私は目を奪われる。
　怖いはずなのに、苦しいはずなのに。
　なんで、そんな風に笑えるんだろう。
　とまどっていると、ほのかちゃんはゆっくりとまぶたを閉じた。
　その瞬間、私の頬に触れていた手がパタリと落ちる。

目尻にたまっていた涙は、清々しいほどに晴れた表情をした彼女の頬を、静かに伝った。
「ほのか……ちゃん？」
ほのかちゃんが、眠ってしまった。
どうして、目を開けないの？
「ほのかちゃんっ、ほのかちゃんっ!?」
動かなくなったほのかちゃんの体を何度も揺する。
「すぐに心肺蘇生！」
「風花ちゃん、離れていてね」
いつの間に部屋に入ってきたのか、私とほのかちゃんを看護師さんが引きはなす。
その様子をただぼんやりと見つめた。
「気道しっかり確保して!!」
目の前で、ほのかちゃんを助けようとお医者さんや看護師さんたちが、あわただしく動いている。
……これは、夢だ……。
悪い夢だよ……。
ねぇ、そうだよね、ほのかちゃんっ。
何度も頭の中でほのかちゃんの死を否定しながら……。
私は床に座りこんだまま、動くことができなかった。
「午前０時30分、お亡くなりになりました」
しばらくして、病室で当直の東堂先生が、ほのかちゃんの死亡宣告をするのをこの耳で聞いた。

それから20分ほどして、危篤の知らせを聞いたのだろう

ほのかちゃんの両親が病室にやってくる。
「ほのかぁーっ!!」
「なんで、そんな……ほのかっ!!」
　泣きくずれるようにベッドにすがりつくお母さん。
　お父さんはベッドを前に、立ちつくしている。
　すぐに、気を利かせた看護師さんによってカーテンが閉められた。
　私は別の看護師さんに促されて、自分のベッドに戻っていたけど、暗闇の中で、ほのかちゃんのベッドだけが明るく照らされているから、そこに映る影でわかる。
　ご両親がほのかちゃんを囲むようにして、悲しみに打ちひしがれているんだってこと。
　悲しみに包まれる病室内。
　私は膝を抱えて、自分を抱きしめた。
　ほのかちゃんの両親のすすり泣く声に、心臓が張りさけそうになる。
　襲ってくる喪失感に耐えきれなくなった私は、現実を拒絶するように両耳を手でふさいだ。

　どのくらいたったんだろうか。
　ほのかちゃんが病室から運び出されたあと、私は自分のベッドに座りながら、ぼんやりと彼女がいたベッドを見つめた。
　荷物もベッドネームも、シーツまで剥がされている。
　掃除も終わっているのか、消毒液の匂いがした。

今はベッドの照明も消されていて、月明かりだけがこの部屋を照らしている。
　ついさっきまで、ここにいたのに……。
　ほのかちゃんはたしかにここで、私と言葉を交わし、笑い合っていた。
　なのに、今は彼女がいたという痕跡(こんせき)がどこにも残ってない。
「「ふう姉……」」
　不安げな圭ちゃんと愛実ちゃんが、私の服の袖を引く。
　あの騒ぎの中、ふたりが起きないはずがなかった。
　だけど、私はなにも言えなかった。
　なにをどう説明すればいいのか、私自身も整理ができていなかったから。
「ほのか、どこ行ったんだよ……」
「ベッドも……空(から)っぽ」
　ふたりの声が震えていた。
　どうしよう、なんか言わなきゃ……。
　言わなきゃ、いけないのに……。
「うっ……うぅっ……」
　口を開けば、嗚咽しか出ない。
　涙がぶわっと溢れて、止まらない。
「あぁ……っ」
　我慢できず、両手で顔を覆った。
「ふう姉、どうしたんだよ！」
「ふう姉……痛い？」

圭ちゃんと愛実ちゃんが、私にしがみつく。
　痛い、痛いよ……胸が。
　苦しくて、なにも受けとめられない。
　いっそ、すべて夢ならいいのに……っ。
「ほのかちゃんがっ」
　圭ちゃんも愛実ちゃんも、泣いている私にあわてている。
　そんなふたりを、強く両手で抱きよせた。
「天国に、行っちゃったっ……」
　腕の中で、ふたりが肩を震わせたのがわかった。
「なんでだよう……ううっ」
「うわぁぁんっ」
　必死にしがみついてくるふたりと一緒に、私も泣いた。
　血の繋がりはないけど、家族のように思っていた。
　もう二度と、ほのかちゃんに会えないなんて信じられない。
　今も心の中では、彼女の死を否定している。
　なのに、涙は枯れることなく流れるんだ。
「おい、なにがあった……」
　そのとき、聞き覚えのある声が聞こえた。
　私はすがるような思いで振り返る。
「なっちゃん……っ」
　そこには、なっちゃんがいた。
　騒ぎを聞きつけたのか、困惑したように病室の入り口に立っている。
　ひとつのベッドで固まって泣いている私たちを見て、

なっちゃんの顔はすぐにこわばった。
「ふう……圭介、愛実?」
　状況がわからないと言わんばかりの顔で、静かに私たちに歩みよってくるなっちゃん。
「ほのかは……まさか……」
　ほのかちゃんのベッドを見て、なにかを悟った様子のなっちゃんは、確かめるように私を見つめた。
「……ほのかちゃんがっ……」
　圭ちゃんと愛実ちゃんから手を離して、私はなっちゃんに向きなおる。
　先を言わなきゃ……。
　なのに、なかなか言葉にできない。
　辛さと悲しさが一気に胸にのしかかってきて、苦しい。
　言葉を詰まらせた私の前に、なっちゃんが目線を合わせるようにしゃがみこんだ。
「……っ、あのバカ……告白はどーしたよ……っ」
　なっちゃんの声も、震えていた。
　きっと、わかってしまったんだ。
　ほのかちゃんがもう、この世にはいないって。
　圭ちゃんと愛実ちゃんは私の病衣の裾を握りしめたまま、ずっとうつむいていた。
「ほのかちゃん、自分が死ぬっていうのに、最後まで私の心配ばっかりしてたのっ……」
　家族とか、遠矢先輩とか、想いを残したい人は他にたくさんいただろうに。

なのに、どうして私のことばっかり……。
「ふうが看取ったのか」
「うん……腕の中でっ……ふっ、うぅっ」
　話すことが辛くなって、私は口を両手でふさいだ。
　声が出ないように、ひたすら我慢する。
「バカ、こんなときに我慢すんな」
「え……？」
　気づけば、なっちゃんに抱きしめられていた。
　驚きながらも、動くことができない。
　なっちゃんの体温だ……。
　トクトク、生きている鼓動を感じる。
　なっちゃんの肩ごしに、壁掛けの時計が午前２時を指しているのが見えた。
　つい数時間前、抱きしめたほのかちゃんの命が消えていくのを、冷たい体温と弱々しい手から嫌でも感じた。
　だからかな、余計に体温が恋しくなる。
　なっちゃんの温もりに安心して、また涙が出てきた。
「泣きたいときは、ちゃんと泣け」
「なっちゃんっ……」
　胸にぽっかりと開いた穴を埋めるように。
　なっちゃんの存在を確かめるように、しがみついて泣く。
　いつか、なっちゃんも圭ちゃんも愛実ちゃんも、みんないなくなってしまったら……。
　そんな恐ろしい想像をして、体が震えた。
「なっちゃん、もっと強く抱きしめて」

「ああ……っ、いくらでもしてやる」
　さらに近づく体から伝わる熱に、ホッと息をつく。
　ふと、私を抱きしめる腕も震えていることに気づいた。
　きっと、なっちゃんも泣いていたんだろう。
「うわぁぁんっ、ほのかっ」
「うぅっっ」
　圭ちゃんと愛実ちゃんも、私たちにしがみついてきた。
「お前らも、好きなだけ泣いとけ」
　なっちゃんは、その長い腕で私たちを抱きしめる。
　傷だらけの心ごと包みこまれているみたい。
　彼のそば以上に居心地のいい場所なんてないんじゃないかと思う。
　みんなで分け合う体温にホッとしたせいか、また涙がぶわっと溢れてしまった。
「うぅっ、あぁぁっ」
　みんなで声をあげて泣いた。
　ほのかちゃんっ、ほのかちゃんっ。
　どうしてですか、神様。
　なんで、ほのかちゃんだったのっ。
　あんないい子がっ……私の大切な妹だったのに。
　タガが外れたみたいに、私は声をあげて泣いた。
　私たちは、弱い生き物だ。
　ひとりで生きていくには、この世界は残酷すぎるから。
　こうして寄り添い合って、もたれかかっていないと心が壊れてしまう。

「ほのかちゃんっ……うぅっ」
　泣きわめく私を、なっちゃんが強く抱きしめてくれる。
　その力強さに甘えるように、私は泣き続けるのだった。

「寝たみてーだな」
　泣きつかれた圭ちゃんと愛実ちゃんを、なっちゃんがベッドに寝かせてあげる。
「…………」
　その間も、私はどこかボーッとしていた。
　窓の外を見れば、どこまでも深い闇一色に染まった空が広がっている。
　これから数時間もすれば、顔を出す太陽の光と月の残光が混じり合って、空は瑠璃色に変わり夜が明けるんだ。
　この胸に残る悲しみなんておかまいなしに、無情にも朝は来る。
　なにごともなかったみたいに、また新しい1日が始まる。
　ここで起きた絶望を、世界中の人は知らない。
　私のかけがえのない存在が消えたというのに、みんな平然と生きているのだ。
『ふう、姉っ……絶対なんてっ……この、世界にはっ……ない、よ……っ』
　ふいに、ほのかちゃんの言葉を思い出した。
　心の底で、私たちなら大丈夫。
　病気でも、自分たちは助かるとどこかで思いこんでいた。
　自分たちだけはって、変な自信があったのだ。

「絶対なんて、本当にこの世界にはないんだね」
　届くはずがないってわかってるのに、つい語りかけるような言い方をしてしまう。
　誰にも、必ず明日が来るとは限らない。
　そして私たちは、他の人よりも死に近い場所にいるのだ。
「ふう」
　背中ごしに声をかけられる。
　私は振り返らず、窓の外を見つめながら口を開く。
「ほのかちゃん、私に後悔しないで生きてって言ったんだ」
「そうか、お前のこと心配してたもんな」
「うん……」
　いつも、私よりお姉さんらしいほのかちゃんに、助けられてばっかりだった。
『後悔、しないで……生きて……ふう、姉っ』
　あのとき、どんな気持ちでそんなことを言ったんだろう。
　死ぬことは、想像よりずっと怖かったはず。
　なのに、どうして私を……心配してくれたの？
『ふう、姉っ……もうっ、自分の……はぁっ、ために生きて……』
　ほのかちゃんと最後にした約束……。
　どうしたら、なにをしたら、自分のためになるんだろう。
　どうしたら、ほのかちゃんが安心してくれるような、私になれるの？
　わからない。今まで、望んでも叶わないとあきらめてばかりだったから。

「自分のために生きるって、どうすればいいのかな……」
「そんなの、したいことをして、行きたいところに行って、自分らしく生きればいいんじゃねーの?」

なっちゃんはそう言って、私の隣に立った。

同じように、先の見えないまっ暗な空を見あげる。

『行きたい、場所……っ、に、うぅっ、行って。生きたい人とっ、生き……てっ』

ほのかちゃんも、そう言ってたな。

それって……ほのかちゃんは、私がどこかへ行きたいって思っていることに、気づいていたってこと?
「まだ迷ってるのか?」
「私っ……」

手術は、もう日付が変わってしまったから今日だ。

あと数時間後には、私の意思なんておかまいなしに始まっているのだろう。

もう手遅れ……ううん、ちがう。

逃げようと思えば動ける体もあるし、拒否したいなら声を出せばいい。

なのに、私はまだ抗うことを恐れてる。

理由を探しては、ほのかちゃんの言葉から逃げようとしている。

最低だ、私。

ほのかちゃんが私にくれた優しい願いさえ、無下にしようとしているんだから。
「欲しいものは、望んでるだけじゃ手に入らねーよ。ほの

かが命懸けで伝えた想いを無駄にするな！」
「っ……、伝えた想い」
"行きたい場所に行って、生きていきたい人と生きる"
　ほのかちゃんが叶えられなかった願いだからこそ、私には後悔してほしくないと思ったんだろう。
　託された想いを、無駄になんてしたくない。
　なら、私はどうすればいい？
「ふうのやりたいことは、なんだ？」
「やりたいこと……」
「あの海に、行くことじゃねーのか!?」
　そう、それだけはずっと変わらずに胸の中にあった願い。
　死ぬまでに、絶対に見たいと思っていた。
「約束された明日がないこと、今日あらためて知った」
　それに気づいたのは、皮肉にも大切な人の死だった。
「だから……この命が、もし明日にでも消えてしまうのだとしたら」
　言葉にすることが怖い。
　私のわがままで、お父さんとお母さんに心配をかけてしまうのもわかってる。
　だけど、私はほのかちゃんの言葉から逃げたくない。
『よかっ……た。今まで……あり、がとう、ふう姉……』
　ほのかちゃん……ちがうよ。
　お礼を言うのは、私の方だ。
　ありがとう、ほのかちゃん。
　私に、前に進む勇気をくれて。

「行きたい場所……。私、海を見てみたい。この命が終わってしまう前に、知りたい世界があるのっ」

自分でも、驚くくらいに大きな声が出た。

胸にためこんでいたモノが、一気に吐きだされる解放感。

どこか、スッキリとした気分だった。

「よく言ったじゃねーか、ふう」

なっちゃんは、うれしそうにニッと笑う。

褒めるように頭をなでられて、私は自然に顔がほころぶのを感じた。

私、自由になりたい。

外の世界へ行ってみたいよ。

この世界に思い残すことがないように。

ほのかちゃんとの約束を、果たすために。

「なら、今から逃避行と洒落こむか」

「え？　と、逃避行？」

しかも、今からって……。

なっちゃんは月明かりを背に、手を差し出す。

その顔には、この上なく不敵な笑みが浮かんでいる。

「お前の手術が始まる前に行かねーと。ほら、急ぐぞ」

差し出された手が、さらに私に近づく。

え、なっちゃん、ついてきてくれるの？

目をパチクリさせながら、その手を凝視してしまう。

「このままここにいたら、どこへも行けねーぞ。親も医者も、絶対に止めるだろうからな」

「それは……たしかに」

両親が知ったら、力ずくでも私を止めるだろうな。
　友達と遊びにいくことすら、許してくれなかったくらいだし。
「俺が連れていってやるよ」
「でもなっちゃん、体は大丈夫なの？」
　なっちゃんも、私と同じ心臓病だ。
　しかも、手術の話をしていたから、私と同じくらい進行しているんじゃないかな。
「それは、ふうも一緒だろ」
「それは……そうだけど」
　ここを出たら、私たちはより"死"に近づく。
　だけど、それでも……。
「なっちゃん、私を外の世界に連れていって」
　それでも、叶えたい願いがある。
　この安全な籠の中を飛びだしても、自由になりたい。
　絶対なんてないこの世界で、唯一の確かなモノを見つけたい。
　手術を受けるときに、私の人生ってなんだったんだろうと後悔しないために。
　私は生きる希望を探しにいくのだ。
「よっしゃ、なら決まりだな」
　私がなっちゃんの手を取ると、強く握り返された。
　怖くないと言えば、嘘になる。
　でも、なっちゃんがそばにいてくれる。
　だから、きっと大丈夫。

「ふう、着こめるだけ着こんでこい。俺も準備してくる」
「う、うん……」
「いいか、くれぐれも静かにな」
「わ、わかった」

　海に行くと決めたとはいえ、まずは誰にも見つからずに病院を出られるかどうかだ。

　慎重に、看護師さんたちにも、気づかれないようにしないと。

　不安になりながらも、強くうなずく。

　それを見届けたなっちゃんは、部屋に戻っていった。

　私は床頭台にしまってあった、丈の長いニットのワンピースに着替えると、その下にタイツを履く。

　最後に、クリーム色のコートを羽織った。

　このコート、お母さんが誕生日に買ってくれたんだよね。

　両親の顔が脳裏に浮かんで、心が揺れそうになる。

　でも、私には行きたい場所があるから。

　ほのかちゃんが残してくれた言葉が、迷いを振り払う。

「ごめんね、お父さん、お母さん」

　決意を固めて、スリッパから外靴のブーツに履き替えた。

　最後に赤色のマフラーを巻いて、私は部屋を見渡す。

「圭ちゃん、愛実ちゃん……」

　スヤスヤと眠るふたりに歩みよると、起こさないようにその頭を優しくなでた。

　さすがに、ふたりは連れていけない。

　なにせ、命懸けなのだ。

無事に戻ってこられる保証もないから、ちゃんとこの目にふたりの姿を焼きつけておこう。
　私がいなくなったら、ふたりは寂しがるだろうな。
　ほのかちゃんも、いなくなってしまったばかりだから。
「なにも言わずに行くことを許してね」
　名残惜しくその手を離すと、今度はほのかちゃんのベッドサイドへとやってきた。
「ほのかちゃん……」
　数時間前まで、ほのかちゃんが眠っていたベッドには、マットレスだけが残っている。
　もうここに彼女はいないんだ。
　何度も思い知らされて、胸が張りさけそうになる。
「ほのかちゃんがいた証、どんどん消えちゃうね……っ」
　もう、私の記憶の中でしか、あなたを感じられない。
　そのベッドに触れて、あの明るくてしっかり者の彼女の笑顔を思い出す。
『ふう姉っ!!』
　ふう姉、ふう姉って、いつもうしろをついてきて……。
　圭ちゃんと愛実ちゃんにはお姉さんっぽく振る舞うのに、私にはときどき甘えてきてくれた。
　そんな、妹のようなほのかちゃんが大好きだった。
「ほのかちゃん……っ、私……行ってきます」
　そう声をかけて、立ちあがったときだった。
　カサリと、足もとで音が鳴る。
　不思議に思って下を向くと、ベッドの下から白い封筒の

ようなモノが顔を出している。
　私は腰をかがめて、それを拾った。
　手に取って見えた宛先に、私は目を見張る。
【如月遠矢様】
「これ……」
　看護師さんが片づけのときに落としたのか、ほのかちゃんがベッドの下に隠したのかはわからない。
　どちらにせよ、ほのかちゃんにとって大切なモノであることにちがいはない。
「ほのかちゃんが告白するために書いた手紙だ」
　まずはラブレター書くって、言ってたもんね。
　ほのかちゃんとの会話のひとつひとつが、ふとした瞬間に思い出される。
「準備できたか……って、ふう？」
　手紙を見つめたまま立ちつくす私の背中に、声がかけられる。
　でも、振り返ることも返事をすることもできなかった。
　ほのかちゃん……この手紙を書いたとき、どんな気持ちだったんだろう。
　もう想いを伝えられないとわかった瞬間、絶望した？
　この世界を旅立ったほのかちゃんの想いは、永遠に彼には届かないのだろうか。
「ふう、どうし……！」
　隣にやってきたなっちゃんが、私の顔を見て息をのむ。
　なっちゃんはワインレッドのニットに黒のダウンコート

を羽織り、下はジーンズをはいていた。
　その手には黒い手袋もはめられている。
「泣いてるのか」
「なっちゃん……これっ……」
　ひとりで抱えるには重すぎて、私はすがるようになっちゃんを見あげる。
「手紙？」
　とまどうように私の手もとを見たなっちゃんの顔が、驚きに変わる。
「これって、ほのかの……！」
　なっちゃんにも、わかるはずだ。
　この手紙が、ただの手紙でないことは。
　なんだか、偶然じゃない気がする。
　今ここでほのかちゃんの手紙を見つけたことには、意味があるんじゃないかと思うのだ。
「なっちゃん、私……」
「手紙、届けにいきてーんだろ」
　手紙を、遠矢先輩に届けにいきたい。
　そう伝える前に、先に言われてしまった。
「なっちゃん、どうしてわかったの？」
「お前の顔見れば、わかるっての」
　そうだったんだ……。
　私、そんなに顔に出てたのかな。
「でも……」
　海に行くだけでも大変なのに、なっちゃん、断るかな？

ドキドキしながら、なっちゃんの顔色をうかがう。
　私が見つめているのに気づくと、なっちゃんは片眉をあげた。
「なんだよ、俺が断るとでも思ってんのか？」
「な、なぜわかるの、なっちゃんっ」
　私、なにも言ってないよね？
　また、顔に出てたのかな。
「お前、口で物言わない分、顔で訴えかけてくんだよ。面倒くせー」
　めんどくさいって、言われてしまった。
　そんなことを言われても、自覚できるものじゃないし、直しようがない。
　とにかく、なっちゃんの顔が怖いから謝っておこう。
「ご、ごめんなさい」
「謝るな、面倒くせぇ」
　そんなぁ……。
　じゃあ私、どうすればいいの？
「ごめ……あっ」
　また謝ろうとした私を、なっちゃんがギロリとにらんだ。
　うっ……怖いっ。
　なっちゃんだって十分、顔で語ってると思う。
　なんて、怒られるから絶対に言えないけど。
「とにかく、俺もそうしたいと思うから行く。わかったな？」
「わ、わかりました……」
「んじゃ、行くぞ。……本当に、いいんだな？」

そう言って、なっちゃんが私の手をつかみ、軽く引く。
　この手を取った瞬間から、覚悟は決めてる。
　ほのかちゃん、私……。
　行きたいところへ行ってみる。
　そうすればなにかが変わるような、そんな気がするから。
「うん、お願いします」
　確認するように私を見つめたなっちゃんに、強くうなずいた。
　弱虫な私が、初めて自分の道を選んだ。
　ほのかちゃんがくれた勇気を、無駄にはしたくない。
「行こう、ふう」
「うん、なっちゃん」
　そして私たちは、手を固く繋ぎ合って病室を後にする。
　空を飛ぶ羽は、私たちにはない。
　だから、この足できみと一緒に歩もう。
　どんなに遠く、最果てにある場所でも。
　心にそんな決意を抱いて、私たちはナースステーションにいる看護師さんたちの目を盗み、病院を抜けだす。
　この白い籠の外へ、ようやく飛びだしたのだった。

◇2章◇

Episode 5：ふたりの逃避行

　時刻は午前３時。

　病院を抜けだして見あげた空はまっ暗で、散らばっている星が鮮明に見えた。

　道を照らすのは、設置された間隔が広すぎて頼りない街灯の光と鈍色の月。

　人ひとりの命が消えても星は空に瞬くし、月も太陽も空に昇る。

　世界はなにひとつ、変わらない。

　そして、どれも悲しいほどに美しい。

　自由を手に入れ、大切な存在を失った、切ない旅立ちの朝だった。

「なっちゃん、よく職員用の出口なんて知ってたね」

「あぁ、いつか脱走してやろーと思ってたからな」

「そうだったんだ……」

　手術のこと、すごく嫌がってたもんね。

　強行突破される前に、逃げだそうとしてたのかも。

　なっちゃんなら、やりかねない。

「それにしても、寒いねっ」

　肺に入ってくる空気が冷たい。

　この感覚、なっちゃんと屋上に行って以来だな。

　これから、目的地に着くまでずっと外にいるんだ。

　両手を擦り合わせると、なっちゃんが私の手をつかむ。

「ふう、これ着けてろ」
　なっちゃんは自分の手袋を外して、私に着けてくれる。
　あったかい……なっちゃんの温もりが残ってる。
　だけど、なっちゃんの手袋がなくなってしまう。
「これじゃあ、なっちゃんが寒いよ」
　申しわけなくて、私は手袋を外そうとした。
　それを止めるように、なっちゃんが私の手首をつかむ。
「んじゃ、その手貸せ」
「貸せって……あっ」
　なっちゃんは、私の手を自分のコートのポケットに突っ込む。
　その手は、なっちゃんと繋がれたままだ。
「あ〜あったけぇ」
　私で暖を取りはじめる彼の横顔をこっそり見あげる。
　温もりを感じるように、じっと目を閉じていた。
　なんだろう、これまでも何回か手を繋いだことはあった。
　なのに、今がいちばんドキドキするし、はずかしい。
「マジ寒いな……気温何度だよ、これ！」
　悪態をつきながら、私の手をさらに強く握るなっちゃん。
自分も寒いのに、私のことを優先してくれたんだ。
　やっぱり、なっちゃんって優しいな。
「なっちゃん」
「あぁ？」
　私は笑みを浮かべて、面倒くさそうにこっちを向くなっちゃんを見つめる。

「ありがとう」
「っ……べつに、いちいち気にすんな」
　照れくさかったのだろうか。
　ぶっきらぼうに、そっぽを向かれた。
　きみの優しさは、私の傷ついた心を癒やしてくれる。
　今、ひとりじゃなくてよかった。
　本当は大切な人の死や旅への不安に、泣きだしてしまいそうだったから。
　私が立ちどまらずにいられるのは、きみのおかげだよ。
　彼の存在を頼もしく思いながら、私たちは道の途中にある橋を渡る。
「この橋越えたところの、バス停まで歩くぞ。なるべく病院から離れたい」
　病院の前にも、バス停はある。
　でも、なっちゃんは病院の人に見つからないよう、あえて遠くのバス停まで歩こうと言うのだ。
　橋を越えるとなると30分くらいかかる。
「なんでバス停に？」
「まず、最寄り駅までバスで行く。そこから電車で海を目指すのが、いちばん早い経路だ」
　聞き返すと、なっちゃんが丁寧に教えてくれた。
　そっか、海まで電車で行くなら、まずは駅に行かないといけない。
　だから、バスに乗るんだね。
「うん、わかった」

「まぁ、この時間じゃまだバス走ってないと思うけどな」
「たしかに……」
　始発のバスが出るまで、待つしかないよね。
　でも、私たちには時間がない。
　命も、そして物理的な時間も。
「留まる時間が長いほど、見つかる確率が高くなる。始発は……6時49分か」
　スマホで時刻表を確認しているなっちゃんに、私はひとつ不安に思っていることを尋ねることにした。
「あのさ、どうやって遠矢先輩に会う？」
　手紙は渡したいけど……遠矢先輩にどうやったら会えるんだろう。
「ほのかの中学に行くしかねーだろ。幸い、冬休みまでには日にちがある」
「中学……うーん、場所はたしか……あっ、思い出した！」
　学校の話をしたときに、ほのかちゃんから聞いたことがある。
　あの駅なら、ここからそんなに遠くないだろう。
　私は思い出した駅名を、さっそくなっちゃんに伝える。
「なら……」
　なっちゃんはスマホを片手で操作して、乗車案内アプリを開いた。
　どうやら、ルートを検索してくれてるみたい。
　さすが、頼りになるな。
　私、意気ごんで来たはいいけど、なんにも考えてなかっ

たなぁ。
　海までどうやって行くのかも、わからないし。
　自分の無力さを感じていると、ふいに頭の上にチョップが落ちてきた。
「あいた！」
「今度はなにを悩んでんだよ」
「え？」
　だから、なんでわかるの？
　なっちゃんは、いつの間にかスマホから私へと視線を移している。
「さっさと言え」
「あ……私、役に立ってないなって」
　自分で言ってしょぼんとすると、なっちゃんはあからさまに深いため息をついた。
「お前は俺についてくればいいんだよ」
「でも……」
「俺が連れていってやるって言っただろ」
　それは、そうなんだけど……。
　なにもできていない自分が、情けないんだ。
「自分の力で、約束を果たさなきゃ意味がない気がして」
「お前はバカか」
　えー……ひどいっ。
　一刀両断された私は、呆然となっちゃんを見つめる。
「ほのかはお前に、生きたい人と生きろと言った。でも、孤独に約束をまっとうしろなんて言ってないだろ」

ほのかちゃんは、そんなことたしかに言ってない。
　　私は納得するように頭を縦に振る。
「むしろ、辛いときは誰かに頼ってほしいって、思ってるんじゃねーの？」
　　きっと、なっちゃんの言うとおりだ。
　　ほのかちゃんは、いつも私を心配してくれていたから。
「うん、そうかも……」
「ひとりより、ふたりの方がいいだろ。この先、なにがあるかわからねーんだから。お前だけじゃ、心配だしな」
「なっちゃん……ありがとう」
　　私だけでは、目的地にきっとたどり着けない。
　　今は役に立たなくても、できることを探していこう。
　　だから、今は頼らせてもらうことにする。
「おう、俺に任せとけ」
「うん！　なっちゃんがいてくれて、本当に心強いよ」
「バッ、バカかお前はっ。はずかしいことを吐くな」
　　ええっ、素直に心強いって伝えたかっただけなのに。
　　なっちゃんの照れるポイント、謎だ。
「で、でも……ありがとうって伝えたくて」
「わかったっつの、もうしゃべんな」
「はい……」
　　なっちゃんとの会話は、不安な気持ちを軽くしてくれた。
　　一緒にいると安心して、こんなときなのに楽しいなんて思ってる。
「お前、体は大丈夫か？」

「うん、なっちゃんは？」
「俺は男だから、お前よりは丈夫なんだよ」
　なっちゃん、私がこうして普通でいられるのは……。
　それはきっと、きみが私の隣にいてくれてるからだよ。
　本当にありがとう、なっちゃん。

　なっちゃんとの会話を楽しみながら、30分ほどかけてバス停に到着する。
「やっと着いたな……はぁっ、くたびれた」
「うんっ、はぁっ……少し心臓がバクバクする」
　普通に歩くのさえ、最近は動悸がしてしょうがない。
　寒いところでは発作が起きやすく、胸もズキズキ痛んだ。
「大丈夫か、ふう？」
「うんっ……はぁっ、なっちゃんは？」
「バカ野郎(やろう)。俺の心配より、自分の心配してろ」
　なっちゃんは怒ったように、私をバス停のベンチに座らせる。
「大丈夫か、深呼吸しろよ？」
　私のすぐ隣に腰かけたなっちゃんが、背中をさすってくれた。
「ごめん、なっちゃん……ふぅっ」
「いや、無理させたか？　悪い、体気遣ってやれなくて」
　なっちゃんが謝ることなんてないのに……。
　心配そうな顔をするなっちゃんに、私は首を横に振る。
「私がっ、弱すぎるだけっ……はぁっ」

「女なんだから、強くなんなくていい」
　そう言って、頭をポンッとなでられる。
　その拍子になっちゃんのむき出しの手が見えて、ハッとした。
　そうだ……！
　なっちゃんの手袋、私が奪ってたんだった。
　それに、マフラーもしてない。
　私っ、本当に気が利かないんだからっ。
「なっちゃん、これ……」
　自分のマフラーを外して、なっちゃんに着けてあげる。
　次になっちゃんの両手を握ると、必死に息を吹きかけた。
「はぁーっ、温かくなればいいんだけど……」
「おまっ、バカ、手離せ！　つか、マフラーはお前がしろ！　風邪でも引かれたら困るんだよっ」
　赤い顔で手を振り払うと、なっちゃんは私にマフラーを巻きなおそうとする。
「だから、それはなっちゃんの！」
「うるせぇ！」
「もう……」
　なっちゃんの頑固。
　私がマフラー巻くまで、絶対に引きさがらなそうだな。
　仕方ない……。
　もうひとつ、悩んだ末に考えついた策を提案する。
「じゃあ、一緒にこのマフラーを使おう」
　これは私もはずかしいんだけど……。

「……はぁ？」

長い間があった気がする。

驚愕の表情を浮かべて固まっているなっちゃんの首に、私はすかさずマフラーの半分を巻いた。

「あとは私……っと」

余ったマフラーを自分に巻いて、ひと息つく。

マフラーが長くてよかったな。

これなら、ふたりでぬくぬくできるもんね。

なっちゃんにピッタリくっつくと、触れた腕からも熱が伝わるようだった。

「ふう、近い」

腕組みをして不満げに言うなっちゃんの手をつかむ。

「なっちゃん、手袋も半分こね」

「お前が使えって言ったろ」

「大丈夫だよ……こうすれば」

私は、なっちゃんに片方だけ手袋を渡した。

そして、私となっちゃんのむき出しの方の手を重ねると、自分のポケットに入れる。

「これなら、あったかいから」

「お前……大胆だな、見かけによらず」

「え？」

だい、たん……？

言われて初めて、自分の行動を振り返ってみる。

恋人でもないのに手を繋いだり、マフラーを一緒に巻いたり……。

私、なんてことを……！
　ボンッと顔から火が出る思いだった。
「なんつーか、初めて会ったとき、俺はお前のこと……んーそうだな、深窓の令嬢かと思ったぞ」
「し、深窓の令嬢……？」
　それって、箱入り娘ってこと……？
　なっちゃん、そんな風に私のこと見てたんだ……。
　令嬢かどうかは別として、外の世界を知らない私にはピッタリの言葉かもしれない。
「大事に育てられすぎて、自分の意思を持てない……。そう考えてたけど、意外と行動力あるんだな」
「うーん、私に行動力があるんじゃなくて、なっちゃんやほのかちゃんが私を連れ出してくれたんだよ」
　私は白い息を吐いて、オリオンの輝く星空を見あげる。
　地上のことなど関係なしに、変わらず美しい空の下、私はあの場所を飛びだしたんだとあらためて実感した。
「両親のためにって言いながら、本当は私が嫌われたくなかっただけ。だから、言いなりになって生きてたんだ」
　弱くて、ずるいと思う。
　なにも言えないから、傷つきたくないから、胸の内で文句を言うんだ。
　言葉にしなければ、相手を落胆させることはないから。
　癖になってしまうくらい、いつもごまかすように笑った。
「そんな私の背中を押してくれたのはほのかちゃんで、手を引いてくれたのはなっちゃんだった」

「でも、行くって決めたのはお前だろ」
　なっちゃんの力強い瞳が私を見据える。
　手袋をはめた手が、私の頭に乗った。
「自分に厳しすぎなんだよ、お前は」
「うーん、そうかな？」
　私はむしろ、自分に甘いと思う。
　傷つきたくないから、自分の想いからも、相手の想いからも逃げてばかり。
　そのたびに、どうして自分は弱いままなんだと落胆する。
「少しでもいい。前の自分にできなかったことができたら、もっと自分を褒めてやれ」
「なっちゃん……」
　前の自分より……か。
　ふたりのおかげとはいえ、こうして外の世界へ踏みだすことができた。
　今の私は、前の私よりも成長しているのかもしれない。
「ふうはさ、どうして海に行きたいんだ？」
「それは……」
　なんで行きたいか……か。
　それは、後悔したくなかったから。
　ほのかちゃんとの約束があったから。
　いろんな思いが胸の内に湧いてくる。
　それを言葉にするのは難しいけれど、ひとつひとつ気持ちを整理するように口を開いた。
「空にも……朝、昼、夕でちがう顔があるように、この世

界には、私の知らないモノがたくさんあると思うの」
　病室で、空を見あげながら考えていたこと。
　この命が消えてしまう前に、まだ見ぬ世界を知りたい。
　絶対なんてないこの世界だからこそ、そう強く願った。
「私は……この世界の美しさを知らずに死ぬことが、嫌だなって思った」
　私の知らない誰かが生きる場所や、見たこともないような景色を見てみたい。
　私が生まれてきた世界のことを、もっともっと知りたい。
　そして、もう十分この世界でやりたいことをしたと思ってから、後悔なく手術を受けたいんだ。
「海じゃなきゃいけない理由はなんだ？」
「うん、たまたま病院の旅行雑誌コーナーを見てたら、すっごく綺麗な海を紹介してるページがあってね」
　お母さんに頼んで、雑誌を買ってもらった。
　行けもしないのに、なんで旅行雑誌なんか欲しがるんだろうと、お母さんは不思議そうにしてたっけ。
　今思えば、親に頼みごとをしたのは、あれが初めてだったかもしれない。
　雑誌では他にもたくさんのスポットが紹介されている。
　けど、なんであの海だったのかな。
　……そうだ、世界中どこにいても繋がっている空と海を、この目で見てみたいと思ったんだ。
　でも、どこからでも見える空とちがって海は見えない。
　純粋に、見てみたいと思った。

どれだけ広くて、深いのか。
　地平線の向こうには、どんな国があるのかなって想像したり。
　世界は広いんだってこと、実感したかったのかも。
「私、海って見たことなくて……」
「は！？　マジかよ、日本は海に囲まれた島国だぞ」
「ははは、本当にね」
　今や、しおりがなくても、あの海のページが簡単に開く。
　それほど、私はそこに写るマリンブルーの海に憧れた。
「だからどうしても、見てみたかったの」
　私は肩掛けバッグから、あの雑誌を取り出す。
「なんだ、それ持ってきてたのか」
「うん、私の意思を見失わないようにするために」
　ここへ行くんだって気持ちを、迷ったときに取り戻せるように。
　私のお守りみたいなものだ。
「行けるわけないってあきらめてたけど……。こうして、今その夢を叶えようとしてる」
　両親の言いなりだった私が、ようやく自分の意思で動きだした。
　でもきっと、ひとりだったら踏んぎれなかった。
「ほのかちゃんの言葉と、私を連れ出してくれたなっちゃんのおかげで、私は歩きだすことができたんだよ」
「べ、べつに、俺も父親と手術から逃げたかっただけだ」
「それでも、ありがとう」

フイッと照れくさそうにそっぽを向くなっちゃんに、私はお礼を言う。
　私たちはやっとスタートラインに立った。
　まだまだこの先は長い。
　でも、きみとなら、どこまでも行ける気がするんだ。
「ほのかちゃん……」
　死んだ人は、星になると昔から言うけれど。
　今輝くこの星の中に、ほのかちゃんもいるのかな。
「……バタバタしてたけど、アイツが死んでそんなにたってないんだよな」
「うん……」
　私たちは、考えないようにしていたのかもしれない。
　心がくじけて、進めなくなってしまうから。
　思い返すと悲しくて、泣きたくなるから。
　だって、こうしてる今も……。
「っ……ほのかちゃん、心配してるんだろうなぁ……っ」
　涙がポロポロ流れて、星がぼやけてしまう。
「ふうより、ほのかの方が姉貴っぽいからな」
「ふふっ、うん……」
　だから、私たちの旅路を見守ってて。
　ほのかちゃんとの約束、必ず果たすから。
「行きたい場所に行く」
「あぁ、お前は自由だ」
「生きたい人と生きる……うぅっ、約束っ」
　声が震えて、ボロボロに泣いてしまう。

なっちゃんは繋いでいた手を離すと、ふたりの体温で温まった手で私の頬に触れた。
「思いっきり泣いて、明日からは笑え。ほのかのために」
　私の涙を拭ったなっちゃんは、静かに肩を貸してくれる。
「うん、ありがとう」
　その肩に頭を乗せて、明けゆく空を見つめる。
　そして、あの空の向こうにいるほのかちゃんを想って、心のままに泣いたのだった。

Episode 6：波乱の幕開け

「……う、……ふう」
「んんっ……？」
　誰だろう、うるさいなぁ。
　私はまだ、眠いのに……。
　それに、しきりに肩を揺すられているみたい。
「おい、ふう起きろ」
「う、ん……寒い……」
　そう思って、近くの布団をむんずとつかんだ。
「凍死すんぞ、マジ起きろって！」
「んぅ……はぁい」
　ぼんやりとする頭で、ゆっくりとまぶたを持ちあげる。
　私、いつの間に寝ちゃったんだろう……。
　ぼんやりとする視界の中に、なっちゃんのあわてたような顔が映る。
　しかも、私が布団だと思ってつかんだモノは、なっちゃんのコートだった。
　やだ、私……外にいたんだった。
　なっちゃんがそばにいると思ったら安心して、爆睡してしまったみたい。
「なっちゃん、おはよ……おやす、み……」
　目をつむれば、まだ眠れそうだ。
　なっちゃんのそばにいると、安心して気が抜けてしまう。

抗えない眠気の波がまた襲ってきて、私はもう一度まぶたを閉じた。
「コラッ、おやすみじゃねぇっ！」
　ペチンッと額をたたかれる。
「い、痛いっ」
　じりじりとするおでこの痛みに、目をパッチリと開く。
　寒いからか、ちょっとの刺激が余計に痛く感じた。
「お前な、また寝ようとしたろっ」
「ごめんね、朝弱くって……」
　しかも、昨日は寝てないから、余計に頭がスッキリしない。
「お前なぁ……凍死したかと思ったろ！」
「起こしてくれてありがとう、なっちゃん」
　12月に外で眠るのは危険すぎる。
　なっちゃんがいてくれてよかったよ……本当に。
　──ブロロロロッ。
　話していると、遠くからバスがやってくるのが見えた。
　あ、もうそんな時間なんだ。
　スマホを見れば6時49分で、始発のバスが来る時間だった。
「バス来たな、立てるか？」
「うん！」
　差し出されたなっちゃんの手につかまって立ちあがると、私たちは到着したバスに乗りこんだ。
「ガラガラだな」

「本当だね」
　車内には、私たち含めて4人しか乗客がいない。
　私たちは扉に近い、ふたり掛けの座席に座った。
「なっちゃん、温かいね」
　長いこと外でバスを待っていたからか、すっかり体は冷えきっていた。
　まるで砂漠でオアシスを見つけたみたいに、車内の暖房に身も心もホッとする。
「まぁな、暖房ありがてぇわ」
「ぷっ、ふふ、本当にね」
　しみじみと言うなっちゃんに、私は吹きだしてしまった。
　本当に、やっとこの場所から離れられる。
　少しでも遠くへと、焦る気持ちがあった。
　今頃、私たちがいないことに気づいた病院は大騒ぎになっていることだろう。
　人様に迷惑かけてしまうのは心が痛い。
　けど、もう引き返すつもりもないし、後悔もしていない。
「バスで20分だってよ」
　スマホで到着時間を確認するなっちゃん。
「ようやく、だね……」
「そうだな」
「ここまで来るのも、すでに旅みたいに感じたよ」
「海までは4時間くらいだ。その前に、ほのかの中学に行くとなると、もっと時間がかかる。まだまだ先は長いぞ」
　そっか、そんなにかかるんだ。

だけど、なっちゃんとならがんばれる。
　そう思ったときだった。
　ブーッ、ブーッと、ポケットの中でスマホが震えた。
　あわてて画面を見れば、【着信あり】の文字。
　電話をかけてきた人物を確認して、心臓が騒ぎだす。
「なんだ、どうした？」
　スマホを見つめたまま固まる私を見て、なっちゃんが心配そうに顔をのぞきこんできた。
「お父さんから……電話が来てた」
　寝ていて気づかなかったけれど、他にもお母さんや病院からの着信履歴もある。
「ど、どうしよう、なっちゃん……っ」
　スマホを持つ手が震えて、一気に不安に襲われる。
　病院を抜けだしたことがバレるのはわかっていた。
　心づもりだってしてたのに、いざこうして連絡が来ると怖くてしかたなくなる。
「ふう、スマホ貸せ」
「え、うん……」
　なっちゃんは私からスマホを受け取ると、すぐさま電源を落とした。
「電源を入れるのは最低限、使うときだけにしろ。GPSとかついてるからな」
「なっちゃんは……怖くないの？」
　病院を出るときも、今も、冷静で落ちついてる。
　私は、つねに人の目線が気になってしまう。

私たちが病院を抜けだしてきたことを知られて、連絡されてしまったらとヒヤヒヤするからだ。
「そんなん、ふうが起きる前から俺のスマホにも来てたし。バレるのは時間の問題だったろ」
　そう言って、気だるげにそっぽを向くなっちゃん。
　窓の外の景色を見ているみたいだった。
「そっか、なっちゃんはやっぱり強……」
　そう言おうとして、なっちゃんの手がカタカタと小刻みに震えていることに気づく。
　なっちゃん、まさか……。
　本当は、怖い……？
　とまどいながら、私はなっちゃんの横顔を見つめる。
「眠いなら休んでろ、俺が起こしてやるから」
「なっちゃん……」
　彼の口から語られるのは、いつも私を気遣う言葉だった。
　なっちゃんも不安なはずなのに、平気なふりをしてくれているのは……。
　きっと、私を安心させるためだ。
　その優しさが、じんわりと私の不安を溶かしていく。
　自分の不安を押しこめて、私を守ろうとしてくれる。
　やっぱりなっちゃんは、強い人だよ。
「ありがとう、なっちゃん」
「律儀だな、いちいち礼とかいらねーよ」
　何度言っても足りない。
　そばにいてくれて、守ってくれて本当にありがとう。

でも、ひとりで背負わないで、私にも甘えてね。

なっちゃんには、私がいるんだから。

私はなっちゃんの不安も和らげばいいと、その肩に頭を乗せて、駅に到着するのを待った。

バスで揺られること20分。

私たちは駅へとやってきた。

駅のロータリーの中央には、金色のイルミネーションが輝く、クリスマスツリーが立っている。

「なっちゃんっ、見て見て！」

隣を歩く彼の腕に抱きついて、思わず引きとめた。

「なんだよ、いきなり！」

「ザ、クリスマスって感じだねっ」

こんなに大きいクリスマスツリーは初めて見る。

赤、黄色、青のライトや金色のオーナメントがキラキラしていて、心躍った。

「べつに今の時期ならどこでも見られるし、普通だろ？」

「私、高校行くのも車で送り迎えだったから、駅にはほとんど来たことがないんだ。だから、すごく新鮮なの」

私、今すごく興奮してる。

なんだろう、目に映る世界がどれも万華鏡みたいに美しく見えるのだ。

「そっか、お前は……こういう外の世界を知らないんだったな……」

熱心にクリスマスツリーを見つめていると、切なげなつ

ぶやきが耳もとに落ちてくる。
「うん、だから見られてよかったって思うよ」
 あまりにもしんみり言うもんだから、私はあえて気にしてないふりをして、にっこりと笑ってみせた。
「他にもいろいろ、見せてやっから」
 なっちゃんに、頭をワシャワシャとかき回された。
 私が平気なふりをしているって、なっちゃんは気づいてるんだろうな。
 なぐさめてくれてるんだ、きっと。
「ありがとう、なっちゃん」
「は？ なんのことだし！」
 お礼を言ったら、そっぽを向かれてしまった。
 照れてるくせに、素直じゃないなぁ。
「とりあえず、電車乗んぞ」
 私の手をつかんで、改札に向かって歩きだすなっちゃん。
「電車！」
 うれしさに声を弾ませると、その場で少し跳ねてしまう。
 学校は車で送り迎えだったし、出かけることなんてほとんどなかった私は、電車に乗ったことがなかった。
 初めての電車、ワクワクするな。
「なんでうれしそうなんだよ？ まさか、電車も初めてとかぬかすんじゃ……」
「初めてですっ」
「ありえねぇ！」
 なっちゃんは私を見つめたまま、瞬きを繰り返す。

そっか、普通の高校生なら電車くらい乗ったことあるよね。
　やっぱり、うちは他の家庭とはちがうんだな。
「箱入り娘とか、そういうレベルじゃねぇだろ」
　驚いているなっちゃんに私は苦笑いする。
　うん、過保護の域を超えてるよね。
　なっちゃんがいなかったら、ずっとこういう景色を知らずに生きていたかもしれない。
　そう思うと、感傷的になった。
「行くぞ、ふう」
「あ、うん！」
　手を引かれるまま、私は駅の中へと入る。
　そこはザワザワと騒がしく、仕事や学校に向かう大勢の会社員や学生でごった返していた。
「わぁ……っ」
　こんなに人が集まってるなんて……すごい。
　キョロキョロしていると、なっちゃんがどんどん歩いていく。
　手を繋いでいるとはいえ、肩がぶつかるほどに他の人との距離が近い。
　気を抜いたら、ぶつかった拍子に手が離れてしまいそう。
　ボーッとしてたら、見失っちゃう。
「ここからは、バスと電車使うから。これにチャージしとくか」
「あ、うん！」

あわてて追いかけると、なっちゃんは機械で私の分の交通ICカードを作ってくれた。
　なんでも、切符のような役割をしてくれるカードらしい。
　あらかじめお金を入れておけば、毎回切符を買わなくても、そこから自動的に乗車賃が引かれていく画期的なアイテムだ。
　わぁ、すごい便利！
　なっちゃんはやり方がわからない私のために、ご丁寧にお金までチャージしてくれている。
「まさか、改札の入り方は……」
「あ、それは大丈夫だよ。ピッて、かざすんだよね」
　それは、テレビで見たことがあるからわかる。
　自信満々にうなずいてみたが、なっちゃんはまだ心配そうな顔をしていた。
　いよいよ、お金がチャージされたカードを手に、改札にやってくる。
　――ピッ。
　なっちゃんの後に続き、カードをかざして無事に改札を通ることができた。
「わぁっ……すごい」
　これから本当に電車に乗るんだ。
　なんだか私、小学生みたいにはしゃいでる。
　――ドンッ。
　感動して立ちどまると、背中から人にぶつかられた。
「わっ！」

よろける私を、ぶつかった年配の男性が振り返る。
あきらかに迷惑そうな顔をしていて、恐縮してしまう。
「こんなところで止まるなんて、邪魔だろ！」
「す、すみませんっ」
　怒られてしまった……。
　改札の近くだったから、通行を妨げてしまったようだ。
　申しわけない気持ちで、急ぎ足で去っていくその人を見送る。
「なっちゃん、人が多いね？」
　近くにいるだろうなっちゃんに話しかけながら、顔をあげたときだった。
「あれ……？」
　隣にいるはずのなっちゃんの姿が見当たらない。
　もしかして、ぶつかったときに手が離れた？
　転びそうになったことに気を取られて、気づかなかった。
「う、嘘……」
　なっちゃんを見失っちゃった!?
　はぐれちゃったんだ、どうしようっ。
　まさか、この年になって迷子になるなんて……情けない。
　周りの人に聞いた方がいいかな？
　だけど……みんな、すごく急いでそうだ。
　もう、どうしたらいいの……。
　泣きそうになりながら、死に物狂いで人波をかき分け、壁際に寄る。
「なっちゃん、どこーっ!?」

他に方法が思いつかなかった私は、とりあえず叫んだ。
　すると、道行く人の視線が私に集まる。
　わぁ、もうはずかしい。
　でも、なっちゃんに会えないよりはずっといい！
「なっちゃん!!」
「ふう!!」
　名前を呼ばれて振り返ろうとしたとき、思いっきり手首をつかまれる。
　それに驚いていると、見慣れたアッシュゴールドの髪が視界に入った。
「バカ！　心配させんなっ」
「なっちゃん……っ」
　荒い呼吸で、なっちゃんが私を引きよせる。
　離れた時間は数分もなかったと思う。
　それでも、寂しくて怖くてどうにかなりそうだった私は、すがりつくように抱きつく。
「よかったっ、なっちゃんがいるっ」
「ひとりにして悪かった、怖かったろ」
　あぁ、やっと安心できた。
　背中をさすってくれるなっちゃんに、身をゆだねるようにそっと目を閉じる。
「ごめんね、そばを離れちゃって」
「もっと強く、手ぇ繋いどくか。もう離さねーから、お前も絶対に離すな」
　そう言って、なっちゃんは私の手を握る。

強くて、ゴツゴツした大きな手。
　私のとはちがう、これが男の子の手なんだ……。
　そう実感したら、ドキドキと拍動が速まった気がした。
　なんだろう、急にはずかしくなってきちゃったな。
　でも、この手は安心もくれるから好き。
「うん！」
　離さない。
　そんな意味をこめて強く握り返し、私たちはホームを目指したのだった。

　——ガタン、ゴトンッ。
　電車の中は満員で、駆けこむように乗りこんだ私たちは扉を背にして立っていた。
「なっちゃん、人すごいね……」
「通勤、通学ラッシュの時間だからな」
　そっか、ほとんどの人は電車で通学するんだ。
　この満員電車、毎日は大変だと思うけど……。
　電車通学とか、やってみたかったな。
「なっちゃんは、どうやって学校に行ってたの？」
　ふいに、なっちゃんの高校生活が気になった。
　そういえば私、なっちゃんのことあまり知らないな。
「俺はバイク……つっても、50ccの原付だけどな」
「え、なっちゃん、バイクに乗れるの？」
　なんかすごい……カッコいい！
　なっちゃん、乗ってそうだもんね。

暴走族的な方向でイメージができる。
　……なんて、怒られるから絶対に言えないけど。
「ふう、てめぇ、俺のこと暴走族かなんかだと思ったろ」
「え、へ!?」
　どうしてわかったの！
　なっちゃんってば、鋭すぎ。
　また、顔に出てたのかなぁ……。
「バイクが純粋に好きなんだよ、俺は」
「ご、ごめんね、なっちゃん……」
　ふてくされるように言ったなっちゃんを、不覚にも可愛いと思ってしまった。
　見た目がね、こう……イカツイから。
　どうしても……ね。
「見た目はバイト先の店長の影響だ！」
　また、心を読まれた……。
　というか、なっちゃん。
「バイトもしてたんだ！　なんのバイトしてたの？」
「バイク屋」
　へぇ〜。本当に好きだったんだ、バイク。
　なっちゃんがバイク屋で働いてるところ、見てみたい。
　眼光の鋭さに、お客さん逃げちゃいそうだけど。
「ふう……」
　黒い笑みを浮かべるなっちゃんに、ゴクリと唾をのむ。
　あぁ……怖いよぉ。
　顔にすぐ出る癖って、どうしたら直るの！

「ご、ごめんなさい……」
「置いてくぞ、コノヤロウ」
　とか言いながら、なっちゃんは私を置いていったりしないんだろうな。
　こんなに怖い顔だけど、優しくて面倒見がいいから。
　なっちゃんの知られざるエピソードを聞いていると、次の到着駅を知らせるアナウンスが入った。
「次、乗り換えんぞ」
　なっちゃんが私の体を引きよせる。
　それに、心臓がトクンッと小さく跳ねた。
　なに、今の……。
　発作とはちがう、心が温かくなるような、落ちつかないような気持ち。
　胸の不思議な違和感に首をかしげていると、背中側の扉が開いた。
　なっちゃん、扉が開くから、引きよせてくれたのかな？
　いつも思うけど、なっちゃんは見た目によらず紳士だ。
「おりるぞ」
「う、うん！」
　手を引かれて、私は押し出されるように電車をおりた。
「こっから少し歩いて、乗り換えるぞ」
　私の少し前を歩いているなっちゃんが、あたりを警戒しながら言った。
　ここからは一回改札を出て、少し歩いたところにある地下鉄に乗り換えるらしい。

「わ、わかった」
　私はなっちゃんに手を引かれるまま、改札を出る。
　すると、目の前に別の線に乗り換える人へ向けた案内板を見つけた。
　私たちはそれを頼りに、ショッピング通りを足早に歩く。
「おい、きみたち！」
　そのとき、正面から声をかけられた。
　顔をあげれば、人混みの向こうにまっすぐ私たちを見据える警察官の姿がある。
　なんでこんなときにっ……。
　もしかして、私たちを捕まえにきたの？
「なっちゃん……」
　不安になって、なっちゃんの袖をつかむ。
　なっちゃんはチラリと私に視線を寄こすと、耳もとに口を寄せてきた。
「気づかなかったふりして、Uターンすっぞ」
「あっ……」
　なっちゃんは私の手をつかみ、ゆっくりと方向転換する。
　そして、うしろを気にしながら反対方向へと歩きだした。
「け、警察に誰かが連絡したのかな？」
「わかんねぇ。単にこの時間に高校生が私服でいるから、気になっただけかもしれねぇし……」
　背後を気にしながら、私たちはコソコソと話す。
「乗り換える駅は、俺たちのいる場所と正反対にある。しかたねぇ、バスでほのかの中学の最寄り駅まで行くぞ」

「わ、わかった！」
　地下鉄で中学の最寄り駅まで行くのをあきらめた私たちは、示し合わせるかのように顔を見合わせた。
「ふう、走れ！」
「うんっ！」
　同時に、強く地面を蹴る。
　なっちゃんに手を引かれながら、できる限り全速力で走った。
「はぁっ、はっ、ううっ」
　息が苦しい、心臓が痛い、足がもつれる。
　これ以上は走れないよっ。
　心が折れそうになって、目に涙がにじんだ。
「ふう!!　くぅっ……もう少しだから、がんばれ！」
「あっ……きゃっ」
　なっちゃんが励ましてくれるけど、心臓は悲鳴をあげている。
　耐えきれず、私はその場に崩れ落ちてしまう。
「ふう！」
　地面にぶつかる前に、なっちゃんが私の腕をつかんで引きあげてくれた。
「ごめんね……っ、ありがとう」
　私を支えてくれているなっちゃんも、胸を押さえている。
　なっちゃんも苦しいんだ。
　私だけ、弱音を吐くわけにはいかないよ。
　もっと速く、走らないと。

「はぁっ、くそっ……！」
　なっちゃんは、くやしそうに自分の胸をたたく。
「なっちゃ……ん？」
「使い物になんねぇな、俺の体も……」
　自分を卑下するなっちゃんの手を、私は息を切らしながら握った。
「ひとりより、ふたり……」
「ふう……？」
　私を驚いたように見つめるなっちゃんに、笑ってみせた。
「なっちゃんがっ……言ってくれたんだよ。だから、ふたりで乗りきろう」
　どんなときも、私を守ってくれたなっちゃん。
　今度は私が、なっちゃんを励ましたかった。
「ふう……ありがとな」
「うん！」
「腕貸せ、支えてやっから」
　なっちゃんが、私の体を支えて走りだす。
　ショッピング通りをひたすら駆け抜けると、バスロータリーが見えてきた。
「はぁっ、あれに乗るぞっ」
　すでに、目的のバスが止まっているのだろうか。
　なっちゃんは迷わず、1台のバスへ向かう。
「う、んっ」
「もう少しだ、がんばれ！」
　なっちゃんに支えられながら走って、なんとか発車寸前

のバスに乗りこむことに成功した。
　そこでようやく、ひと息つく。
　窓の外には、警察官の姿はない。
　どうやら、うまく撒けたみたいだ。
　私は痛む胸を押さえて、ゆっくりと深呼吸をする。
「すぅ、はぁぁ……」
　よかった……。
　なにより、ふたりとも無事でよかった。
　ホッとしていると、なっちゃんに軽く手を引かれる。
「ふう、向こうに空いてる席あるから座んぞ」
「うん……」
　なっちゃんに体を支えられながら、ふたり掛けの席に座る。
　椅子に腰を沈めた瞬間、私はぐったりとなっちゃんの肩にもたれた。
「大丈夫か、ふう……」
「うん……」
　うまく返事ができなくて、かわりにコクンッとうなずく。
　あぁ……キツイなぁ。
　少し走っただけなのに、こんなに苦しいなんて……。
　私、この先もつのかな？
　不安が胸に渦巻いて、気持ちが沈んでいく。
　がんばろう、やっぱり無理だの繰り返し。
　そのたびに私を励ましてくれるのは、なっちゃんだった。
「ふう、15分くらいこのバスに乗るぞ。そこから、徒歩で

ほのかの中学に行く」
「わかっ……た……」
　なんとか返事を返すと、なっちゃんは心配そうに私を見つめる。
　なっちゃんだって苦しいはずなのに……。
　私、心配かけてばっかり。
　もっと強くならなくちゃ。
「午前９時３分か……」
　なっちゃんはスマホのディスプレイを確認し、すぐに電源を落とすと、私の首もとのマフラーをゆるめた。
「この方が、少し楽になるから」
「あ……」
　本当だ、なんか呼吸しやすくなった気がする。
　私は笑みを浮かべて、なっちゃんにうなずいてみせた。
「向こうの駅に着いて９時15分くらいだろ、そのまま学校行っても授業とぶち当たるな……」
「こっそり入る……とか？」
　胸の痛みが落ちついてきたところで、私はなっちゃんに尋ねる。
　なっちゃんは、考えるように顎をさすった。
「いや……人の出入りが少ない時間帯に俺らが侵入したら、怪しいし目立つだろ。捕まって通報されたら困る」
「そうしたら、私たちは……」
「病院に強制送還、次の脱出は厳しくなるだろうな」
　たしかに……でも、こんなところであきらめたくない。

なんとかして、ほのかちゃんの手紙を渡さないと。
「でも、どうすれば……」
　うつむいていると、ポンッと頭をなでられる。
「そんな顔、すんじゃねぇーよ」
「え？」
　顔をあげると、なっちゃんは困ったように後頭部をポリポリとかいた。
「手紙はぜってぇ渡しにいく。だから、しょぼくれんなってこと」
「私、しょぼくれてる？」
「あぁ？　無自覚かよ」
　あきれ顔のなっちゃんに、苦笑いを返す。
　また、笑ってごまかしたつもりなんだけどな。
　私の表情の変化に気づけるのって、なっちゃんだけな気がする。
　私はよく学校でもヘラヘラしてるって言われてた。
　放課後は遊びにいけないし、友達との共通の話題もない。
　だから、なるべく笑うようにしていた。
　友達が逃げていかないように必死だったのだ。
　いつの間にか、私の処世術みたいなモノになっていた。
「ま、とにかく……学校終わるまで、待つしかねぇーな」
「うん、そうだね」
　そう、うなずいたときだった。
　タイミングを見計らったかのように、グゥ〜ッとお腹の虫が鳴る。

「あっ」
　あわててお腹を押さえて、なっちゃんの顔をうかがうように見ると、バッチリと視線がかち合う。
　なっちゃんに、き、聞かれてた？
「こ、これはですね……」
　はずかしすぎるっ、絶対からかわれる！
　ギュッと目を閉じて、はずかしさに耐える。
　穴に入りたい気分だ。
「そういえば……俺ら、朝飯食ってなかったな。着いたら飯にしようぜ」
「えっ、あ、うん……」
　あれ、てっきり、からかわれるかと思ったのに。
　なっちゃんってば、意外と紳士……。
「にしても、その状況で腹鳴らすとか……。ぶっくく……ははは、肝すわってんな！」
　口に手を当てながら肩を震わせている、なっちゃん。
　指の隙間から、こらえきれない笑い声が漏れている。
　我慢されると、余計に腹立たしい。
「ううっ……」
　前言撤回（ぜんげんてっかい）……。
　やっぱり、紳士じゃなかった!!
　デリカシーなさすぎだよ、なっちゃんっ。
　私ははずかしさで泣きそうになりながら、両手で顔を覆ったのだった。

Episode 7：恋文

　時刻は午前10時。
　ほのかちゃんの通っていた中学の最寄り駅に着いた私たちは、近くのファミレスへとやってきていた。
「なっちゃん」
「あ？」
「それは……」
　私たちの前には、先ほど注文した食事が運ばれてきたのだが……。
「文句あんのかよ？」
　なっちゃんの目の前にあるのは、いちごクリームパフェにガトーショコラ。
　見るだけで胸焼けがしそうな組み合わせだった。
「なっちゃんって……甘党なんだね」
「男だって、甘いモン食うんだよ」
　不機嫌そうな顔で、パフェにスプーンを突き立てるなっちゃん。
　なっちゃんみたいなヤンキー……いや、クール男子が甘い物を食べていることにも、もちろん驚いてはいる。
　けれど、問題はそこじゃない。
「それはいいんだけど……朝ご飯は？」
「これがご飯だっつーの」
　なっちゃん、ご飯がわりに甘いもの食べるの？

まさか、ここまで偏食だったなんて……。
　甘党うんぬんの話ではない。
　なっちゃんの食生活が心配だ。
「つか、お前だって人のこと言えねぇだろ」
「え、なんかおかしい？」
　私の目の前にはトマトリゾットに、ほうれん草のソテーがある。
　普通……むしろ、健康的だと思うけど。
「ここまで来て、なんで病院食なんだよ。それ、お粥じゃねーか」
「これはリゾットだよ！」
　病院食と一緒にしないでほしい。
　リゾットは、立派なイタリア料理なのに。
　でもなんか、ずっと見てると……。
「ぷっ……ふふっ、本当だっ」
　うん、お粥に見えなくもないな。
　どうしよう、笑いがこみあげてきちゃう。
「だろ？」
「うんっ、あははっ」
　なんか、ツボに入っちゃった。
　たしかに、こんなときくらいハンバーグでも頼んだらよかったかな。
「でもなっちゃん、次はいつ落ちついて食事できるかわからないんだし、身になるもの食べた方がいいよ」
「あぁ？　いらねぇ」

「もう……ほら!」
　私は自分のトマトリゾットをスプーンですくって、なっちゃんの口もとに持っていく。
「あ、アホか!!　誰が食べる……んぐっ」
「ふふっ、食べた」
　口が開いた瞬間を狙って、トマトリゾットを突っ込むと、なっちゃんはあきらめてモグモグと口を動かしはじめる。
「んぐ……はぁっ」
　リゾットを飲みこんだなっちゃんは、恨めしそうに私を見る。
　うわ、怒らせたかも。
　さすがに、無理やり口の中に突っ込むのは強引すぎた?
「えーと……おいしかった?」
　おそるおそる尋ねると、彼の目つきがさらに鋭くなった。
「ふう、てめぇ、殺す気か?」
「めっそうもございません!　でもさ、このままじゃガリガリにやせ細っちゃうよ」
　栄養はしっかり摂らないと、すぐに体調が崩れてしまう。
　なっちゃんだって、私と同じ病人なんだから。
　そう見せないよう振る舞っているせいか、なっちゃんが病気だってことをつい忘れそうになる。
　なっちゃんは自分で自分を大切にしてくれないから、私がしっかりしないと。
「あ、そうだ!　はい、なっちゃん」
　私は取り皿にリゾットを取り分けて、なっちゃんに差し

出した。
「お前って、他人のことになると強引だよな……」
「え?」
「いーや、こっちの話」
　そう言ってなっちゃんは、リゾットに口をつけた。
　よかった、なっちゃんがご飯食べてくれてる。
　安心していると、なっちゃんが微笑んだ。
「こうやって……食べ物に気い遣ってくれるヤツがいるっていいよな」
　なっちゃんは、しみじみとつぶやいた。
「え?」
「俺の家はお袋が死んで、父子家庭だろ？　親父は仕事に行っちまうし、毎日コンビニで買ってきたものを食ってたからな」
　そっか、なっちゃんは温かい食事や、誰かとご飯を食べることに慣れてないんだ。
　私の家は、家族そろって夕食をとるのが決まりだった。
　外へ行くことを制限されたり、窮屈な思いはしたけど、愛されていたことはわかる。
　ずっと、ひとりで食べるコンビニ弁当。
　なっちゃん、寂しかっただろうな。
「私が、なっちゃんのお母さんになれたらいいのに……」
「……は？」
　そうすれば、なっちゃんにご飯を作ってあげられるし、ひとりで寂しい思いなんてさせない。

ずっとずっと、私がそばにいてなっちゃんを守るのに。
「うん、決めた。この旅のお礼と言ってはなんだけど、私、なっちゃんのお母さんにな……」
「却下!!」
　即、否定された……。
　ガックリと肩を落とすと、なっちゃんは頬杖をついて、こちらにビシッとスプーンの先を突きつける。
「なんでお母さんなんだよ、バカかっ。そこは嫁になる、ぐらい言え！」
「へ、嫁？」
　その線は、考えてなかったな……。
　嫁って……それ、私がなっちゃんを好きみたいになっちゃうじゃん。
「あ、いや……物は言いようだ、うん」
「う、うん……」
　なっちゃんは、何度も自分に言い聞かせるようにうなずく。
「ったく……お母さんだったとしても、その言い方は誤解を招くぞ」
「誤解……？」
「俺に気があんのかなってよ」
　ええっ、そうとられちゃうんだ。
　私は純粋になっちゃんを心配してただけなのに……。
　でも、嫁って言われて嫌な気はしなかったな。
　むしろ、うれしかった……なんてね。

うわ、私はなにを言ってるんだろう。
　頬に熱が集まるのを悟られないように、私は手で顔を扇ぐ。
「ほら、早く食えよ。冷めるぞ」
「は、はい！」
　でも、なっちゃんが旦那さんだったら……。
　面倒見いいし、毎日甘やかしてくれそうだな。
　って、私はなんて妄想をしてるんだ！
　考えても、はずかしさが増すばかり。
　もう、やけ食いしよう！
　私は煩悩を払うように、ご飯をかきこんだのだった。

＊＊＊

　それから午後3時までファミレスで時間を潰した私たちは、歩いて10分ほどのところにある、ほのかちゃんが通っていた中学校までやってきた。
　寒さも本格的になった冬の校門を、マフラーをつけた学生たちが次々に出ていく。
「なっちゃん、どうやって遠矢先輩のこと探す？」
「そうだな……俺に考えがある」
　なっちゃんはそう言って、ニヤリと笑った。
　うーん、なんだか嫌な予感がする……。
「よし、ここで待ってろ」
「あ、うん……」

でも、自信満々だったし、大丈夫だよね？
　ツカツカと下校途中の学生に声をかけにいくなっちゃんを見送る。
「オイ」
　あ、ついに声をかけた。
　なにするつもりなんだろう。
　心配しながら、なっちゃんを見守る。
「はい……ヒッ！」
　声をかけられた男の子が、振り返った瞬間に顔を引きつらせた。
　そして、ガタガタと震えはじめる。
　だよね、こうなるよね……。
　その見た目じゃ、怖がられるって。
　あの学生は、ヤンキーに絡まれたとでも思っているにちがいない。
「如月遠矢を呼んでこい」
「ヒッ、うわぁぁぁーーんっ」
「ちょっ、てめぇ！」
『てめぇ』は、まずいんじゃないかな。
　完全に、ヤンキーのカツアゲだ。
　むしろ、これ……教師登場レベルで目立ってない？
「どこ行くんだよっ」
　走り去っていく学生に、手を伸ばすなっちゃん。
　なんか……悲しすぎる光景だな。
　なっちゃん、道を尋ねても逃げられそうだもんね。

「なっちゃん」
「ふう、アイツなんで逃げやがった?」
　私のところへ戻ってきたなっちゃんが、納得いかないという顔つきで尋ねてくる。
　……えと、それはなっちゃんが怖いから?
　とか言ったら、地味に傷つきそう。
「こ、今度は私がやってみるよ!」
「はぁ?」
「大船に乗った気持ちでいて!」
　むしろ、もうなっちゃんは誰にもしゃべりかけないで!
　私たちが不審者になってしまう。
「大丈夫かよ」
「うん、自信ある!」
　任せてという意味をこめてガッツポーズをすると、なっちゃんは心底不安そうな顔をした。
「がんばる!」
「ほどほどにしとけよ?」
「はい!」
　しぶしぶOKしてくれたなっちゃんから離れて、私は近くを通りかかった男子生徒に声をかけることにした。
「あの……」
「ん?　おっ、めっちゃ可愛いね。俺になんか用?」
　よかった、なんかフレンドリーな人だ。
　ホッとして、私は笑顔を向ける。
「聞きたいことがあって……」

「彼女なら募集中だよっ」
「……へ？」
　彼女？
　私、まだなにも言ってないんだけどな。
　あ、でも……。
　お願いを聞いてもらうのに、私の話だけするのも悪いから、一応、話を聞いてあげよう。
「俺の彼女になっ……」
「マセガキ、さっさと失せろ」
「なっ、誰だよあんた……」
　話を切られて不機嫌そうに振り返った男子生徒は、声の主を確認した。
「あ、あ……ヒィィィッ!!」
　その顔はオバケでも見たかのようにまっ青になり、盛大な悲鳴をあげて、彼は私たちの前から逃走した。
「……なっちゃん」
　咎めるように、なっちゃんを振り返る。
「んだよ……」
　ばつの悪そうな顔で立ちつくす彼に、私は小さくため息をついた。
「…………」
　なっちゃんの顔は怒ってなくても怖いんだから、ガンつけたらだめだよ。
　だから、私が率先して声をかけにいったのに。
　これじゃあ、意味ない。

「黙るな、なんか言え……」
　無言の圧力をかけると、なっちゃんはポリポリと後頭部をかいた。
「なっちゃんが声をかけなければ、遠矢先輩のこと、聞きだせそうだったのに！」
「どこがだよ！　ナンパされてたじゃねぇーか!!」
「ナンパ!?」
　あれの、どこが？
　相手は中学生だよ？
　彼らからしたら、私はおばさんだ。
「ったく……この鈍感娘」
「へ、鈍感……？」
　ショックを受けていると、なっちゃんはスタスタと校門の方へ歩きだす。
　なっちゃん、なにをするつもり!?
「人の気持ちには敏感なくせに、どうして自分のことになると鈍いんだよ……」
「ま、待ってよ！　なっちゃんっ」
　私はあわてて、ブツブツ文句を言うなっちゃんの腕をつかんで引きとめる。
「あぁ？　正々堂々と校門突破するしかねぇだろ」
「もう……強行突破は変に目立って、通報されたら危険だってなっちゃんが言ったんだからね？」
　なんだか、私を気遣ってくれたみたいだけど……これじゃあ、警察呼ばれちゃうよ。

「次はうまくやるから、なっちゃんはここにいて」
「あ、おいっ」
　なっちゃんの静止も聞かずに、今度は女子生徒に駆けよる。
　私だって、なっちゃんの役に立ちたい。
　いつも助けられてばっかりは、嫌なんだ。
「すみません、3年の如月遠矢くんを知ってますか？」
「え、遠矢先輩になんの用ですか？」
　よかった、この子は遠矢くんのことを知っているみたい。
　でも……なんて返事すればいいのかな。
「えと、あの……その……」
　遠矢くんに姉弟がいるのかはわからないけど、ここは姉ですとでも言っておこうかな。
「あの、遠矢く……遠矢の姉です」
「あ、そうなんですか？　遠矢先輩なら体育館だと思いますよ。案内しましょうか？」
「え、ありがとうございますっ」
　とっさについた嘘だったけど、幸運にも案内してもらえることになった。
「なっちゃーん、案内してくれるって！」
　私はなっちゃんを振り返り、ブンブンと手を振る。
「マジか、すげぇなお前」
　驚きながら私の隣にやってくるなっちゃんを、女の子は不思議そうに見あげた。
「あの、この人は？」

「あ、えーと……」
　そっか、なっちゃんのことをなんて説明するか、考えてなかったな。
　ど、どうしようっ……。
　仕方ない、もうこれしかないっ。
「あぁ、えっと……兄です！」
「え、えっ!?　遠矢先輩って、お姉さんもお兄さんもいるんですね」
「ははは……」
　もう、笑ってごまかすしかないよぉ……。
　嘘ついてごめんなさいっ。
　私の無理ある嘘を信じてくれた、純粋な女子中学生に良心が痛んだ。
「それじゃあ、案内しますね」
　歩きだした女の子のうしろで、なっちゃんがバレないように私の頭をペシッとたたく。
「バカ！　俺ら、似てなさすぎだろっ」
「いたた……だって、それしか思いつかなかったんだもん」
「なんか他にあんだろ、もっと……彼氏、とか……」
　語尾を小さくして、なっちゃんがはずかしそうに言う。
　彼氏……彼氏って……。
「えぇっ！」
「そんなに驚くことかよ」
「お、驚くよっ」
　なっちゃんが、私の彼氏だなんて……。

ドキドキと胸が騒いで、息苦しい。

でも、私となっちゃんの関係ってなんなんだろう。

同じ目的がある仲間？

気を許し合える友達？

どちらも、しっくりこない。

なっちゃんのそばにいると安心して、ときどき落ちつかなくなるこの感覚を、なんて呼べばいいのかわからなかった。

「ここで練習してると思いますよ」

案内してくれた女の子の声で、我に返る。

考えごとをしている間に、気づけば体育館の前までやってきていた。

そこには、バスケ部が練習している姿がある。

「ほのかも、ここで部活してたんだよな……」

「そうだね……」

感慨深げに言ったなっちゃんの気持ちが、痛いほどわかった。

大好きな人の姿を見つめながら、ドリンクを作ったりしてたのかな。

一生懸命に部活をしていたであろうほのかちゃんの幻が、目の前の練習風景の中に見えた気がした。

彼女がこの場所に戻ってくることはもう二度とないのだと思うと、無性に切なくなる。

「遠矢先輩、お姉さんとお兄さんが来てますよー！」

女の子がそう声をかけると、青いゼッケンをつけた男の

子がこちらを振り返る。

 あの人が、如月遠矢くん。

 黒髪で、さわやかという言葉が当てはまるカッコいい男の子だった。
「え、お姉さんとお兄さん?」

 不思議そうな顔をして、ゆっくりとこちらへ歩いてくる遠矢くんに、私となっちゃんは苦笑いを浮かべる。
「えーと、私はこれで」
「あ、助かりました! ありがとうございます」

 お礼を言うと、女の子は帰っていった。

 私は、こちらへ歩いてくる遠矢くんに向き直る。
「えっと……はじめまして、遠矢くん」
「よう。俺らは今、お前の姉貴と兄貴ってことになってっから。まちがっても、大声あげんじゃねーぞ」

 あきらかに脅迫しているなっちゃんに、遠矢くんは顔を引きつらせた。
「なっちゃん……」

 そんなことしたら、遠矢くんにまで逃げられちゃうよ。
「は、はぁ……それで、俺になんの用ですか?」

 案の定、警戒している遠矢くん。

 ほら、言わんこっちゃない。

「事と次第(しだい)によっては、教師呼ぶぞ」的なメッセージが、彼の疑惑(ぎわく)の目から伝わってきた。
「えーと、ほのかちゃんのことで少し……お話できますか?」

「ほのかちゃんの知り合いですか!?」
　話を聞いてすぐに、遠矢くんの顔色が変わる。
「俺らは、ほのかの姉兄みたいなもんだ」
　断言するように、なっちゃんは言った。
　なっちゃんも、私たちのことを家族みたいに思ってくれていたんだ。
　短い時間だったけど、私たちの間には簡単には名付けられない、確かな絆が生まれていた。
「ここは人も多いので、外へ出ましょう」
　遠矢くんの提案に乗り、私たちは寒空の下、体育館近くのグラウンドにやってきた。
　遠矢くんはグラウンドの土を見つめながら、寂しげに微笑む。
「今朝、全校集会でほのかちゃんのことを聞きました。彼女が亡くなったなんて、今でも信じられないです。今日、お通夜もあるみたいで……」
　遠矢くんは、ほのかちゃんが亡くなったことを聞いて、どう思ったのだろう。
　ただ部活の仲間として死を悼んだのか、それとも好きな人として悲しんだのか。
「私たち、病室で出会ったんです」
「そうだったんですね。じつは、俺……ほのかちゃんが病気だなんて知らなかったんです」
　遠矢くんには、話せなかったんだ。
　ほのかちゃんはきっと、怖かったんだと思う。

明日、唐突に消えるかもしれない不安定な命で、恋をしていいのか……不安だったんだ。
「ほのかちゃんは、いつも笑ってたんです。だから、急に部活に来なくなって、学校も休みがちになった理由がずっとわからなかった……」
　ほのかちゃんらしいな。
　自分が亡くなるその瞬間まで、私のことを気遣っていた彼女のことだ。
　その根底には、きっと心配をかけたくないって気持ちがあったんだろう。
「ほのかが学校に来なくなってから、連絡はしなかったのか？」
「しましたよ。だけど、返事は来なかった」
　なっちゃんの問いに、悲しそうに答える遠矢くん。
　ほのかちゃんの命が、もう少しだけ長ければ。
　遠矢くんに向き合おうとした彼女の想いが、ほのかちゃん自身の手から届けられたのに。
　そうできたとして、ほのかちゃんが救われたかどうかはわからない。
　けど、後悔しないように気持ちを伝えてから、この世界を去りたかっただろうな。
　そのくらいの時間をくれたっていいじゃないか。
　それを願うことさえ、神様は許してくれないのかな。
「ははっ、好きな子の悩みに気づかないとか……最低ですよね」

「遠矢くん……」
　無理に笑おうとする遠矢くんは、痛々しかった。
「病気で死んだとか、いまだに信じられない」
「…………」
「ほのかちゃんに、もう会えないんだってことは理解してるんです。でも、心が追いつかなくて……辛いんだっ」
　涙をこらえながら話し続ける遠矢くんに、かける言葉が見つからなかった。
　なにを言えばいいのか、わからなかった。
　遠矢くんのほのかちゃんへの気持ちは、大切な人へ向けられたモノだ。
　彼の目にたまる涙を見れば、一目 瞭 然だろう。
　やっぱりふたりは、両想いだったんだ。
「ほのかちゃん、病室でもいつも笑顔だったんだ」
　そんな遠矢くんに、なにかしてあげられることはないか考えた。
　けれど、思いついたのは遠矢くんの知らない、ほのかちゃんの時間を語ることくらいだった。
「年下のほのかちゃんに、私の方がお世話されてたんだ。本当に面倒見がよくって、優しかったんだ」
「ほのかちゃんらしいな……。部活でもさ、赤点常 習 犯の部員のテスト勉強まで見てあげたり、いつもみんなの世話を焼いてたよ」
　ほのかちゃんらしい。
　誰の目から見ても、ほのかちゃんは困ってる人を放って

おけない、優しくてまっすぐな女の子だったんだ。

　ほのかちゃんと過ごした時間を振り返りながら、私はつい笑みをこぼす。

　ほのかちゃんが『ふう姉』って、私の後を追いかけてきてくれることがすごくうれしかった。

　困ってるとき、不安なときはいつも声をかけてくれる優しいあの子が……大好きだった。

「俺、ほのかちゃんに好きって伝えたことがあったんですけど……」

　ほのかちゃんから少しだけ聞いたことがある。

　一度好きだって言ってもらえたことがあったけど、いつ死んでもおかしくない自分に答える資格がないから、話をそらしちゃったって。

「ふざける先輩は嫌いですって、怒られちゃいました。本気だったんですけど、ほのかちゃんは俺と同じ気持ちじゃないのかなって思ったら……」

　ちがう、ちがうよ……。

　ほのかちゃんは、遠矢くんのことが好きだったんだよ。

　想い合っていたのに、こんな風にすれ違ったままなんて、悲しすぎる。

「嫌われるのが怖くて、冗談じゃないって……本気だって言えなかったんです」

「…………」

「こんなに後悔するくらいなら、あのとき、ちゃんと伝えておけばよかった……っ」

震える声でなんとか笑みを作ろうとするけれど、遠矢くんの表情は不完全なまま固まった。
　……ふいに、怖くなった。
　こんなに苦しんでいる遠矢くんに、私はほのかちゃんの手紙を渡してもいいのかと。
　この手紙を読めば、ほのかちゃんの存在を近くに感じられる反面、彼女を失った悲しみも大きくなる。
　遠矢くんを、もっと苦しめることにならないかな。
　手紙が入ったカバンに触れながら、今から私たちがしようとしていることが本当に正しいことなのか不安になった。
「なっちゃん、私……」
「ほのかは、もう行きたい場所に行って、生きていきたいヤツと生きることができねーんだ」
「え……？」
　なっちゃんの真摯な瞳が、迷いなく私を射抜く。
　目が、離せない。
「その手紙を書いたのは、読んでほしい誰かがいたからだ。ふうはその想いを伝えることを選んだ。あとは……」
　そう言って、なっちゃんは遠矢くんに視線を向ける。
「ほのかの言葉を受け取るのか、受け取らないのか。お前が決めろ、遠矢」
「俺は……」
　目を閉じて、遠矢くんはじっと考えているようだった。
　ほのかちゃんが行きたかった場所は、遠矢くんのいる場

所。
　一緒に生きていきたかった人は、遠矢くんだった。
　なっちゃんの言うとおりだ。
　私は、いちばん大事なことを忘れていた。
　私たちは、ほのかちゃんの想いを運ぶだけ。
　受け取るかどうかは、遠矢くんが決めることだ。
　私はバッグから手紙を出して、遠矢くんの前に立つ。
「これを受け取るかどうかを、遠矢くんに決めてほしい」
「これは……手紙？」
　差し出した手紙をじっと見つめて、遠矢くんは息をのむ。
「ほのかちゃんが本当に伝えたかった想いがここにある」
　私の大切な妹の想いを届けたい。
　だけど、押しつけるのではなく、遠矢くんから知りたいと言ってほしい。
「俺……ほのかちゃんの気持ちを知りたいです。だから、読みます」
　目に涙を浮かべる遠矢くんに、私は返事のかわりにうなずいた。
　手紙を渡すと、遠矢くんは大事そうに受け取って、可愛らしい封筒からゆっくりと手紙を取り出す。
「っ……ほのかちゃんの字だ……っ」
　遠矢くんは涙を流して、手紙を持つ手を震わせた。
「ああ、だめだなぁっ」
「え？」
　困ったように笑って、遠矢くんは手紙を私に返す。

「遠矢くん？」
　手紙……受け取ってもらえたと思ったのに。
　いったい、どうして？
「すみません……涙で文字がぼやけちゃって。かわりに読んでくれませんか？」
「あっ」
　そういうことだったんだ。
　それなら、私がほのかちゃんの代わりに伝えよう。
　遠矢くんへの想いを。
「うん、もちろんだよ」
　私は受け取った手紙に視線を落とすと、深呼吸をする。
　ほのかちゃん、いくね。
　そこで聞いていて。
　頭上に広がる青空に向かって心の中で告げると、静かに口を開く。
「遠矢先輩へ」
　私は一言一言を噛みしめるように、ほのかちゃんの手紙を読みはじめた。

　遠矢先輩へ

　まず初めに、謝らせてください。
　先輩が本気で私に告白してくれていたこと、本当は気づいてました。
　だけど、昔から心臓が悪かった私は、長く生きられない

かもしれない。
　突然この世を去るかもしれない。
　そう思うと、怖くて気持ちを伝えることができなかったんです。
　こんな私が、好きだなんて言う資格があるとは思えなかったから。

　でも、どんなに忘れようとしても、遠矢先輩のことを忘れることなんてできなかった。
　本当は、わかってました。
　どんなに否定しても、私は遠矢先輩が好き。
　優しくて、紳士的で、ときどき見せる真剣な顔も、すべてが大好きです。
　もし叶うなら、この命が消えるまで遠矢先輩のそばにいたい。
　次、会うときは手紙じゃなくて、私の口から伝えます。
　だから、それまで待っててくれるとうれしいです。

　それじゃあまたね、遠矢先輩。

「ほのかより……っ」
　手紙を読み終えたとたん、我慢できずに私は涙をこぼした。
　だって、辛い……。
　ほのかちゃんにとっての"また"は、もう永遠に訪れる

ことはないから。
「ほのかちゃんっ……俺、ごめんなっ……」
　遠矢くんは、その場に崩れ落ちるように地面に膝をつく。
　グラウンドの土を握りしめて、声を殺しながら泣いていた。
「もっと早く、ほのかちゃんの気持ちに向き合えばよかった!!」
　遠矢くんの悲痛な声に、心臓が鷲づかみにされたような苦しみが襲ってくる。
「遠矢くん……っ」
「嫌われるのが怖いとか、そんな自分のことばっか考えてないで、きみに好きって言えばよかった！」
　声がかれるほど、遠矢くんは叫ぶ。
　たぶん、心が悲鳴をあげているんだ。
　後悔とか、もう会えない悲しみとか……。
　いろんな感情がごちゃまぜになったような、心の叫びが伝わってくる。
「全部受けとめるって言ってあげたかった!!」
　遠矢くんの痛みは、私なんかが想像できないほどに深く、鋭いんだろう。
　大切な人に想いを伝えられなかった後悔、先立たれた悲しみ。
　きっと、辛いなんて言葉じゃ表せない。
　身を引きさかれそうなほどの、哀傷なんだろう。
「俺だって、好きだよっ……。しっかり者で、年下なのに

いつも俺を安心させてくれた……きみのことがっ」
　涙とともに、紡がれる告白。
　ねぇ、ほのかちゃん……。
　この声が、届いていますか？
　澄みわたる青空を見あげる。
　涙ですぐに歪んでしまうけれど。
　それでも、そこで見守ってくれていると信じて見あげた。
「ずっと、ほのかちゃんが好きだよ……。ごめんなっ、最後まで一緒にいてやれなくてっ」
　心が通じ合っていても、人の気持ちは複雑だから、どうしてもすれちがう。
　みんな、永遠を簡単に信じてしまうから、つい、言葉で伝えることを後回しにしてしまうんだ。
「好きになるって、苦しいね」
　大切なものほど、失う痛みは大きい。
　恋は、幸せなものだけじゃないんだ。
「あぁ、でも、誰かを好きになれたほのかは幸せだった」
「そうだねっ……」
　泣きだす私の肩を、なっちゃんが抱きよせてくれる。
　辛いだけじゃないよね、ほのかちゃん。
　ほのかちゃんが、あの空の向こうで笑ってくれていたらいい。
　そして、遠矢くんも、彼女を好きになったことを後悔しないでほしい。
「おい、遠矢」

「っ……はい」
　なっちゃんは私を抱きしめたまま、声をかけた。
　遠矢くんは涙目で、なっちゃんを見あげる。
「ほのかのこと、ずっと想い続けるとか、もう二度と恋愛しねぇーとか、バカ言うなよ？」
「なっちゃん、そんな言い方……」
　だって、ふたりは想い合ってたんだよ？
　次の恋愛なんて、考えられるわけない。
　なんで、そんなひどいことを言うの？
「っ……ほのかちゃん以外なんて、俺には考えられません。もう恋愛は……」
「バカ、ほのかの気持ちを考えろ。アイツがそんなことされて、喜ぶとでも思ってんのか？」
　なっちゃんの言葉の意味を考えてハッとした。
　そうか、ほのかちゃんならきっと、自分のために傷つく遠矢くんを見るのは辛いはず。
　遠矢くんがこの先ずっと孤独に生きることを、ほのかちゃんが喜ぶはずがない。
　そのことに、なっちゃんは気づいていたんだね。
「失う痛みを知ったお前なら、次に誰かを好きになるときは、ちゃんと幸せにできる」
「あっ……」
　驚く遠矢くんと一緒に、私まで驚いた。
　まるで、ほのかちゃん本人がそう言ったみたいに聞こえたから。

なっちゃんはすごいな。
いつも、前に進むための勇気をくれる。
「ほのかを忘れろとは言わない。でもな、時間がかかってでも、ちゃんと前に進んで、ほのかを安心させてやれ」
「……そうですね……ほのかちゃんのことだ、俺のこと心配して成仏できなくなる」
　そう言って、泣き笑いを浮かべる遠矢くん。
「ああ、お前の幸せを俺たちも願ってる」
　そう言ったなっちゃんの優しい眼差しが、私に向けられる。
「うん、私たちの大切な人が好きになった、あなただから。絶対に幸せになってほしい」
　私はひとつうなずいて答えた。
　なっちゃんの言葉は、魔法みたい。
　こうして、遠矢くんとほのかちゃん、そして私の心まで救ってくれるんだ。
「はい、約束します」
　遠矢くんの言葉は冷たい風の中、不思議と私の心を温かくしてくれた。

　校門の前まで来ると、私たちは見送りに来てくれた遠矢くんを振り返る。
「遠矢くん、今日はありがとう」
「それは俺のセリフですよ。おふたりとも、本当にありがとうございました」

私がお礼を言うと、遠矢くんは深々と頭をさげる。
　礼儀正しくて、本当にいい子だな。
　遠矢くんがほのかちゃんの隣にいる未来を少しだけ想像して、胸がツキンッと痛んだ。
「遠矢くん、部活がんばってね」
「今日はお通夜があるんで、部活は早めに終わるんです。手紙の返事……しっかり伝えてこようと思います」
　私はこれから、行かなくちゃいけないところがある。
　だから、行けなくてごめんね、ほのかちゃん。
　でも、あなたとの約束は必ず守るから。
　学校に設置された時計は午後４時を指していた。
　冬は日が短い。
　早くも茜色の光が私たちの影を伸ばしている。
「がんばってね、遠矢くん」
「達者でな」
　なっちゃん……。
　時代劇か！とツッコミたくなるのをグッとこらえる。
　最後までぶっきらぼうななっちゃんに、私と遠矢くんは顔を見合わせて笑った。
「夏樹さんと風花さんも、想いは後回しにしちゃだめですよ？　俺のように後悔しないでください」
「遠矢くん……」
　その言葉には、どんな賢人の言葉よりも説得力があった。
　ほのかちゃんも遠矢くんも、同じことを言うんだな。
　そうだね。

私も、伝えることを後回しにしないようにしなきゃね。
　ほのかちゃんと遠矢くんがくれた言葉だから、忘れずにいよう。
「ふたりは、ずっと一緒に幸せでいてくださいね」
「私となっちゃん？」
「そうですよ、付き合ってるんでしょう？」
　決めつけて言った遠矢くんに、私は目を瞬かせる。
「えっ？」
「はぁ!?」
　私となっちゃんは、同時に驚きの声をあげた。
「え、ちがうんですか？」
「ち、ちがうよ！」
　私は全力で否定する。
　まさか、なっちゃんと恋人にまちがわれるなんて。
　はたから見ると、私たちってそう見えるのかな？
　こっそりなっちゃんの顔をうかがうように顔をあげると、同時に私の方を向いたなっちゃんと視線がぶつかる。
「なっ、バカッ、こっち見んじゃねぇよ！」
「わっ、ご、ごめんなさいっ」
　あわてて視線をそらすと、心臓の音がやけに大きく鳴っているのに気づく。
　はずかしさで、死にそうだった。
　最近、なっちゃんを見ると、変な動悸が襲ってくるから困る。
「ハハッ、俺にはふたりがカップルに見えます。まぁ、こ

れからですね、応援してます」
「おい、遠矢てめぇ……」
　あきらかにからかっている様子の遠矢くんを、なっちゃんはにらみつける。
　もう、人相が悪いんだから。
　一応、ここ校門なんだし、すごむのはやめてほしい。
「夏樹さん、こんな見た目なのに、可愛いところありますよね」
「調子乗んな、ガキっ」
　あのなっちゃんがタジタジになってるなんて……。
　なんだか、新鮮かも。
　というか、この顔面凶器のなっちゃんに挑むなんて、遠矢くん恐るべし。
「ほのかちゃんのこと、俺はきっと忘れられないでしょう」
　ふと真面目な顔で、遠矢くんが言った。
　伏し目で微笑む遠矢くんを見て、今ほのかちゃんを思い浮かべているんだろうなと、切ない気持ちになる。
「だけど、ほのかちゃんを不安にさせないように、前を向きます。それでも挫けそうなときは、あの笑顔を思い出す」
　どこか晴れやかな顔をしている遠矢くんを見て思った。
　体はなくなっても、ほのかちゃんの記憶がずっと遠矢くんの心に寄り添い続けるんだろうと。
　新しい恋をして、他の誰かと結ばれることがあっても、ほのかちゃんは変わらず彼の一部となって、彼の幸せを願うはず。

「うんっ、応援してる」
「おう、がんばれよ」
　私たちはそう言って、握手を交わした。
　伝えたいことは、ちゃんと言葉にする。
　ほのかちゃんが繋いでくれたこの出会いが、その大切さを教えてくれた。
　ここまでの旅で、私の心も少しだけ強くなった気がする。
「ふたりとも、また会いにきてくださいね！」
「またねー！」
　手を振ってくれる遠矢くんに、私も負けじと大きく振り返した。
　遠矢くんに背を向けて歩きだすと、ふと心に影が落ちる。
「また、ここへ来られるのかな……」
　私も、ほのかちゃんと同じように突然この世界を去ることだってあるかもしれない。
　絶対なんてないからこそ、約束することの重みを知った気がする。
　会いたいと言ってくれた人がいる。
　だから私は、絶対に生きてその約束を果たそう。
　私たちが死んだら、遠矢くんはまた置いていかれる喪失感を味わうことになってしまうから。
「また、来られるといいよな」
「なっちゃん……うん、きっと来よう」
　また、来たいな……ここに。
　ほのかちゃんの大切な人に会いに。

「なっちゃん、グラウンドで話してるとき、責めるような言い方してごめんね」

　私は遠矢くんに向かって言った、なっちゃんの言葉を思い出す。

『ほのかのこと、ずっと想い続けるとか、もう二度と恋愛しねぇーとか、バカ言うなよ？』

　理由も聞かずに、なっちゃんを責めようとしたことを、謝りたかった。

　私はちゃんと、なっちゃんの言葉の意味を考えられていなかったんだ。

「べつに、お前だって、ほのかと遠矢のことを考えて言ったんだろ？」

「うん……」

「なら、謝る必要ねぇだろ」

　本当に気にしてない様子で、なっちゃんは言う。

　なっちゃんは、どこまでも優しい。

　私は助けられるばかりで、なにかしたいと思っても早とちりしてしまったりする。

　いつまでたっても、なっちゃんみたいに強くて聡明(そうめい)な人にはなれないな……。

　ついうつむくと、なっちゃんは私の頭に手を乗せた。

「なっちゃん……？」

　顔をあげれば、小さく微笑むなっちゃんと目が合う。

　たったそれだけのことなのに、胸がトクンと高鳴った。

「俺も伝えたいこと後回しにして、後悔するのは嫌だから、

ちゃんと言うわ」
　じっと見つめられて、鼓動が速まる。
　なっちゃんと目が合うのはこれが初めてじゃないのに、なんでかな……。
　いつもよりドキドキして、緊張した。
「お前は他人にも心を砕(くだ)ける優しいヤツだし、ときどき、俺が驚くくらい勇敢だよな」
　なっちゃん、私のことそんな風に思ってくれてたんだ。
　私、足手まといなんじゃないかって思ってたから、優しくて勇敢だって言葉がうれしかった。
「そんなふうを……俺も大切だと思ってる」
　なっちゃんの言う大切って、どういう意味の大切？
　家族、仲間、同志。
　いろいろ当てはめてみるけれど、答えは出なかった。
　じゃあ、私が彼に抱く"大切"はどうなんだろう。
　これもハッキリとはわからないけど……。
　確実にわかるのは、家族や仲間よりも、もっと深く、大きく強い"大切"だということ。
「まぁ、それがどんな大切なのかはわかんねぇけど、伝えておきたかった」
　なっちゃんも、私と同じなんだ。
　この関係に名前をつけるのは難しい。
　だけど、ひとつだけ確かなのは、今目の前にいるこの人が、誰よりも失いたくない存在だということ。
「なっちゃん、私も……後悔したくないから言うよ」

「ん、おう」
「私にとって、なっちゃんも大切な人だよ」

　なっちゃんの目が見開かれる。

　信じられないという表情だった。

「そばにいてくれて、どれだけ心強かったか……感謝してもしきれない」

　そう言って笑えば、なっちゃんは私の笑顔を見つめたまま、まぶしそうに目を細めた。

　なっちゃん……？

　なにも言わないなっちゃんを、首をかしげて見つめ返す。

「あー……なんか、熱いな今日」

　なっちゃんはパタパタと手で顔を扇いでいる。

「えっ、冬なのに!?」
「そーそー、冬なのに」

　なに言ってるんだろうと彼の顔を見あげると、頬がほんのりと赤い。

　きっと、夕日のせいではなく、照れている。

　それがわかるのは、私がなっちゃんのことを、いつも知りたいと見つめているからかもしれない。

　トクンッ、トクンッと……。

　主張してくるこの胸のときめきは、なっちゃんを見つめているから？

　なっちゃんのそばにいると、私はなぜだか幸福感と切なさを同時に感じる。

　いろんな感情に胸の中をごちゃまぜにされるんだ。

「ほら、行こうぜ」
「う、うんっ」
　先に歩きだしたなっちゃんにあわてて駆けよると、左手を握られる。
　えっ……？
　驚いて、問うようになっちゃんの横顔を見あげた。
　すると、視線がかち合ってお互いにパッとそらす。
　けれど、手は繋がれたままだ。
　なっちゃん……今なにを考えているんだろう。
　聞きたい衝動に駆られたけど、唇をそっと引き結んだ。
　ここでなにか言ったら、なっちゃんははずかしがって、この手を離してしまう気がする。
　それは、なんだか寂しい。
　だから私は、握られた手の温もりを少しでも長く感じていられるように。
　なっちゃんの手を強く握り返したのだった。

Episode 8：守るということ

　なっちゃんと学校を出て歩くこと５分。
　駅に向かっている途中で、私は息苦しさと胸の痛みに足を止めてしまう。
「はぁっ、はっ……」
　服の胸もとを握りしめてうつむく。
　顔には汗で髪が張りついていた。
「ふう、大丈夫か？」
　なっちゃんは私の顔色を見ようと、髪を耳にかける。
　ずっと寒いところにいたからかな……。
　それとも、ずっと歩いてきたからか、胸が痛いっ。
「ちょっと……はぁっ、休めば、平気……っ」
「ふう、ほら」
　なっちゃんは私に背中を向けると、その場に片膝をついてしゃがんだ。
　……え？
　この体勢って、もしかしておんぶ？
「でもっ、なっちゃんだって……っ、体調っ」
　平気そうにしてるけど、私なんか背負って歩いたら心臓に負担がかかる。
　やっぱりここは、がんばって歩かなきゃ。
「私、もう少しがんばれ……」
「お前なぁ、頼ることをいいかげん覚えろ」

「でも……」
「でも、はいらねぇよ。さっさと乗れ」
　手首を引かれて、なかば強引になっちゃんの背に乗せられる。
　なっちゃんは強引だけど、それはいつも私のためなんだ。
　自分も辛いはずなのに、優しくしてくれる。
「なっちゃん、ごめ……ううん、ありがとう」
「ん」
　ごめんより、ありがとうの方が気持ちが伝わる気がした。
　それに、謝ったりしたら、『ごめんはいらねぇ』って言われそうだ。

　しばらく、なっちゃんの背中におぶられていると、体調が落ちついてくる。
「なっちゃん、駅まで戻るんだよね？」
　学校を出てから、私たちは電車で海まで行こうと話していた。
　その方が断然早いし、時間がかかる分だけ、私たちが病院に連れ戻される可能性は大きくなる。
　海さえ見られれば、病院に戻ることになっても、手術だって後悔なく受けられる。
　だから、今はできるだけ早く海へ行かないと。
「そのつもりだったんだけど、やっぱり電車はやめとこーぜ。朝も警察に声かけられそうになったしな」
　今日１日いろいろあって、忘れてたけど……。

朝はなっちゃんとバスに逃げこんだり、大変だったな。
「仕方ねぇ、この近くに俺のバイト先があるから、そこでバイク借りようぜ」
「え、なっちゃんのバイト先？」
　それって、バイク屋さんのことだよね。
　なっちゃん、この辺でバイトしてたんだ。
　なら、お家もこの辺なのかな……？
「あぁ、もう少しだけがんばれるか？」
「うんっ、ありがとう」
　なっちゃんが優しい。
　いつもだけど、いつも以上に。
　私はなんだか甘えたくなって、その背に頬をすり寄せる。
「んぁ？　どうした、ふう」
　そんな私の動きに気づいたなっちゃんが、顔だけこちらに向けた。
「あっ……」
　近くなる距離に、ドキンッと心臓が跳ねる。
　まだ……発作とはちがう胸の高鳴り。
「おい、大丈夫か？」
「あ、うん……」
　なんでかな、なっちゃんのことを考えると息苦しい。
　愛おしさがあふれて、胸が切ないよ。
「っ……なっちゃん」
「やっぱ、体調よくねぇの？」
「ううん、そうじゃなくて……」

そうじゃないよ、なっちゃん。
　私、こうしておんぶされたり、軽口をたたき合ったり、なっちゃんといると楽しいの。
　それだけで辛いことも忘れられて、心から笑えるんだ。
　だけど……この先も楽しいこと、辛いことを一緒に積み重ねていくことはできるのかな？
　もう二度とこんな時間は来ないかもしれないと思うと、それはすごく寂しい。
「ふう？」
「あ……ううん、ごめんね。なんでもない……」
　なっちゃんは、生きることに執着してくれない。
　それが、悲しいよ。
　きみをこんなに大切に想っている私が、ここにいるのに。
　悲しさともどかしさでいっぱいになった私は、なっちゃんにかける言葉を見つけられないでいた。
「なっちゃん……また、おんぶしてね」
　ずっと、この人のそばにいられますように。
　そんな気持ちをこめて、そう言うのが精いっぱいだった。
「ガキか、お前はっ」
「ふふっ」
　ねぇ、なっちゃん。
　私のために生きてほしいなんて言ったら、なっちゃんは困るかな？
　でも、なっちゃんがいなかったら私……もう生きていけない。

彼の体温を確かめるように、ギュッとしがみつく。
　なっちゃんがいない世界で生きることを考えただけで、心が凍りそうだった。

　なっちゃんのバイト先に到着すると、なっちゃんの背からおろしてもらう。
　時刻は午後5時を回っていた。
　まっ暗になった空のせいか、なっちゃんから離れたせいなのか、すごく風が冷たく感じた。
「ここが、なっちゃんのバイト先……」
　そこには、『KATCHAN BIKE』と看板に書かれたお店がある。
　お店の前には横一列に綺麗に並ぶ、たくさんのバイク。
「ネーミングセンス、ゼロだろ？」
「カッちゃんって、どういう意味？」
「店長のあだ名」
　そう言ってお店に入っていくなっちゃんの後に続く。
　店内は温かみのある、ウッド調のガレージハウスのよう。
　壁には修理に使う工具などがずらりと並び、他にもバイクウェアなどが洋服スタンドにかけられていた。
　壁際の棚には、色とりどりのヘルメットや用途不明のスプレーがたくさんある。
　見たことのない景色に、私はワクワクしていた。
「いらっしゃいませーって、夏樹じゃねぇーか！」
「うっす、店長」

入ってすぐに、赤茶色のツーブロックヘアーの男性が声をかけてくる。
　い、イカツイ……。
　なっちゃんより、ヤンキー色が濃い。
「お前、入院してたんじゃねーのかよ!?」
「抜けだしてきたんすよ」
　え、それ言っちゃうの!?
　驚いたけど、なっちゃんは考えなしに危険をおかすような人じゃない。
　たぶん、それだけ店長さんが信頼できる人なんだろうな。
「はぁっ!?　おま、大丈夫かよっ」
　心配そうになっちゃんの体をぺたぺたとさわる男性。
　それを呆然と見つめていると、男性の視線が私に向いた。
「そっちの子は?　お前、病院抜けだして女の子と一緒とは、どういうことだ!」
　店長さんはひとつひとつの反応がオーバーだ。
　声もでかいので、私はときどき耳をふさぐはめになった。
「それには、事情が……」
「イチャコラしてる場合じゃねーだろっ、まずは体を治せっ!!」
　イチャコラ……。
　なんだか、申しわけなくなってくる。
　そういえば、なっちゃんの髪色はバイト先の店長の影響って言ってたけど……わかる気がする。
　どことなく雰囲気も似てる。

呑気(のんき)にそんなことを考えている間にも、なっちゃんに怒涛(どとう)の質問攻めをする店長さん。
　なっちゃんの顔にも疲労の色が見えてきた。
「だから、店長……」
「今すぐ病院戻るぞ、送ってやるから！」
　あぁっ、話がなんだか危険な方向に進んでる。
　私はハラハラしつつも、見守るしかなかった。
「店長、俺の話を聞いてくれって」
「車で行くか！」
「…………」
　間髪(かんはつ)いれずに言う店長さんに、なっちゃんの顔から表情が消えた。
　すごい。あのなっちゃんが、なにも言えずに黙りこんだ。
　店長さん、やるなぁ。
「カッちゃん、夏樹困ってるじゃん。ちょっと落ちつきな」
「おうっ、ワカちゃん！」
　そこで救いの手を差しのべたのは、パーマがかかったブロンドヘアーの女性。
　こちらへ歩いてくると、申しわけなさそうに頭をさげてきた。
「夏樹、それからそっちの子も、うちの主人がごめんなさいね。ちょっと思いこみが激しいのよ」
「あっ、そんな！　私たちの方こそ、突然来たりしてすみません」
　お客さんでもないのに押しかけといて、迷惑なのは私た

ちの方だ。
　それにしても、このブロンドの人は奥さんだったんだ。
　このバイク屋さん、髪色がカラフルだな。
　つい、苦笑いを浮かべてしまう。
「あら、いい子じゃない。私は伊勢若菜よ。あなた、名前は？」
「朝霞風花と言います」
　ぺこりと頭をさげると、若菜さんはふわっと笑う。
　わぁっ、綺麗な人だなぁ。
　その笑顔に見とれていると、今度は店長さんが顔を近づけてきた。
「俺は伊勢克基だ。ワカちゃん、美人だろ？　俺の自慢の奥さんなんだぜっ」
「公開ノロケか……」
　げんなりとした顔でつぶやくなっちゃんに、あきれ顔の若菜さん。
　お店の雰囲気が明るいのは、きっと克基さんや若菜さんの人柄のおかげだろうなと思った。
　なっちゃんも悪態をついてはいるけど、楽しそうだ。
「で、夏樹たちは、ここになにしにきたの？」
「ワカさん……まぁいろいろあって、俺ら病院抜けだしてきたんすよ」
「風花ちゃんも？」
　若菜さんに問われ、私はうなずいた。
「なっちゃんは、私の願いを叶えるために、一緒にここまで来てくれたんです」

「いや、お前のためだけじゃねーよ。俺にとっても得があったから、あそこを出ただけだ」
　私を弁護(べんご)してくれるなっちゃんに、また胸が温かくなる。
　なっちゃん、ありがとう……。
　でも、私のために危険をおかして来てくれたことには変わりない。
　だから感謝してるんだ、心から。
「夏樹の目的ってなんだ？」
「俺は、手術から逃げるためにここまで来たんすよ」
　店長さんの質問に、なっちゃんは面倒そうに答えた。
　自分のことなんて、どうでもいいという風に。
　なんとなく、そういう気はしていた。
　前に病院で、お父さんと手術は受けないって言い争っていたから。
　でも、こうして本人の口から直接聞くと……辛いな。
　なっちゃんはこの旅が終わっても、生きるための治療(ちりょう)はしないの？
　もし手術を受けなければ、死んでしまうかもしれない。
　なっちゃんがこの世界からいなくなるなんて、想像するだけで怖くなる。
　心を引きちぎられるように、胸が痛む。
　これは、病気の痛みとは全然ちがう。
　失うことを恐れる痛みだ。
「なんか、ワケありみてぇだなぁ……」
　そう言って、店長さんがチラリと私を見る。

え……？
　なんの意味がこめられた視線なのかわからず、私は首をかしげる。
「おい夏樹、なにがあったかは詳しく聞かねぇが……」
　険しい眼差しで、店長さんがなっちゃんを見据えた。
「お前、ちゃんと風花ちゃんのこと守れんのか？」
　えっ……私？
　まさか、自分の話になるとは思わなくて、目を見開く。
「べつに、今は体調に問題もねぇし、ふうひとりくらい俺にも守れる」
　なっちゃん……。
　私、守られるのはうれしいけど……それ以上に、なっちゃんに生きていてほしい。
　だから、自分の体も大事にしてほしいよ。
　なっちゃんが自分に優しくしてくれないことが、どうしようもなく悲しい。
　不機嫌そうに後頭部をガシガシとかくなっちゃんを、切ない気持ちで見つめる。
「ただ願いを叶えてやるだけじゃだめだ。互いが大切な存在ならなおさら、心ごと守れ」
　そんななっちゃんから視線をそらすことなく、店長さんは言葉を続けた。
「そんなん、わかって……」
「わかってねぇから、簡単に死を選べるんだ」
「なにを言って……」

店長さんの言葉に、なっちゃんはうろたえている。
　私はなんとなく店長さんの言いたいことがわかった。
　なっちゃんは守ってるつもりでも、私の心は痛みを訴えている。
　だってきみは、自分を蔑ろにして守ろうとするから。
「手術を受けないって言ったお前の顔見れば、死ぬ覚悟してることくらいわかる」
「それ、は……」
　なっちゃんは、ハッとしたように店長さんを見つめた。
　なっちゃん、やっぱり……。
　私との旅を終えたら、なっちゃんは死ぬつもりなんだ。
　お母さんへの罪悪感が忘れられないから。
「お前が死んだら、風花ちゃんはずっと悲しみを抱えて生きてくことになるんだぞ？」
「…………」
　なっちゃんは苦しげにうつむいたまま、なにも言わない。
　けれど、私は店長さんが言ってくれてよかったと思った。
　ずっと、私の心の中にあった不安を代弁してくれたから。
「俺はなぁ、ワカちゃんより先に死ぬつもりはねぇ。俺が死んだあとの悲しみを、味わわせたくねぇからだ」
　断言する店長さんは、とても強い人だと思う。
　絶対なんてないのに、そう言い切るのには、かなりの覚悟が必要だから。
　これが、店長さんの守り方なんだ。
「夏樹、お前はそれだけの覚悟で守れるって言ってんのか？

でねぇーと、俺はお前に力は貸せねぇ」
「店長……」
　店長さんは、私たちがなんのためにここに来たのか、気づいてるのかもしれない。
　だから、あえて厳しい言葉をかけて覚悟を試している。
　なっちゃんのこと、本当に大切に思ってるから。
「なっちゃん……」
「ふぅ……」
　なっちゃん、泣きそうな顔してる。
　きっと、いちばん辛い過去を思い出してるんだろう。
　お母さんの命を犠牲にした自分が、生きることを望んでもいいのかなって不安なんだ。
　迷っているきみに、私はなにができる？
　頭をフル回転させて、必死に考えた。
「なっちゃん、私は……」
　そして、たどたどしくも話しだす。
「なっちゃんがいてくれたから、外に飛びだす勇気を持てた」
　なっちゃんの服の袖をギュッとつかむ。
　そんな私を彼はじっと見つめていた。
「なっちゃんは、自分が生まれてきたことを罪みたいに言うけど……」
　私は、なっちゃんが生まれてきてくれて……本当によかったと思ってる。
　行きたい場所に行く、生きたい人と生きる。

ひとりだったら、私の中に眠っていたたくさんの夢もきっとあきらめて、叶わなかった。
「なっちゃんがいたから、もっと強くなりたいって思えた。いつだって私に原動力をくれるのは、なっちゃんなんだよ」
　出会って間もないけど、私の中にきみは息づいている。
　今こうして私が歩みを止めずにいられるのは、なっちゃんのおかげなんだよ。
「ふう、お前……」
「なっちゃんが生まれてきてくれてよかったって、本当に思ってる。だからね……」
　私は笑って、なっちゃんを見あげた。
　その不安そうな瞳を安心させるように、まっすぐに見つめる。
「なっちゃんが生きる理由を見つけられないなら、焦らなくていいよ。これから、一緒に探していこう」
　これが、命懸けで私の願いを叶えようとしてくれるきみへの……私ができる、せめてもの恩返しだと思った。
「っ……お前……」
　驚いたように私を見つめるなっちゃん。
　そして、すぐに泣き笑いみたいな顔になった。
「本当に……ふうには敵わねぇな。俺のこと、たった一言で救っちまうんだから」
「なっちゃん……」
　私の言葉できみが救われるなら。
　何度でも、私はなっちゃんに言い続けるよ。

きみは、私にとって必要な人。
　ずっと生きていてほしい人なんだって。
「いきなりは無理かもしれねぇけど、ふうといれば、生きたいと思える理由が見つけられる気がすんだ」
　その言葉が聞けて、本当によかった……。
　私といることで、きみが未来を見てくれるのなら。
　なっちゃんが許してくれる限り、そばにいる。
　ううん、なっちゃんが私をいらないと言って突き放したとしても、追いかけよう。
「一緒に歩いていこう、どこまでも」
「あぁ、そうだな。どこまでも……」
　なっちゃん、私はこの旅が終わっても、きみのそばにいたい。
　その先の未来も、きみに隣にいてほしい。
　だからね、なっちゃん。
　私たちの行く先が、たとえ地獄の果てでも……。
　どこまでも一緒に行きたいって思うよ。
「なんだ、風花ちゃんの方が男前じゃねぇーか！　いい女見つけたな、夏樹」
「あ、べつに、付き合ってるとかではっ」
　あわてて誤解を解こうとした私を、なっちゃんがうしろから引きよせる。
「えっ、なっちゃっ……」
「まぁ……たしかにいい女っすよね」
　なっちゃんっ!?

驚きの言葉が、なっちゃんの口から飛びだした。
パクパクと金魚みたいに口を開けたり閉じたりしていると、店長さんはおかしそうに笑う。
「ぶっくく……夏樹がデレるとはなぁ！　こりゃあ、レアな光景だわ！」
「ふふっ、それでカッちゃん。ふたりの力には、なってあげるのよね？」
若菜さんは微笑みながら、店長さんの腕に抱きついた。
「もちろんだぜ、ワカちゃん。うちに来たってことは、バイクが必要なんだろう？」
店長さんの視線が、なっちゃんに向けられる。
「そうっす」
「夏樹、俺のバイク持ってけ。それから、ウェアとヘルメットもな！」
店長さんが、バイクの鍵をなっちゃんに投げた。
それを片手でキャッチすると、なっちゃんは頭をさげる。
「どもっす。店長、ワカさん」
「あ、ありがとうございますっ」
本当は……ふたりもなっちゃんのことを、止めたかったんだと思う。
病気のことも心配だし、手術が遅れれば遅れるほど、私たちは死のリスクを負うから。
でも逆に、この時間は私たちが生きる意味にも繋がる。
ふたりはそう信じて、私たちを見送ってくれるんだと思った。

感謝の気持ちをこめて、私も一緒に頭をさげた。
「店長、これ400ccのバイクっすか？　色もボディもカッコいいっすね」
「おうよ！　さっすがバイク好きだな、夏樹。目の色変わってら！」
　ブラックのボディに、ブルーのラインが入ったふたり乗りのバイク。
　私の腰のあたりに座席があって、すごく大きい。
　これを、なっちゃんが運転するんだ……。
　バイクに乗るなんて初めてだから、楽しみだなぁ。
「がんばってね、風花ちゃん」
「あ、若菜さん！」
　楽しそうななっちゃんと店長さんを見つめていると、隣に若菜さんがやってきた。
「男の子って、忙しいわよね。ふいに弱くなったり、子供みたいにはしゃいだり」
「ふふっ、そうですね」
「夏樹のこと、頼むわね」
　若菜さんは私にしか聞こえないように、静かに言った。
　その言葉には、行かせたくない想いと、決めたことを貫いてほしい想いと……いろんな意味が含まれているように感じた。
「私、なっちゃんに生きたいって言わせてみせます」
　守られてばっかりは、もう卒業する。
　なっちゃんのことは、私が守るんだ。

「あなたのように強い女の子なら、きっと大丈夫ね」
　若菜さん……。
　ずっと、なにもできないと思っていた私。
　けど、若菜さんはそんな私を強い女の子と言ってくれた。
　今はまだ、自分がそこまで強い人間とは思えない。
　だけど、そう思えるように成長したいと思う。
「はい！」
　強くうなずけば、若菜さんが微笑んでくれる。
「ふう、行くぞ！」
　若菜さんに笑い返すと、なっちゃんに呼ばれた。
「あっ、はーいっ」
　私を手招きするなっちゃんに駆けより、若菜さんと店長さんを振り返る。
「本当にありがとうございました！」
「また、来るっす」
　ふたりに頭をさげて、私たちはヘルメットをかぶった。
「絶対だぞ、待ってるからな！」
「また、ふたりで会いにきなさいよね？」
　そう言って笑顔で送りだしてくれるふたりに手を振る。
　本当に、素敵な人たちだ。
　出会えてよかった……。
　遠矢くん、若菜さんに店長さん。
　また会いたいと思う人が増えたな。
　その人たちのために、生きたい、生きなければと思う。
「準備はいいか？」

バイクに跨(またが)ったなっちゃんが振り返り、ヘルメットごしに私を見つめた。
「なっちゃん、またよろしくね」
　私は強くうなずいて返事をする。
「それは俺のセリフだっての。よろしくな、ふう」
　その不敵な笑顔を見たら、いつもの強気ななっちゃんが戻ってきた気がしてうれしくなった。
　笑顔を交わしたのを合図に、なっちゃんはハンドルを握ってバイクを走らせる。
　——ブロロロッ!!
　お腹にまで響く、けたたましいエンジン音に、髪を巻きあげる突風(とっぷう)。
　私たちはどこまでも行ける、そんな気がした。

◇3章◇

Episode 9：ともに生きたい人

　バイクで走ること1時間半、潮の匂いが鼻腔をかすめた。
　ついに海沿いまでやってきたんだと心が踊る。
　目を凝らすと、月明かりでキラキラと輝く海に小舟がいくつか停まっているのが見えた。
「わぁっ……」
　これが、夜の海！
　透けるようなターコイズブルーの昼の海は写真で見たことがあったけど、夜の海は初めて！
　幻想的なその光景に、一瞬にして心を奪われる。
　すごい、すごい、すごい！
　ようやく、ここまで来たんだ。
　感動して、私は海から目を離せないでいた。
　すると、バイクは失速し、海沿いの道路の端に止まった。
「休憩がてら、海でも見よーぜ」
　そう言いながら、ヘルメットを外すなっちゃん。
　その仕草のひとつひとつが、いちいちカッコいいなと思った。
　……って、見とれてる場合じゃなかった。
　私もヘルメット外さないと。
「えっと、あれ？」
　これ、つけるときは簡単だったのに、外すの難しいな。
　留め具をゆるめながら紐を引っぱればいいんだけど、不

器用な私には少し難しい。
　なんせ、自分の留め具の位置が見えないのだ。
「おい、なにやってんだ」
「待ってね、すぐ外すから」
「もういい、貸せ」
　しびれを切らしたなっちゃんが、もたもたする私のヘルメットの紐に手をかける。
「わっ……！」
　近い！
　その距離といったら、なっちゃんの吐息が私の前髪をなでるほどだ。
「じっとしてろ、外せねぇだろ」
　なっちゃんの顔が間近にあって、ドキドキする。
　出会ったばかりの頃は、こんな風に心臓が変になったりしなかった。
　私、どうしちゃったんだろう。
　なっちゃん相手だと、他の人には絶対感じない体の異変が起こる。
　それも、一緒にいる時間を重ねるたびに、どんどん大きくなってる気がするのだ。
　——カチンッ。
　悶々と考えていると、ようやく留め具が外れる。
　そのまま、なっちゃんがヘルメットを外してくれた。
　その瞬間、風が髪の隙間に入りこみ、解放感に包まれる。
「ほらよ、外れたぞ」

「あ、ありがとう！」
　あぁ、はずかしかったっ。
　外れるまでの時間が、ものすごく長く感じた。
「んぅぅ〜っ」
　バイクをおりると、うーんとうなりながら体を伸ばす。
　１時間半でも、ずっと同じ体勢は辛いな。
　運転してたなっちゃんは、私よりもっと疲れてるはずだ。
「なっちゃん、お疲れ様。本当にここまで連れてきてくれて、ありがとう」
「まだ到着してねぇけどな。やっとゴールが見えてきたって感じだな」
　なっちゃんも私と同じように体を伸ばす。
　なんとなく自然に、私たちはコンクリートの防波堤(ぼうはてい)の上に乗る。
　そして、一緒に月光の下に広がる夜の海を眺めた。
「どうよ、初めて見た海は。まぁ、夜だからあんま見えねぇだろうけど」
　隣に立つなっちゃんが、ふっと笑って尋ねてくる。
　その温かい眼差しに促されて、私は海へと視線を向けた。
「千の星が瞬く夜空が、そのまま落ちてきたみたい」
　月明かりが海面に反射して、星のように輝いている。
　天地が銀箔(ぎんぱく)の入ったシアン一色に染まり、宇宙にいるかのような幻想的な世界だった。
「あーあ、冬じゃなければ星の海を泳いでみたのに」
「昼間の海は、こんなもんじゃねぇよ。太陽で海がダイヤ

モンドみたいに輝くからな」
　そうなんだ、もっと綺麗なんだっ。
　あぁ、楽しみだなぁ、早く明日が来ないかなっ。
「でも、夜の海も好き」
「そうか?」
「うん、穏やかで優しくて……ホッとする」
　不思議な安心感に包まれる。
　まるで、なっちゃんといるときみたいだと思った。
「朝の海、昼の海、夜の海。同じ海でも、時間や見る人の心の在り方によって、見せる顔がちがうんだよね」
　それを、ずっと知りたいと思ってた。
　私の知らない景色を、またひとつ知れたことがうれしい。
「お前、意外とロマンチストなんだな」
「え、そうかな?　って、意外とってなに!?」
「いつもボーッとしてるから、なんも考えてないかと思ってた。お前に詩人の才能があったとはなぁ」
　わざとらしく、しみじみと言った彼の腕を軽く小突く。
「失礼だな、もう!」
　頬をふくらませて、キッとなっちゃんをにらむ。
　『意外と』がなければ、褒め言葉として受け取れたのに。
　なっちゃんはデリカシーというものを、どこかに置いてきてしまったらしい。
「ぶっ、ふうがふくれた。って、ダジャレみたいじゃね?」
「どこが!?」
　私が怒るのを、楽しそうに見つめるなっちゃん。

ふたりで軽い言い合いをしながらじゃれ合っていると、ふと沈黙が訪れる。
「なっちゃん、私……今がすごく楽しい」
　波の音だけが響く中、私はポツリとこぼすように言った。
「ふう……」
「病院を出てから、新しい発見がいっぱいあるんだ」
　なっちゃんに出会えていなかったらと思うと、怖くなる。
「なっちゃんのおかげで、この世界で生きてるんだって、実感できた」
　もし、この旅に出ていなかったら……。
　私は今頃、あの病院で手術を受けていただろう。
　その手術が失敗して、死んでしまっていたかもしれない。
　私は今頃、この世界にはいなかったかもしれないんだ。
　それに、万が一助かったとしても、また親の言いなりになる変わりばえのない日常に戻っていたと思う。
　自分の意思なんてない、世界に彩りなんて感じないまま、人形のように生きていたかもしれないんだ。
「もしここで、この命が尽きるのだとしても、私はなっちゃんと旅に出てよかったと思うよ」
　これだけは、胸を張って言える。
　死んだように生きる時間に、なんの意味があるだろう。
　それなら、たとえ短くても、自分らしくやりたいことを精いっぱいやりきって散りたい。
　その方が、ずっと価値があると気づいた。
　命の長さより、私が私らしく生きていけるかどうかが大

事なんだ。
「ふうは……強い女だよな」
「え?」
　なっちゃんは、少し寂しそうに笑う。
「俺がいなくても、どんどん未来に向かって歩いていける」
「なに言ってるの、私は弱いよ」
　強いのは、なっちゃんの方だ。
　私は、いつもなっちゃんに助けられてばかりだ。
　考え方も、気遣い方も、どれをとっても。
　きみがいつも、私の一歩先を歩いてる。
「いいや、お前はこんなに小さいのによ、ちゃんと自分の意思を持って、前に進んでる。だけど俺は……」
　深い海の底から、こちらをのぞく闇を見つめるきみ。
　そのまま深淵に落ちていきそうななっちゃんの手を、私はそっと握った。
「ふう?」
　惑う瞳が私を見つめている。
　なっちゃんは、生きる理由が見つからないことに焦りを感じてるのかな。
　私に置いていかれると思った?
　だとしたら、なっちゃんはバカだ。
　私がきみのことを、ひとりにするわけないのに。
「あのね、なっちゃん。私が意思を持って歩きだせたのは、なっちゃんのおかげなんだよ」
「……俺?」

向けられる暗い瞳を、私は笑顔で受けとめる。
　きみの存在がどれだけ私の心を救ってくれてるのか、全然気づいていない。
　なっちゃんは、私に自由をくれたヒーローなのに。
「なっちゃんといると、この先が地獄でも怖くない。不思議と、私を安心させてくれるの」
　むしろ、底なしの勇気が湧いてくる。
　なっちゃんに追いつきたいから、もっと強くなりたい。
　彼の隣を歩いて、今度は私がきみを守りたいと思うんだ。
「この先が地獄でも……」
「私はこの先にどんな困難があったとしても、なっちゃんと一緒ならどこまでも行けると思ってるよ」
　そう、信じられる。
　たぶん、きみは私の翼なんだと思う。
　私はできそこないの、翼のない醜い鳥で、あの白亜の籠からずっと出られずにいた。
　けれど、きみという翼が、私を外の世界へと連れ出してくれたんだ。
　どんなに世界が美しいのかを教えてくれた。
「そう思わせてくれたなっちゃんは、すごい人なんだよ！」
「すごい人……くくっ、お前っ」
　すると、突然なっちゃんが笑いだす。
　私は豆鉄砲を食らった鳩のように、唖然と彼を見つめる。
　なっちゃんが急に笑いだした意味がわからなかった。
「ぶっ、お前な、なぐさめるならもっと語彙力つけろよ」

語彙力……あれ？
　今、私もしかして、バカにされてる？
　肩を小刻みに震わせるなっちゃんに、私はあきれてモノも言えない。
「すごい人なんだよ！って力説されても、小学生の感想文と同じだぞ」
　私、真剣に話してるんですけど。
　もう、怒ってもいいかな。
　うん、いいよね！
「だ、誰が小学生だ！」
　ほんとーにっ、デリカシーがないんだから！
　私はフンッと鼻を鳴らして、なっちゃんに背を向ける。
「でもさ」
　ポツリと、なっちゃんがつぶやいた。
　波の音とともに、心地いい彼の声が私の耳に静かに届く。
「私には、なっちゃんの言葉が聞こえなくなる魔法がかかりました。なので、なにも聞こえませーん」
　どうせ、また私をバカにしてからかうつもりだろう。
　私は絶賛ふてくされ中なので塩対応だ。
「そんなに必死に言われるとな、グッとくるよな」
「……え？」
　振り返ろうとした瞬間、背中からふわりと抱きしめられる。
　なに、なにが起きてるの……!?
　心臓がまた騒ぎだして、私は彼の腕の中で、ただただと

まどっていた。
「お前の気持ち、ちゃんと俺の心に届いたから」
「なっちゃん……」
「ほんの少しだけ……お前との未来を想像して、このまま死ぬのはもったいないなって、未練ができたわ」
　……なっちゃんが、この世界に生きる意味を見いだしてくれた。
　ほんの少しでもいい。
　これから私が、きみに必死に伝えていくから。
　うれしくて、私は振り返る。
　なっちゃんの愛しげな眼差しが、私を包んだ。
「風花」
「あ……」
　仲よくなってから、ちゃんと名前で呼ばれたのはこれが初めてかもしれない。
　目を見開く私に、ふっと笑ったなっちゃんの手が伸びる。
「俺はたぶん、お前に……」
　その手は頬に触れる寸前でためらうように止まり、私の頭の上におさまる。
「いや……いろいろ、ありがとな」
　私の頭を、なっちゃんがワシャワシャとなでる。
　なんでかな。
　なっちゃんに触れられると、胸がキュッと締めつけられるのに、すごくうれしくて、幸せな気持ちになる。
「もうっ、髪がぐしゃぐしゃになる〜」

触れられるのが心地いいのに、気にもならない髪のことを持ちだして、はずかしさをごまかす。
　ねぇ、なっちゃん……今、なにを言いかけたの？
　知りたいような、知ったら私たちのこの関係が変わってしまうような。
　好奇心と不安が胸の中で混ざり合っていた。
「いいだろ、こういうの、ゆるふわパーマっていうんじゃねーの？」
「ゆるふわっていうか、鳥の巣になりかけてるけどね」
「ぶはっ、ちがいねぇ」
　吹きだすなっちゃんを見つめて、温かい気持ちになる。
　やっぱりなっちゃんは、笑顔がいちばんだ。
　きみが私にくれた、自分の意思を持って歩きだす勇気。
　今度は、私がなっちゃんにあげる。
　バイク屋を出たときから、ずっと決めていたこと。
「なっちゃんのそばには、私がいるよ」
　きみはひとりじゃないから。
　不安になったら、隣を見てほしい。
　いつでも、きみにがんばれって笑ってみせるから。
「ふう……」
　驚きに丸くなる瞳を、まっすぐに見つめる。
「なっちゃんが不安なときは、なっちゃんがしてくれたように、私が受けとめる。なっちゃんのこと、私も守りたいんだ……だめかな？」
　私なんか、頼れない？

でも私、なっちゃんのためなら強くなるから。
　きみが不安を隠してしまわないように、弱音を吐けるような存在になれるように、がんばるから。
　もっと、私を必要として。
　もっと、私に心を見せてよ。
「俺に守られてりゃあいいのに……」
「私は守られるばっかりは嫌」
「ははっ、頼もしすぎんだろ」
　なっちゃんは困ったように笑って、私の髪をスルリと梳いた。
「ありがとな、俺のヒーロー」
「え？　なにそれ」
「ん？　お前が俺を救ってくれるヒーローってこと」
　そこは、ヒロインにしてほしいところだけど……。
　さっき私も、なっちゃんをヒーローみたいだと思った。
　ふたりで同じことを思っていたうれしさが勝り、怒るのはやめてあげることにした。
「ふう、寒くねぇか？」
「ちょっとだけ、寒いかな」
　さすがに海の近くでは、潮風が冷たく感じるみたいだ。
「マフラー、ちゃんと巻いとけ」
「うん、ありがとう」
　かじかむ手をこすり合わせていると、なっちゃんは私のマフラーを巻きなおしてくれた。
「自動販売機で、あったかい飲み物でも買ってくる。ここで、

いい子に待ってられるか?」
「小学生じゃないんだから、大丈夫だよ!」
「いや……やっぱり一緒に連れてくべきか?」
「もうっ、大丈夫だってば!」
　考えこむなっちゃんの腕を、軽くたたく。
　すると、しぶしぶなっちゃんはうなずいた。
　どうやら、からかっているわけじゃなく、本気で心配してくれたらしい。
「すぐに戻る。くれぐれも、ここから動くなよ?」
「はい、約束するよ、なっちゃん」
　なっちゃん、過保護だな。
　まるで、子供扱いだ。
　苦笑いを浮かべていると、なっちゃんが私から離れる。
　少し歩くと、もう一度私を振り返った。
「……んじゃ、行ってくる」
「うん、行ってらっしゃい」
　安心させるように笑って、私は手を振り返す。
　それでも心配なのか、彼は何度も振り返っていた。
　その姿が見えなくなるまで見送った私は、ひとりになると空を見あげた。
「やっと、ここまで来たんだ……」
　目に焼きつけるように、闇に浮かぶ銀色の月を見つめる。
　今ここで見る月は、病院の窓から見える月より、はるかに近くに感じた。
　私は今、この世界で生きてる。

たしかに、この場所に存在しているんだ。
「ほのかちゃん、私……約束、絶対に叶えるから」
　あの月から、ほのかちゃんが見守ってくれている。
　そんな気がして、声をかけてみた。
「でも、たまに不安になるんだ。ちゃんと、ほのかちゃんの言う自由な生き方ができているのかなって」
　今日1日、たくさんの人と出会い、別れて。
　絶対なんてないから、後悔しないように生きようって思えるようになった。
　だけど、まだ……。
　お父さんとお母さんのことを思い出して胸が痛む。
　本当にこれでよかったのかって、不安になる。
　だからって、旅に出たことには後悔はない。
　けど、心配をかけてしまっている人のことを思うと、どうしても心が沈んでしまうのだ。
　なっちゃんのことも、ちゃんと守れるのか、私はもっと強くなれるのか……。
　あげたらキリがないほど、たくさん悩んでしまうんだ。
　──ジリッ。
　月を見あげていると、背後で砂を踏む音が聞こえた。
　なっちゃんが帰ってきたんだ。
　本当にすぐだったなと、私は振り返る。
「なっちゃん、お帰……り？」
「やぁ、こんばんは」
　そこにいたのは、知らない男性だった。

知らない人にお帰りって言っちゃった……！
　先生にお母さんって言ったときのようなはずかしさが襲ってきて、語尾がだんだん小さくなる。
「すみません、人ちがいで……」
「どこから来たの？」
　あわてて謝ろうとした私の言葉を、男性がさえぎった。
　男性は貼りつけたような笑みを浮かべながら、話しかけてくる。
「えーと……千葉から……」
「ふうん、ひとりで？」
　なんだろう、この違和感。
　ジリジリとこちらに迫ってくる男性に、ゾワリと恐怖が襲ってくる。
「危ないよ、こんなところにひとりで」
「っ……だ、大丈夫です」
　むしろ、この人が危ない気がする。
　お願い、早く帰ってきて、なっちゃん……。
　後ずさると、それすらも楽しいと言わんばかりに、男性はニヤニヤしながら、また一歩近づいてくる。
「ハハッ、ここは夜になると人通りが少なくなる。きみを助けてくれる人はいないんだよ」
「えっ……」
　そう言った男性との距離が、一気に近くなる。
　逃げる間もなく、思いっきり両手首をつかまれた。
「い、いやっ!!　は、離してっ」

「もっと抵抗しないと……くくくっ」
　怖いっ、なにこの人。
　喉の奥でクツクツと笑う男性に鳥肌が立った。
　どうして、こんなことにっ……。
　手をつかむ男の手は骨がきしみそうになるほどに強く、痛みを伴った。
「た、助けて……」
　力が強くて、全然振り払えないっ。
　バクバクと心臓が騒いで息苦しく、目に涙がにじむ。
「もっと大きな声で叫ばないと」
　男性のニタニタと笑う顔に背筋が凍る。
　大きな声で叫んだつもりが、恐怖で弱々しくかすれてしまった。
「ほら、もっと叫んで」
「っ、なっちゃっ……」
　助けて……助けて、なっちゃんっ。
　涙が目尻から、静かにこぼれた瞬間。
　ドカッという鈍い音とともに、私の手首の拘束が解ける。
「このクソ野郎、コイツに気安くさわんな」
　低く、凍りつくような冷たい声を浴びせるなっちゃんがそこにいた。
「あっ……！」
　その姿を見た瞬間、ぶわっと涙が溢れる。
　怖いわけでも、不安なわけでもない。
　ただ、これ以上にない安心感に泣いた。

「ひいっ……な、なにをするんだ!!」
　男性はなっちゃんが足蹴りしたせいで、地面に転がっている。
「それはこっちのセリフなんだよ」
「だ、黙れガキが！」
　不気味なくらい穏やかに話していた男性の態度が豹変した。
　男性はなっちゃんに駆けより、勢いよく拳を振りあげる。
「なっちゃんっ!!」
　危ないっ……！
　見ていられなくて、ギュッと目をつぶる。
　すぐに、ドゴッと拳が食いこむ音が聞こえ、私はおそるおそる目を開けた。
「ぐっ……」
「はぁっ、手間かけさせんなよ、変態野郎」
　地面に伸びる男性と、唇の端を拳でおさえるなっちゃんが見える。
「ふ、ふざけるなっ、今度会ったら許さないからな！」
　男性はよろよろと立ちあがると、漫画のような捨てゼリフを吐いて去っていく。
　……なっちゃんが守ってくれた。
　やっぱり、なっちゃんは私のヒーローだ。
「なっちゃんっ!!」
「よかっ……はぁっ、心配、かけやがってっ」
　なっちゃんに駆けよると、強く抱きすくめられる。

すると、とたんに安心感に包まれて泣きたくなった。
「なっちゃんっ、助けてくれてありがとうっ」
　体の震えがまだ治まらない。
　膝も笑ってるし、すごく怖かったんだ。
　私はなっちゃんに抱きつくと、体温を感じるように目を閉じる。
「当たり前っ、だろ……。お前をあの病院から連れ出すとき……にっ、守りきるって決めてたんだ……ぐっ」
「なっちゃん……？」
　苦しそうななっちゃんに、私はあわてて顔をあげる。
　すると、まっ青な顔で胸を押さえるなっちゃんがいた。
「なっちゃん、まさか胸が痛いのっ!?」
「大丈夫、だっ……くそっ」
　ガクンッと膝から崩れ落ちるなっちゃんを支えようと手を伸ばす。
「なっちゃんっ!!」
　けれど、私は大柄な彼を支えることはできず、一緒に地面に座りこんでしまった。
「はぁっ、ぐっ……」
「なっちゃんっ、なっちゃんっ」
　こういうとき、私はただ抱きしめることしかできない。
　薬も、治療できる病院も、助けてくれる人も、ここにはなにもないから。
　なんて、無力なんだろう。
「ごめんっ、私を守るために……っ」

無理をしたから、きっと体が悲鳴をあげてるんだ。
　私が、なっちゃんを巻きこみさえしなければ……。
「ふうの、せいじゃ……ねぇっ」
　自分を責めていると、なっちゃんは優しい声色で言う。
「なっちゃん……」
　まただ……。
　ほのかちゃんも、なっちゃんも……。
　自分の方が辛いはずなのに、私の心配ばかり。
　守られてばかりの自分は卒業するって決めたのに、私はなにも変わっていないじゃないか。
「ぐぅぅっ、はぁっ」
　目の前で苦しむなっちゃんに、私はどうしていいのかわからない。
「私は……どうすればっ」
　なっちゃんが、もしここで死んでしまったら……？
　ううん、それだけは絶対に嫌!!
「うぅっ、くっ……」
「なっちゃんっ、救急車呼ばなきゃ！」
　私が苦しむならいい、だけど……。
　私のためになっちゃんが傷つくのは、絶対にだめだ。
　そんなことになったら……私は自分のことを一生許せなくなる！
　カバンからスマホを出し、電源を入れようとした瞬間。
「やめ、ろっ!!」
「っえ……」

パシンッと手をたたかれて、私の手の中にあったスマホが地面をすべっていく。
　なっちゃん、どうしてなの？
　私は驚きととまどいに、呆然となっちゃんを見つめた。
「せっか、く……っ、ここまで、来たんだろっ!?」
「でもっ」
「俺はっ……お前の願いを、はぁっ、叶えてやりたいっ」
　なっちゃんの言葉は、いつも誰かのためだ。
　だから私は、飽きもせずに涙を流してしまう。
「ここまで来てくれて……本当にありがとう」
「……ふう？」
　苦しげに私を見つめるなっちゃん。
　その視線が、「どういう意味だ？」と聞きたそうだった。
「でも私、なっちゃんを失うくらいなら……」
　あぁ、そうか……そうだったんだ。
　私、今までなっちゃんのこと、友達や家族に近い感情で大切なんだと思ってた。
　だけど、今この胸にある想いは……。
　たったひとりだけに向ける、"大切"だったんだ。
「もう、ここまでで十分だよっ。それよりも、なっちゃんがいなくなったら……私っ……!!」
　一緒に生きていきたい人を見つけた。
　なのに、想いに気づけた瞬間に、きみを失うかもしれないなんて……。
「生きていけないっ」

耐えられないよ、そんなのっ。
綺麗な景色を見つけたら、誰よりも先にきみと見たい。
おいしいものを食べるなら、きみと分け合いたい。
うれしいときも、悲しいときも、きみと一緒がいい。
ポロポロと涙を流しながら、私はすがるようになっちゃんに叫ぶ。
「ふ、うっ……」
なっちゃんは、驚いたように私を見つめていた。
私をいつでも優先してくれた。
優しくて、強くて、私の心をこんなに揺り動かす。
好きなんだ、なっちゃんのことが。
自覚すると、洪水(こうずい)のようにどっと溢れる想い。
ずっと私の心の中で、"恋"と名付けられるのを待っていた赤子のように。
彼が好きだと、胸のゆりかごで産声(うぶごえ)をあげている。
「大切なのっ、なっちゃんのことが。だから、もう……」
ごめん、ほのかちゃん……。
私にとって行きたい場所は、生きていきたい人がいる場所だとわかってしまった。
だから、この人を蔑ろにしてまで、旅を続けようとは思えない。
ここで旅が終わってしまっても、彼がそばにいてくれるなら……私はいつだって自由だ。
「俺のことを想うなら、頼むからっ……終わらせんなっ」
「どうして、そこまで……。なっちゃんは、私を心配して

ついてきてくれただけでしょう？」
　体が病魔に蝕まれていく。
　その怖さは、私にも痛いほどわかる。
　だから、なっちゃんが命をかけてまで私の願いを叶えてくれる理由がわからないんだ。
　私がもういいって言ってるのに、旅を続けようとするのはなぜ？
　彼も、この旅に自分の目的を見つけたのだろうか。
「今の俺は……っ、ふうの願いを叶えるために生きてんだっ。やっと、見つけられ……そう、なん……だよっ」
「なっちゃん……？」
　ぼんやりとした顔をするなっちゃん。
　意識がハッキリしていないのは、すぐにわかった。
　その手を握ると、冬空の下とは思えないほどに熱かった。
「なっちゃん、熱がっ」
「ふうっ……いいな？　絶対に……誰も、呼ぶな……」
「そんなっ……」
　なっちゃん、バカだよ。
　そんなこと、念を押さなくても……。
　私、なっちゃんのお願いは断れないんだから。
　本当は病院に戻ってほしい。
　けど、好きな人に必死に頼まれたら、叶えたいと思ってしまう。
　私をこんなに心配させて、ずるい人。
「いい、な……」

「なっちゃん！！」
　そのまま力尽きるように目を閉じたなっちゃんを、あわてて揺する。
　すると、わずかに呼吸音が聞こえた。
　よかった……ちゃんと息をしてる。
「なっちゃんは誰にも言うなって言ってたけど……」
　いつまでもなっちゃんを外に放ってはおけない。
　せめて、どこか寒さをしのげる場所を探さないと。
　助けを求めるように周りを見渡すと、近くに明かりのついた木造平屋の家を見つける。
「あそこ……そうだ。中に入れてくれないか、お願いしてみよう！」
　高校生ふたりがこんな時間にこんなところにいるのは変だし、警察か病院に連絡されちゃうかもしれない……。
　だけど私、もうこの旅がここで終わってしまうのだとしても、なっちゃんだけは失いたくないんだ。
　きみは怒るだろうけど、そのときは謝るから。
　だから、一緒に生きよう、なっちゃん。
「少し、ここで待っててね」
　なっちゃんの頭をつけていたマフラーの上に乗せると、道路を渡った先の木造平屋の家の前まで走った。
　最初に屋根つきの門に迎えられる。
　開いている門の先にある庭には、石畳の道が伸びていた。
　庭には藁に巻かれた松の木が植えられており、立派な家だというのは一目瞭然だった。

「インターフォンは……」
　見る限り、インターフォンらしきものは見当たらない。
　でも、明かりはついてるから中に人はいるはずだ。
「すぅ、はぁ……ごめんください!!」
　ひとつ深呼吸をして、私は門から大きな声で声をかけた。
「はぁーい」
　すぐに、中からおっとりとした女性の声が聞こえた。
　庭の奥から、家の引き戸がガラガラと開けられる音が響く。
「あら、若いお嬢さんが、こんな遅い時間にどうしたの？」
　中から出てきたのは、70歳くらいのおばあさんだった。
　垂れた目尻は、どこか優しさを感じる。
　料理の途中だったのか、濡れた手を紺のエプロンで拭いていた。
　そういえば、今何時なんだろう。
　バイク屋さんを出たのが5時半頃で、そこから1時間半くらい走ったから、今は7時半くらいだろうか。
　って、今はそれよりも、なっちゃんのことを話さないと！
「すみませんっ、私の連れが体調を崩してしまって、こちらで休ませていただけませんか!?」
　私は、すがるように頭をさげた。
　すると、おばあさんはいぶかしげな顔をする。
「お嬢さんはどこから来たんだい？」
「そ、それは……」
　私が言葉をにごすと、おばあさんがさらに怪しむのが見

てわかった。
　でも、他に頼る人がいない。
　ここ以外に家も見当たらないのだ。
「私の……大切な人なんです」
「え？」
「私はその人にいつも助けられてばかりで、今も苦しんでるのに助けてあげられないっ」
　泣きそうになりながら話すと、おばあさんは静かに耳を傾けてくれた。
「どうか、お願いしますっ。私たちを助けてください！」
　私の大好きな人を、どうか助けて。
　その一心で、私は頭をさげ続けた。
「あなたは……本当にその人のことが大切なのね」
　おばあさんは困ったように笑うと、私の肩をポンポンと軽くたたいた。
「さ、すぐに家にいらっしゃいな」
「え、いいんですか!?」
　頼んだのは私だけど、怪しまれていたので承諾してくれるとは思っていなかったのだ。
　私は驚いて、おばあさんを凝視してしまう。
「なにか事情があるんでしょう？」
「は、はい……」
「それは、顔を見ればなんとなくわかったわ。だからね、無理には話さなくていい」
　私の不安は、おばあさんの言葉が払ってくれた。

おばあさんは、見ず知らずの私たちを信じてくれたのだ。
　そのことに、心から救われた。
「ありがとうございます……っ」
「ここへは、連れてこられるの？」
「あ、えと……彼、体が大きくって。でも、がんばって連れてきます!!」
「それなら、私も手伝うわ。ふたりなら、もっと早くあなたの大切な人を助けられるでしょう？」
　そう言って、おばあさんは率先して歩きだす。
「本当に……ありがとうございますっ」
　感謝の気持ちでいっぱいになりながら、私はなっちゃんの元へと向かう。
　それから、おばあさんとふたりがかりで、なっちゃんを家まで運んだ。
　バイクも玄関の前に停めさせてもらって、私たちはおばあさんの家で休ませてもらうことになった。

「なっちゃん……」
　おばあさんの家にあげてもらった私たちは、部屋の客間を貸してもらえることになった。
　布団まで敷いてくれて、今はなっちゃんのためにお粥を作ってくれている。
「額のタオル、変えるね？」
　洗面器に張った氷水にタオルをつけると、手がかじかんでヒリヒリする。

それでも、なっちゃんのためだと思えば、痛みなんて気にならなかった。
　私はなっちゃんの熱で温まったタオルを十分に冷やして、また額に戻す。
　時刻は8時30分。
　家に入れてもらって、かれこれ1時間ほどなっちゃんは眠り続けている。
「なっちゃん、早く元気になって……」
　なっちゃんの熱い左手を、私は両手で包みこんだ。
　きみの苦しみを、かわりに私が背負えたらいいのに。
　彼の荒い呼吸を聞いていると、胸が締めつけられる。
　ひとりで無音の部屋にいると、いろいろ考えて気分が沈んでしまう。
　すると、スーッと襖が開けられた。
「風花ちゃん、夏樹くんの様子はどうだい？」
　お粥を手に部屋に入ってきたのは、私たちを家に迎え入れてくれたおばあさんだ。
　恩人の、畑野文さん。
　私たちの詳しい事情は話していないけど、先ほど簡単に自己紹介をした。
「文さん、なにからなにまで……ありがとうございます」
　我ながら、むちゃくちゃなお願いだったと思う。
　いきなり訪ねてきた不審な若者ふたりを、なにも聞かずに家で休ませてくれだなんて。
「気にしないでいいのよ。それより夏樹くん、早く元気に

なるといいわね」
「文さん……はい、そうですね」
「これ、お粥と風花ちゃんの夕食だよ。なにかあったら隣の部屋にいるからね、声をかけて」

　私の分まで料理を用意してくれた文さんが、笑顔で部屋を出ていく。

　文さん、気を遣わせないように、ふたりきりにしてくれたのかな?

　なんとなく、そんな気がした。

「なっちゃん、起きて、なっちゃんっ」

　私は少しだけなっちゃんの体を揺する。

　すると、そのまつ毛が震えた。

「んんっ、ふう……?」

　ゆっくりと持ちあげられたまぶた。
　そこからのぞく双眼(そうがん)が、私を探すように揺れた。
　まだ、意識がハッキリしないのかな。
　それもそのはず、なっちゃんは熱が38℃近くあったのだ。
　こまめに額のタオルも取り替えてはいるけれど、体温はやっぱり高いままだった。

「ふう……どこ、だ……」
「なっちゃん、ここにいるよ」

　不安げにさまよう手を、すぐにつかんで顔をのぞきこむ。
　私を見たとたん、なっちゃんはホッと息をついた。

「そこに……いたん、だな」
「うん、ずっとそばにいたよ」

そう言うと、ふわっと安心したように笑みをこぼした。
「あぁ……あり、がとな……っ」
　なっちゃん、まだ苦しそう。
　病院を出てからというもの、まともに休めなかったし、無理がたたったんだ。
「私が代わってあげられたらいいのに……」
　私を助けようとしてくれる人が、いつも傷つく。
　それが辛いよ……なっちゃん。
「ごめん、なにもできなくて……っ」
　私はこうして手を握って、苦しんでいる姿を見ることしかできない。
　くやしくて、情けなくて、私は目に涙をにじませながら唇を噛んだ。
「バカ……お前にこんな思いさせるくらいなら、俺でよかったっつーの……」
「なっちゃん……」
　苦しげに笑ったのは、私を安心させるため。
　それがわからないほど、鈍感じゃない。
　なにより、大好きな人のことだからわかる。
　なっちゃんの不器用な優しさに何度も触れてきたからこそ、彼の想いには呼吸をするように気づける。
「優しくされると、辛いよ……」
　きみは絶対に私を責めてくれない。
「なんで、だよ」
「私のせいなのに……っ」

なっちゃんを巻きこんじゃったのは私。

いつも平気なふりをして、体の不調を隠してきたんだろう。

無理をさせたのが自分だと思うと、辛くてたまらない。

「俺のこと……は、巻きこめよ……」

私の手を握り返して、切なげに懇願するなっちゃん。

「なに言ってるの？　もう、十分巻きこんでるよ……。なっちゃんのこと傷つけたくないのに、これじゃあ……っ」

私のせいで、なっちゃんが死んじゃうかもしれない。

いかに自分のことしか考えていなかったのか、今になってわかった。

「俺は……傷つけられたなんて思ってねぇよ。それから、この旅はお前だけのものじゃない」

「どういう、こと？」

だってこの旅は、私に外の世界を見せてくれるための旅でしょう？

「俺の生きる理由を見つけるためでもあるって……。ふう、お前が教えてくれたんだろ」

「え……」

生きる理由を見つける。

記憶のどこかで、引っかかる言葉。

『なっちゃんが生きる理由を見つけられないなら、焦らなくていいよ。これから、一緒に探していこう』

そうだ……私が言ったんだ。

なっちゃんに、生きる理由を探しにいこうって。

口もとに自然と浮かぶ笑み。
　瞬きと一緒に頬を伝っていく温かい雫。
　悲しいわけじゃない、これはうれしくて流れた涙だ。
「どこまでも一緒に……っ、歩いていくんじゃなかったのかよ？」
『一緒に歩いていこう、どこまでも』
　つい数時間前に交わした、私たちの約束。
　苦しんでる姿を見たら、きみを失ってしまうんじゃないかって怖くなって……。
　ただ生きていてほしいって、その気持ちだけで突っ走って、なっちゃんの気持ちを考えてなかった。
　なにが正しいのか、わからなくなってたんだ。
「ごめん、なっちゃん。私、大事なことを見失ってたんだね」
　私は行きたい場所に行き、生きたい人と生きるためにこの旅に出た。
　そしてなっちゃんは……。
　初めは生きることから逃げるために、そして今は、生きる理由を見つけるために海を目指している。
　たぶんなっちゃんは、この旅が私だけのモノのように言ったことが寂しかったのかもしれない。
　だから、俺のことを巻きこめだなんて言ったんだ。
　だって逆の立場なら、私も寂しいと思うから。
「もう、私の旅だけじゃないんだ。なっちゃんの旅でもあったのにね……っ」
　なっちゃんが心配だから旅をやめようなんて、私のエゴ。

なっちゃんの意思は、なっちゃんのものだ。

決めつけるのではなく、きみの心を尊重(そんちょう)するべきだった。

泣きながら笑えば、なっちゃんは満足したように笑顔を返してくれる。

「やっと……わかったか」

「なっちゃんが、迷ってる私に気づかせてくれたんだよ」

伸びてきた手が、弱々しくも私の頬に触れる。

熱を持ったなっちゃんの手は、そのまま私の涙をさらっていった。

「なっちゃん……」

その優しい手を包みこむように私は手を重ねた。

この手に、何度救われただろう。

彼の存在が、自由や勇気、恋心……私が知らなかったいくつもの感情の花を心に咲かせてくれる。

そのたびに、空っぽだった荒野のような私の心は、彩りを取り戻していく。

「なっちゃん、体起こせる？」

「ん、あぁ……」

そう言って体を起こそうとする彼の背を支える。

そして、文さんが作ってくれたお粥を手渡す。

「食べられそう？」

「お粥……つか、ここどこだ？」

周りを見渡して、なっちゃんは不思議そうな顔をした。

そうだよね……なんて説明しよう。

なっちゃんに誰にも言うなって念を押されていた手前、

言いだしづらい。
　でも、あの寒空の下、なっちゃんを放っておくなんてできなかった。
　怒られたって、私はまちがった選択をしたとは思わない。
　なっちゃんがこうして無事でいてくれることが、いちばん大事なことだから。
「えっとね……ここに住んでる文さんっていうおばあさんが助けてくれたの。お粥も作ってくれたいい人なんだよ」
「お前、誰にも言うなって言っただろうが……」
　キッと私をにらむなっちゃんだけど、熱があるせいか覇気がない。
「だって、私はなっちゃんを失いたくなかったのっ。そんな風ににらんだって、謝らないからね！」
　にらむなっちゃんを、逆ににらみ返す。
「俺を、失いたくないって……？」
　なっちゃんはよりにもよって、触れられたくないワードを聞き返してくる。
　必死でつい、口がすべっちゃった。
　まさか、きみのことが好きだなんて言えないし……。
「あっ……えと、ほらお粥食べて！」
　返答に困って、私は話をそらす作戦に出た。
　失いたくないだなんて、好きだって言ってるのと同じだ。
　自分で言ったくせに、頬が熱くなる。
　だけど、それを否定するのは自分の気持ちを偽るようで嫌だった。

だから、ごまかすようにお粥が入った茶碗をなっちゃんに押しつける。
「お、おう……サンキュー。それで、さっきの話の続きだけど……」
「私も、ご飯食べるから！」
　私はなっちゃんの話をぶった切り、はずかしさを隠すように夕食に箸をつける。
「あっ……おいしい」
　文さんが用意してくれたご飯は、ブリの照り焼きに大根の煮付け、それからワカメのお味噌汁。
　病院食でも、ファミレスのご飯でもない、誰かの手料理を食べたのは数週間ぶりだった。
　ありがたいな。
　今こうして、なっちゃんと私が無事でいられるのは文さんのおかげだ。
　本当に、感謝してもしきれない。
　これからのこと、まだまだ不安でたまらないけど……。
　これから先も、私にとってなっちゃんが大切なことには変わりないから。
　だから、なっちゃんと一緒に、最後まで歩き続けられる道を探していきたい。
　そう心に決めて、私はお味噌汁をすする。
　そのホッとする優しい味に、冷えきった体も不安もほぐれていくような、そんな気がした。

Episode 10：つかの間の休息

　私の命のリミットは、あとどれくらいだろう。
　大好きな人と、同じだけの時間を生きることはできるのだろうか。
　私が怖いのは、死ぬことよりも、大好きな人を置いていくことだ。
　そして、私と同じく、胸に爆弾を抱えている彼に置いていかれること。
　二度と手の届かない場所に行かれる悲しみ。
　二度と触れ合うことのできない苦しみ。
　そんな感情は、もう味わいたくない。
『よかっ……た。今まで……あり、がとう、ふう姉……』
　大切なあの子の命が、私の腕の中で消えたとき。
　息ができないほどの悲しみ、体をバラバラに切り刻まれたかのような痛みに、おかしくなりそうだった。
　ねぇ、ほのかちゃん。
　私、気づいたことがあるんだ。
　私の行きたい場所、生きていきたい人。
　その場所に行くには、その人と生きていくには……。
　強い心と覚悟が、必要なんだね。

* * *

「んっ……」

 頬をなでられる感覚に、沈んでいた私の意識が浮上する。

 なんだろう、私に触れる手が心地いい。

 この胸に渦巻く悲しみを癒やしていくようだった。

「ふう……風花」

 まどろみの中、誰かが私の名前を呼ぶ。

 ……誰だろう。

 その声を聞いただけで、こんなにも幸せな気持ちになる。

「ありがとな……」

 ありがとう？

 たしかに、そう聞こえた気がした。

 そして、頬に触れていた手が髪へと移ったのを感じ、私はゆっくりとまぶたを持ちあげる。

「あ、起きた……のか？」

 至近距離で、なっちゃんと目が合った。

 その瞳に、寝ぼけた私の顔が映っているのが見える。

「なっ、ちゃん……？」

「はよ……つか、まだ寝ぼけてそうだな」

 くすくす笑うなっちゃんは、私の頭をワシャワシャとなでた。

 それが気持ちよくて「ふあっ」とあくびをこぼしながら、触れる手の温もりにまどろむ。

 そっか、私……昨日、なっちゃんの看病をしながらここで眠っちゃったんだ。

 お腹も満たされて、眠くなっちゃったのかも。

「寝グセすげぇし、目もとろーんってしてる」
「んーっ、眠い」
　あくびをして、なっちゃんの顔をぼんやりと見つめた。
　なっちゃんは先に起きていたのか、体を起こして私の髪をなでている。
　なんなんだろう、この朝は……。
　起きたらなっちゃんがいて、優しく頭をなでてくれる。
　きみの"おはよう"を、いちばんに聞けるなんて。
　こんな幸せな朝があっていいのかなぁ……。
　まさか私、まだ夢でも見てるの？
　ふと不安になった私は、自分の頬をつねってみた。
「いたっ」
　痛いじゃん、これ現実じゃん。
「お前、なにやってんだよ」
　あきれながらも、愛しげに私を見つめているなっちゃんに、くすぐったい気持ちになる。
　少し前のなっちゃんなら、ここは容赦なく変人を見るような目であきれていたはず。
　なのに、優しすぎて怖い。
　なっちゃんと話しているうちに、だんだん頭がハッキリしてきた私は、横になったまま彼を見あげた。
「起きてたなら、起こしてくれればいいのに」
　寝顔を見られてたことが、たまらなくはずかしくて、わざと唇を突き出して文句を言う。
「悪かったよ。それよりお前、嫌な夢でも見てたのか？」

「へ？」
　いきなり、なんの話だろう。
　嫌な夢なんて……。
　考えをめぐらせていると、ふと思い出す。
　ほのかちゃんを看取ったときの夢を見ていた。
　夢でも、ほのかちゃんに会えたことはうれしい。
　だけど、二度と会えないという変えられない現実が、今もこの胸を締めつけている。
「ふう、泣いてたんだよ。だから、気になった」
「私、泣いてたんだ……」
　だからなっちゃんは、私の頬をなでていたの？
　きっと、そうにちがいない。
　言葉にはしないけど、なっちゃんは優しいから。
「ほのかちゃんの夢を見たの」
「……そうか」
　それ以上追及することはせずに、なっちゃんはそう言って静かに私の頭をなでていてくれる。
　それが、ありがたかった。
　今なにか聞かれても、なにを伝えていいのかわからずに、ただ泣いてしまうだろうから。
「なっちゃん、私ね、気づいたことがあるんだ」
「気づいたこと？」
「なっちゃんが倒れたときにね、ほのかちゃんが言う"行きたい場所に行って、生きたい人と生きる"には、強い心と覚悟が必要なんだって」

失う痛み、苦しみに耐えられる強い心と覚悟。
　それがなければ、行きたい場所には行けないし、生きたい人と生きることなんて、きっと怖くてできない。
「でも……私は弱いから……」
　そんな強さも、覚悟もない。
　失うなんて、そもそも考えられないんだ。
　なっちゃんがいなくなった世界なんて、想像するだけで体が震える。
　それはまるで、春なんて永遠に来ない、冷たく凍りつく孤独な世界に取り残されるのと同じことだ。
「なっちゃん、私は……」
　ほのかちゃんを失ったときの深い絶望を知ってるからこそ、もう二度とあんな痛みは味わいたくない。
　今みたいに、なっちゃんが私の頭をなでてくれるたび、言葉を交わすたび、なにげない時間を過ごすたびに思う。
　なっちゃんを、絶対に失いたくないって。
　この旅は、もうじき終わりを迎える。
　目的地まではあと１時間ほどで着いてしまうだろう。
　けれど、なっちゃんは、いまだに生きる理由を見つけられていない。
　残り少ない時間の中で、私はなっちゃんが生きたいと思うようなきっかけを、見つけてあげられるだろうか。
　そんな不安が頭の中を支配する。
　自分にできることがなんなのか、わかってないのにこのまま進んでも、見つけられる気がしないんだ。

「今すぐに旅を再開する気にはなれない」
　私の頭をなでてくれている、なっちゃんの手を握った。
　この人の温もりが消えてしまうなんて……絶対に嫌だよ。
「なんつう顔してんだよ」
「だって、このまま進んで旅を終えても、なっちゃんはまだ生きたいとは言ってくれないんでしょう？」
　たぶん、私は今、ものすごく不安な顔をしてるんだろう。
　なっちゃんは心配そうな、私の想いに応えられない、というような複雑な顔をする。
「俺は……っ」
　言いかけた言葉は、苦しげにとぎれる。
「手術を受けなかったら、俺もお前も……いつか離れ離れになっちまうときが来るってことなんだよな……」
　なっちゃんは誰に問うでもなく、繋いだ手を強く握りしめながらつぶやいた。
　なっちゃん、そうしたら私たちは、もう永遠に会えないんだよ。
　ドラマではよく、"死後の世界で幸せになろう"なんてセリフが出てくるけど、私はそんなの嫌だ。
　私はなっちゃんと、この世界で生きたい。
　生きて、幸せになりたい。
　なっちゃんは、そうは思ってくれないの？
「俺たち、目的地に着いたらどうするんだろうな」
　なっちゃんは、迷っているようだった。

私も同じだ。
　無事に旅の終着地点にたどり着けたとして、そこで私たちはなにを得るのだろう。
　どんな結末を望んでいるのだろう。
　ただ、そばにいたい。
　そんな夢を私は……ううん。
　きっと、なっちゃんも抱いてる。
「私たち、このまま進んでもいいの……？」
　今の私たちは、この旅の目的を見失っている。
　こんな不安定な気持ちで進むことが正しいこととは思えない。
　私たちはお互い、迷子のような瞳で見つめ合っていた。

「おはようございます、文さん」
「おはよう、朝ご飯できてるわよ」
　居間に入ると、すぐに文さんが笑顔で迎えてくれた。
　食卓には鮭におしんこ、ほうれん草のおひたし、あさりのお味噌汁が並んでいる。
「わぁ、おいしそう！」
　それを見た瞬間、お腹の虫が鳴りそうになった。
　悩みがあっても、お腹はみんな平等に空くんだなぁ。
　なんて現金なんだろうと考えていると、なっちゃんが文さんの前に出て頭をさげた。
「なにからなにまで、本当にありがとうございます。あの、俺は……」

「夏樹くんよね。体は大丈夫？」
「え、はい……」
　なっちゃんは自己紹介しようとしたんだろう。
　それなのに、すでに文さんが自分の名前を知っていることに驚いているようだった。
「ごめんね、私がなっちゃんのことを話したの」
　お世話になるのに、名乗らないのはさすがに失礼だから。
　そう説明すると、なっちゃんは納得した様子で「そうか」とうなずいた。
「それならよかったわ。ほら、お腹空いたでしょう。座って、座って！」
　文さんに促されて食卓を囲むように座ると、私たちは両手を合わせた。
「いただきます」
「「いただきます」」
　文さんの声につられるように、私たちも声をあげる。
　なごやかな食事が始まった。
　ひと口目に食べたほうれん草のおひたしは、なんだか懐かしいような優しい味がした。
「お母さん……」
　ふと、お母さんが作ってくれたご飯を思い出す。
　文さんの料理とは少しちがうけれど、お母さんのご飯もいつもおいしくて、優しかったな。
　スマホの電源を切っているから、お父さんとお母さんが今どんな気持ちで私を探しているのか、わからない。

きっと、すごく心配しているんだろうな。
「……風花ちゃん、夏樹くん」
　両親のことを思い出して寂しさに溺れそうになっていた私は、文さんに話しかけられて我に返る。
「私の娘は20歳になってすぐに家を出ていってしまったから、ふたりが来てくれてうれしかったわ」
「文さんは、ずっとひとりで暮らしてるんですか？」
　なっちゃんが白米の入った茶碗に手を添えたまま尋ねる。
「そうねぇ……かれこれ15年くらいかしら。でもときどき、娘と孫が遊びにきてくれるから、寂しくはないのよ」
　文さん、娘さんやお孫さんが訪ねてきてくれるのがうれしいんだろうな。
　文さんの屈託のない笑顔を見れば、すぐにわかった。
「何年たっても、どんなに離れていても、親子の絆は切れないものよ」
「あ……」
　核心をつかれたように心臓が跳ねた。
　私はドキリとしながら、ゆっくりと揺れる味噌汁の波紋を見つめる。
　何年たっても、たとえ離れていても……。
　お父さん、お母さんは私を大切に思ってくれている。
　それなのに私は、ふたりの望まない私になりたいと思っている。
　いい子でいられなくなった、わがままな私でも、ふたり

は愛してくれるのかな。
　私がどんな無茶をしても、この絆は簡単に切れないって、信じてもいいの？
　こんなに心配をかけて、ふたりは私がしたことを許してくれるのだろうか。
「それは……この世界でない場所にいても……ですか？」
　すると、ポツリとなっちゃんがつぶやく。
　その言葉の意味は、すぐにわかった。
　なっちゃんは、お母さんのことを言ってるんだ。
　自分のせいで亡くなったと自分を責め続けるなっちゃんの苦しみを想像するだけで、胸が痛くなった。
「そうよ、それがたとえ天国であってもね」
「っ……そう、ですか……」
　それっきり、私たちの間に沈黙が訪れる。
　今、なっちゃんはなにを考えてるのかな……。
　きみにしてあげられることは、なんだろう。
　大切な人を元気にする言葉が、今の私には見つからなかった。
「ところで、ふたりは恋人なの？」
「……え？」
　しばらく続いた沈黙の中に投下されたのは、唐突な言葉。
　私たちが恋人って……。
　そうだったらいいなって思うけど……目の前になっちゃんがいるのに、気まずいよ。
　もうっ、文さんなんてことを言いだすんだ！

心の中で発狂しながら、私はチラリとなっちゃんの様子をうかがう。
「なっ、ちがいますよ！　俺らは、そんなんじゃ……」
　なっちゃん、そこまで即答しなくても……。
　私の片想いであることはわかっていたけれど、正面切って言われると、やっぱり傷つく。
「仲よしだったから、てっきり恋人だと思ったのに」
「はは……」
　私は、悲しい気持ちをごまかすように、曖昧に笑った。
　二度も言わないで、文さん。
　胸が痛くなるから。
　それにしても、仲よしか……。
　文さんの目には、私たちは恋人に映るんだ。
　そのことに、こっそり胸の内で喜んだ。
「そういえば、文さんの旦那さんは……」
　いたたまれなくて話題を変えると、文さんは少しだけ遠い目をして笑みを浮かべた。
　あれ、文さん、どうしたんだろう？
　切ないような、なにかを懐かしむような笑顔。
　その表情の意味がわからなくて首をかしげると、文さんは静かに箸を置いた。
「旦那はね、私を置いて空へと旅立ってしまったわ」
「あっ……そんな、ごめんなさい」
　私、なんて無神経なことを聞いちゃったんだろう……。
　そんな悲しみを感じさせないほど、文さんは明るかった

からわからなかった。
「あら、いいのよ？　こうして、あの人の話ができるのも、ずいぶん久しぶりでうれしいの」
　私を気遣うように微笑む文さんに、少しだけ救われた気がした。
「じつはね、私の旦那はいいとこの家の出だったのよ。私みたいな一般家庭の女との結婚は、周りに反対されたわ」
「それで……ふたりはどうやって結婚したんすか？」
　なっちゃんが身を乗り出すようにして聞く。
　私も、文さんの話には興味があった。
　そういえば、ほのかちゃんとも、こんな風に恋バナしたな。
　ほのかちゃんが遠矢くんのことを話すときも、文さんのように笑っていた。
　人は……大切な人の話をするとき、優しい顔をする。
　それは、誰にでも共通するんだと実感した。
「まさか、駆け落ちとか？」
「ふふっ、風花ちゃん、そのまさかよ」
　ええっ、すごい！
　駆け落ちだなんて、ドラマみたいだなぁ。
「でもね、あの人に家を捨てさせることになるでしょう？　それは、あの人の幸せを奪うことになるんじゃないかって悩んだわ」
　私にも、文さんの葛藤がわかる気がする。
　なっちゃんの幸せを願っているのに、自分のせいで苦し

めてしまっているんじゃないかって悩んでた。
　でもなっちゃんは、ふたりの意思でここまで来たんだって言ってくれたんだよね。
「それは向こうも同じだったみたいでね、自分と一緒にいても苦労をかけるだけだと思ったから、身を引こうとしたって。だけど、求めてしまうのよ」
「求める……？」
　私が聞き返すと、文さんは笑みを浮かべてうなずいた。
「どんな未来も、その人と一緒じゃないと描けないの。自分の生活の中に自然と相手の姿を探してしまうから、本物の恋なのよ。だから、私たちは頭で考えるのをやめたわ」
「それで、駆け落ちしたんすか」
「えぇ、気づいたら後先なんて考えずに、あの人のことだけを考えて飛びだしてた」
　後先なんて考えずに、相手のことだけを考える。
　それほどまでに、ふたりは想い合っていたんだ。
「怖くなかったんですか……？」
　自分の選択で、失うものもあったはず。
　それなのに、どうしてそこまで無我夢中で飛びだせたんだろう。
　私は、いろんな可能性を考えて不安になって……。
　歩き方を、進み方を忘れてしまうことの方が多い。
　だから、知りたかった。
　進んできた道を振り返らずに、歩み続けられる強さの源がなんなのかを。

「私にとっていちばん怖いのは……あの人と生きられないことだったわ」
「あ……」
　それは、私の気持ちと完全に重なっていた。
　なっちゃんと生きられないことが、なにより怖い。
　だからこそ、このまま進むことが怖いのだ。
　なっちゃんは、まだ生きる理由を見いだせていないから、このまま進んでも結末は変わらない。
　なっちゃんは、お母さんへの罪悪感から死を選ぶだろう。
　そんなまっ暗な未来のために、この旅を続ける意味があるとは思えなかった。
「お互いを想うからこそ、私たちは誰も、なにも失わないような円満な幸せを望んでいたわ。でもそれは、綺麗事よ」
「それの、なにがいけないんですか？　相手のことを考えるなら、当然のことだと思うんすけど」
　私も、なっちゃんと同じことを考えていた。
　相手に幸せになってほしいから、好きな人も、その家族も、みんなが幸せでいられる道を選ぶ。
　そうでないと、相手を本当に幸せにできたとはいえないんじゃないのだろうか。
「大団円になるに越したことはないけれど、時には大事なモノと引き換えに、なにかを選択しなければいけないこともあるのよ」
　大事なモノと引き換えに？
　それは、私の場合だったら、家族の想いよりも自分らし

く生きる道を選ぶ、ということだろうか。
　なっちゃんなら、お父さんに心配をかけてまで、危険を伴う旅をしながら、生きる理由を探すことだろうか。
　どちらも、誰かを傷つける選択。
　だけど、私たちがいちばん幸せになれる選択だった。
「捨てたモノに対して、後悔はないんですか？」
　なっちゃんの問いに、文さんは首を横に振る。
「喪失感はあるけれど、後悔はないわ。だって、大好きな人と生きる未来以上に大事なモノなんてないもの」
　その言葉に、ドクンッと心臓が跳ねた。
　ああ、そうか。
　きみと生きること以上に大切なモノなんて、きっとないんだ。
　家族が大事じゃないわけではない。
　けれど、譲れないモノがあったから、私は旅に出た。
　今は、なっちゃんと生きること以外の未来は考えられない。
「だから私は、あの人と一緒に幸せになる道を、ずっと選択し続けたの」
　一緒に幸せになる道を、選択すること。
　そっか、それが、私たちが導きださなきゃいけない答え。
　具体的な答えは、まだ見つからない。
　けど、少しだけ希望が見えた気がした。
「文さん、すげぇ強いっすね」
　いつの間にか砕けてきたなっちゃんの口調に、文さんが

いかに心の優しい人なのかがわかる。
　人に壁を感じさせない、不思議な安心感を抱かせる人だ。
「ふふふ、あなたたちも答えが見つかるといいわね」
「あ……はい」
　文さんは私たちがなにか迷いを抱えてここまでやってきたことに、気づいているみたいだった。
　それをあえて聞かずにいてくれるから、心救われた。
「さぁ、冷めちゃうわね。ほら、たくさん食べてね」
「ありがとうございます」
　そう言って勧めてくれる文さんに、心から感謝した。

　昼間、私はなっちゃんと一緒に文さんのお家の縁側を歩いていた。
　縁側から見える庭には、冬でも青葉をつける木々が植えられている。
　定期的に手入れをしているのか、綺麗に整えられていた。
　空を見あげれば、雲は穏やかな潮風とともに流れている。
「……なんだか、時間がゆっくり流れてる気がする」
　目を閉じて、冷たい風を感じる。
　寒いけど、外の空気を感じられることがうれしい。
　あの籠の中を飛びだして、たくさん外の世界を知れた。
　今は、誰に止められても、籠の中に戻ろうとは思わない。
　この世界の美しさを、知ってしまったから。
「ここまで来るのに、必死だったからな」
　なっちゃんの言うとおり、私たちはひたすらに海を目指

してきた。
　それこそ、休む間もなく。
　病院を出たのは昨日だというのに、こうしてゆっくりする時間は久しぶりな気がした。
「そうだね……」
　どちらからともなく、ふたりで縁側に座った。
　すると、なっちゃんが着ていたジャケットを私の肩にかけてくれる。
「え、なっちゃんが寒くなっちゃうよ！」
　ただでさえ、なっちゃんは病みあがりなのに……。
　本当に、私のことばっかり優先させるんだから。
「お前小さいし、細いだろ？　お前のことだけはちゃんと大事にしねぇといけない気がしてさ」
「あ……」
　"お前のことだけは"という言葉に、胸がズキンと痛んだ。
　自分を蔑ろにするような言い方してるの、なっちゃんは無意識なのかな。
　大切にされるのはうれしいけど、同時に悲しい。
　だって、なっちゃんは私の痛みには敏感に気づいて優しくしてくれるのに、自分のことは大切にしてくれないから。
「私は……なっちゃんが寒い思いをしてまで、優しくしてくれることが……悲しい」
「え？」
　困惑した目つきで、どういうことだと言いたげな表情を浮かべるなっちゃん。

それを見て、やるせない思いが心にのしかかってきた。
「なっちゃんはいつもそう。自分なんてどうでもいい、みたいに言う」
「ふう……」
「不安になるの！　この旅を終えても、なっちゃんが生きたいって思ってくれないんじゃないかって……」
　声を荒らげると、私たちを包む空気に緊張感が走る。
　胸を突きあげてくる感情の波に、涙が溢れた。
「ふう……そうか。文さんの言いたいことがわかった」
　なっちゃんはハッとしたような顔をすると、しみじみとつぶやいた。
「お前は俺がいなくなったら、ひとりでこうやって泣くんだろうな」
　そう言ったなっちゃんの方が、泣きそうな顔をしていた。
　涙を拭うでもなく、私の頬をなでながら見つめてくる。
「俺はお前が幸せならそれでいいと思った……けど、どちらかひとりじゃだめなんだな」
「私たちは、いつも相手だけが幸せになれる方法を探してたんだね。ふたりで幸せになれる方法を選択肢から外してた」
　相手さえ幸せならそれでいいなんて、文さんの言うとおり綺麗事だ。
　いや、自分のエゴだ。
「ずっと走り続けて、焦ってたから見えなかったんだな。本当に大切なモノはなにか、そのためになにを選びとるべ

きなのか」
　なっちゃんの言うとおり。
　私たちはあの場所から逃げるのに必死で、自分自身を見つめ直す時間がなかった。
「私たちには……これからどうしたいのか、こうやって立ちどまって考えたり、休む時間が必要だったんだね」
　今がいい機会かもしれない。
　私たちがなにを想って、残りの旅を続けるのか。
　お互いに知らなきゃいけない気がする。
「ふう、お互いの気持ち言っていかないか？　なにが不安なのか、これからどうしたい……とかよ」
　なっちゃんの提案に、同じことを考えてくれていたのだとうれしくなった。
　私は肯定するように、強くうなずく。
「なっちゃん……そうだね、じゃあ……」
　ふたり、肩が触れ合うほどの距離。
　今は自分の気持ちと向き合って、ありのままを話したいから、あえて視線は空へと向けたままにした。
「私は、このまま前に進むことが怖い……かな」
「ん……」
　彼の相づちが耳に届き、私は安心して話を続ける。
「なっちゃんに生きる理由を見つけてほしい。けど、このまま進んだら、それを見つける前に旅が終わっちゃう気がしたの」
　つねに頭の端にチラつく不安。

なっちゃんのことが大切だからこそ、臆病になる。
　なっちゃんのことが好きだからこそ、選択をまちがえたくないと思う。
　あのときこうすればよかったって、後悔したくない。
　だけど、そう思えば思うほど身動きが取れなくなって、どうしたらいいのかわからなくなってしまうのだ。
「俺は……ふうが病室で海の写真見ながら寂しそうな顔をしてるのが、すげぇ切なくてさ」
「うん」
　なっちゃんと初めて会った日のことだよね。
　あのときの私は、行きたい場所があっても、踏みだす勇気がなかった。
　そんな私を連れ出してくれたのは、今、目の前にいるきみだった。
「どんな無茶しても、コイツに海を見せてやろうって、自分なりに決意してここまで来た」
「なっちゃん……ありがとう」
　そんな風に考えてくれてたんだ。
　なっちゃんの気持ちに、胸が温かくなっていく。
　だけど、無茶はしてほしくない。
　だから、その温かさの中に少しだけ、切なさも混じっていた。
「今でも、その気持ちは変わんねぇ。だけど……もうひとつ、旅を続けたい理由が俺にもできた」
「もうひとつの理由……？」

私は空からなっちゃんへ視線を移す。
「あぁ、お前が一緒に探そうって言ってくれただろ。俺の生きる理由を……探すことだ」
　なっちゃんのまっすぐな瞳が私を見る。
　なっちゃんの優しい微笑みが視界いっぱいに広がった。
　トクンッと心臓が高鳴る。
　胸を震わすほどの喜びが、こみあげてきた。
「ハッキリ言ってまだ、母さんへの罪悪感は消えない。けど、ふうをひとりにして泣かせるのは嫌だと思った」
　なっちゃん……。
　そうだよ、私のことひとりにしたら、涙で海ができるくらい泣くからね。
「だから、俺は明確な答えがほしい。俺をこの世界に引き留めるモノが、なんなのかを知りたい」
　なっちゃんが、私をひとりにして泣かせたくないと言う。
　私がきみの生きる理由になれればいいのに。
「だから、俺は旅を続けたい」
「うん、なっちゃんの気持ち、ちゃんと伝わってきたよ」
　包み隠さず告げられる彼の気持ちを、私はくすぐったい気持ちで受けとめた。
　そして、気づいたことがある。
「私たち、お互いのことばっかり考えてたんだね」
「俺たち、お互いのことばっかだな」
　なっちゃんと、声が重なった。
　驚いて見つめ合うと、同時に吹きだした。

「俺ら、すげぇシンクロ率じゃね!?」
「ふふっ、本当だねっ」
　そばにいるだけで、幸せな気持ちになれる。
　こんなにも心が通じ合える人って、いるのかな。
「なぁふう、こんなにお互い想い合ってんだ。どっちかが、犠牲になる道は進みたくねぇよな」
「うん、選んだ道がどんなに険しくても、なっちゃんと一緒がいい」
　何度、なっちゃんを失いそうになって怖い思いをしても。
　私たちは、一緒に幸せになるために前へ進もう。
　だから、私たちの進むべき道は……。
「ふう、一緒に海を見にいこうぜ」
「うんっ、どこまでも一緒に同じ景色を見よう」
　私たちは、このまま進むことを決めた。
　ちゃんと、ふたりで導きだした答えだ。
　笑顔を交わすと、喜びに感極(かんきわ)まった私は泣いてしまいそうになる。
　それを隠すように、空を仰いだ。
「なっちゃんと一緒に見る海は、きっと世界一綺麗なんだろうな～っ」
　わざと明るい声を出してみる。
　悲しいわけじゃない。
　けど、泣いたら、なっちゃんが心配するから。
「なんだそれ、まぁ……わからなくもないな」
「っ、でしょう？」

「ああ、俺もお前と見る景色はどれも……って、お前さ」
 なっちゃんはなにか言いたげに私を見つめると、すぐにあきれたようなため息をこぼした。
「な、なんでしょうか」
 なにを追及されるかは見当がついてる。
 たぶん、また泣いてるのかって言いたいんだ。
 実際には、まだ泣いてないけどね!
 とはいえ、目には涙がたまってるから、なっちゃんはこの意地っぱりって、あきれてるんだろうな。
 なので、私はとぼけながら、なっちゃんにクルリと背を向けるように座りなおした。
「こっち向けよ」
 ほら、来た!
 悪いことはしてないけど、探偵に悪事を暴かれた犯人の気分だ。
「……お断りします」
「お断りすんな!」
 グイッと肩をつかまれてなっちゃんの方を向かされる。
 歪んだ視界を、彼の困ったような笑顔が占領した。
「この、泣き虫が」
「だって、なっちゃんといると安心しちゃって……」
 ずっと、きみになにをしてあげられるんだろうって悩んでたから。
 旅を続けることが、すごく怖かった。
 でも、ひとりで悩んでないで、初めからなっちゃんに話

せばよかったんだ。
　私たちはもう、ひとりじゃないんだから。
「あのなぁ、俺の前でなら好きなだけ泣いていい。お前の泣き顔なんて、これでもかってくらい見てるからな」
「私、なっちゃんの前で泣きすぎだね」
「べつに、他の男の前で泣かれるよりマシだ」
　シレッと爆弾発言をして、なっちゃんは私の涙を親指で拭ってくれる。
　ねぇ、なっちゃん……。
　その言葉の意味を聞いたら、この関係が崩れたりしちゃうのかな。
　もしかしたら、なっちゃんも私と同じ気持ちなのかもしれない……。
　なんて、怖いから聞けないけど……そうだったらいいな。
「出会ってそんなたってねぇのに、俺たちこんなに……」
「こんなに、通じ合ってる」
　なっちゃんの言いたいこと、気持ちが手に取るようにわかる。
　それはたぶん、なっちゃんも同じなんだろう。
　それだけ、私たちの絆が強く深くなったのだ。
「目的地に着いたら、ふうに聞いてほしいことがある」
「え……？」
　突然、真剣な顔でそう言ったなっちゃんの瞳を、驚いて見つめ返した。
　聞いてほしいこと。

今すぐ知りたいような、まだ知りたくないような……。
　そんな、不思議な気持ちになった。
「俺の話、聞いてくれるか？」
「それは、もちろんだよ」
　だって、なっちゃんの話なんだから。
　どんなことでも、それがたとえ私を拒絶する言葉だったとしても、大好きな人の言葉ならちゃんと受けとめる。
「ありがとな」
「ううん……あ、それなら……」
　私も目的地に着いたら、この想いを伝えたいな。
　今はまだ、心の準備ができていない。
　というより、まずは終着点にたどり着いて、きみに生きる理由を見つけてもらう方が先だ。
　私が行きたいと願った場所へ行くことができたら、きみが生きる意味を見いだせたら……。
「そのときは私も、なっちゃんに聞いてほしいことがあるんだ」
　ともに生きていきたい人に、"世界でいちばん好きだよ"と伝えよう。
　後悔などしないように、想いを後回しにしないように。
「おう、ふうの話ならなんでも聞いてやる」
　ふっと笑ったなっちゃんと、自然に両手を合わせた。
　その指が一本一本絡んで、強く握られる。
　冷ややかな冬の風が、今この瞬間だけは温かく感じた。
　たとえ一方通行の想いだったとしても、なっちゃんは

ちゃんと答えをくれる。
　そう信じられるから、怖くても伝えることを決意することができた。
　叶うなら、この手が永遠に離れずにいてほしい。
　この先もずっと、そばにいられたらいい。
　でも、どんな結末が待っていたとしても、きみの幸せを願うことに変わりはないから。
　だから、どこまでも行こう。
　絶対なんてないこの世界で、唯一の"永遠"を見つけるために。

Episode 11：募る想いを胸に

　夕方、私となっちゃんは文さんに恩返しをしようと、もう１日泊まって夕食を作ることにした。
　文さんには居間で休んでもらって、台所には私となっちゃんが並んで立っている。
「コイツの頭を切り落とせばいいんだな」
　なっちゃんの言うコイツとは、金目鯛のことだ。
　私は金目鯛の煮付けと、その頭を使って潮汁を作ろうとなっちゃんに手伝ってもらっているんだけど……。
「よ、よし……任せろ。今すぐにでも、たたき落としてやる」
　カタカタと包丁を持つ手を震わせながら、ありえない高さまで腕を振りあげるなっちゃん。
　あきらかに、彼はこの金目鯛に殺意を向けていた。
「なっちゃん、金目鯛に恨みでもあるの？」
「あぁ？　ねぇよ！」
　普通に話しかけただけなのに、鬼の形相。
　緊張しているとはいえ、こんな顔を文さんに見られたら追い出されてしまうレベルだ。
　顔面偏差値ならぬ、顔面凶悪値100％。
　前よりやわらかくなったと思っていたけれど、単に私がなっちゃんに慣れただけなのかもしれない。
「そんな包丁振りあげちゃだめだって！　切り落としたあとの頭が、もれなく飛んでっちゃうよ」

R指定がつきそうな、グロイ映像を見せられるこっちの身にもなってほしい。
「しかも、顔怖いし」
「うるせぇっ、俺の顔はいつも怖いんだよ！」
　自分で言っちゃった……。
　自覚があったことに驚く。
「目から殺人光線が出てるとか、一度にらまれたら３日後に死ぬとか、思ってるんだろ……」
　思ってないけど、全部誰かに言われたのかな。
　例えがいちいち、具体的すぎる。
　もしかして、なっちゃんは顔が怖いのを気にしてる？
　拗(す)ねたように私から顔をそむけているなっちゃんの横顔は、少し寂しそうだった。
「怖い顔をしてても、なっちゃんは優しいよ」
「なっ、突然なんだよ……」
　うろたえるなっちゃんに、私は小さく吹きだす。
　だって、顔から湯気が噴出しそうなほど、なっちゃんが赤くなってるから。
「ううん、言いたかっただけ」
「あっそ」
　なんでもないような顔で、平静を装うなっちゃんに、胸が激しく鼓動する。
　こういう顔は、私だけが知ってればいいなんて……。
　嫉妬(しっと)深いんだな、私。
　なっちゃんに対する想いが、私にしか見せない表情を見

つけるたびに大きくなっていくのだ。
「ほらなっちゃん、金目鯛の頭はもっと低いところから切っても落とせるから」
「お、おう」
　彼の手に自分の手を重ねて、一緒に金目鯛を切る。
　すると、なっちゃんは2匹目から上手に切ることができた。
「じゃあ、頭は金目鯛の潮汁にするから、こっちに」
「はい……」
　昆布だしと調味料を沸騰させた汁の中へ、金目鯛の頭を入れる。
　白髪ネギ、三つ葉、柚子、酢橘に蕪……。
　おいしそうな野菜が合わさって、それだけで食欲がそそられた。
「金目鯛の体は、かわいそうだけど煮付けにしよう」
「ん、あぁ」
　お酒をちょっぴり入れて、その中で砂糖を溶かす。
　その過程を、なっちゃんは食い入るように見つめていた。
「なっちゃん、どうしたの？」
　さっきから、「おう」とか「あぁ」としか返事がない。
　不思議に思った私は、残りの調味料を鍋に投入して金目鯛を煮付けると、固まっているなっちゃんを見あげた。
「いや、手際いいなと思って。俺は今、初めてギャップ萌えの意味がわかった気がする……」
　ボソリと言うなっちゃんに、私は首を横にひねる。

それって、褒められてるの？　けなされてるの？
「私って、料理できなさそう？」
　それはそれで、ショックかも……。
　料理、人並みにはできるつもりなんだけどな……。
　部活や友達と遊びにいくこともさせてもらえなかった私は、家の手伝いばかりしていた。
　そのかいあってか、高い家事スキルだけが身についている。
「いや、そうじゃねぇって！　箱入り娘の印象強くてよ、意外だったんだ」
　しょんぼりしていると、なっちゃんがあわてて弁解しはじめる。
　内容的にはあまりフォローになっていないけれど、その気遣いがじわりと胸に染みわたる。
「いいよな、こういう家庭料理作れる女って」
「えっ……？」
　なに今の、空耳!?
　なっちゃんが、私のことイイ女って言わなかった？
　テンションがあがり、その場で小躍りしそうになるのをグッとこらえた。
「そ、そうかなっ」
　あくまで普段どおりに答える。
　でも、内心ものすごくうれしい。
　好きな人から褒められると、舞いあがりそうなほど幸せな気持ちがこみあげてくる。

きみへの好きが、溢れてしょうがない。
　理由もなく、ジタバタしたくなる。
「なっ、一般論だからな」
　自分の発言の大胆さに気づいたのか、なっちゃんは言い訳をしてくる。
　そのあわてようを見ていたら、可愛い人だなと笑ってしまった。
「うんっ……ふふふっ」
　うれしそうな顔をする私を見て、顔を赤くするきみ。
　自分の言った言葉に、今さら照れてるんだろう。
「おい、なんで笑ってやがる……」
「だって、なっちゃん顔がまっ赤なんだもん」
　でも、ドキドキさせたなっちゃんが悪いから、しばらくはからかっちゃおう。
「笑うな！」
「ゆでダコみたい〜っ、あははっ」
「……ふうのくせに、調子乗んな」
　なっちゃんに、ジトリとにらまれる。
「さ、そろそろ味見の頃合いかな〜？」
「おい、無視すんなよ」
　にらまれても、全然怖くないもんね。
　私は素知らぬ態度で料理に集中しているふりをする。
「うん、すっごくダシが効いてる！」
「このやろう、俺の話を聞け！」
　ははは、怒ってる怒ってる。

いつもクールななっちゃんがあわてている姿は、新鮮で可愛い。
　自分にこんなSっ気があったとは思わなかったけど、もう少しだけ翻弄(ほんろう)されるきみを眺めることにしよう。
　そんな小悪魔的なことを考えながら、料理をする。
　……楽しいなぁ。
　恩返しのつもりが少々ふざけてしまっているので、文さんには悪いけれど……。
　つかの間の休息くらいは、しがらみもすべて忘れていたい。
　私たちが、これからの困難に耐えられるように。

　文さんに手料理を振る舞ったあと、私たちはお風呂を借りた。
　着替えは、娘さんや旦那さんが昔着ていたという浴衣(ゆかた)を貸してもらうことになった。
　文さんは親切に着付けてくれる。
「あらぁ、娘の小さい頃を思い出すわ」
　私が着ているのは、白地に紫(むらさき)の朝顔が描かれた、可愛らしい浴衣だ。
　寝巻き用で、綿生地(めんきじ)の着やすい素材になっている。
「文さん、こんなによくしてもらって、ありがとうございます」
「あらあら、私は楽しかったから。家に来てくれて、ありがとうね」

鏡台の前で浴衣の丈を直してくれる文さんにお礼を伝えると、逆に感謝されてしまった。

見ず知らずの私たちに、こんなに優しくしてくれた文さん。

この出会いがなければ、なっちゃんは無事じゃなかったかもしれない。

私たちの旅は、ここで終わってしまっていただろう。

前に進むために、心を癒やす場所と時間をくれた文さんには、心から感謝している。

「文さんは俺たちの恩人っす。マジでありがとうございました」

先に着替え終わっていたなっちゃんが、私たちに歩みよってくる。

なっちゃんが着ていたのは、紺色の生地に縦縞が入った浴衣だった。

いつもより大人っぽく見えて、ドキンッと心臓が跳ねる。

「さっき着付けたときも思ったけど、夏樹くんは若い頃のあの人にそっくりだわぁ」

文さんは笑いながら、なっちゃんを手招きする。

「少し帯がゆるかったかしら、着崩れてるわね。ほら、あなたも裾を直すからいらっしゃいな」

「あ、すんません……」

文さんは生き生きしながら、私たちの浴衣を直してくれる。

本当に、私たちのおばあちゃんみたい。

あまり自分のおばあちゃんとは交流がなかったから、温かい気持ちになる。
「明日でふたりがいなくなるのは、少し寂しいわ」
「え……」
　なっちゃんが、驚いたように文さんを振り返る。
　それもそうだ、私たちが明日去ることを文さんにはまだ話していない。
　なのに、文さんは迷わず、私たちが明日ここを出ると言いきった。
　どうしてわかったんだろう……。
　私たちは言いだせずにいたのだ。
　こんなによくしてもらって、お世話になるだけなって、ここを出ていくなんて。
　料理を作ったくらいでは、とても恩返ししきれない。
　申しわけなくて、いつ言おうかと今まで悩んでいた。
「でも……風花ちゃんと夏樹くんには、行かなければならない場所があるんでしょう」
　文さんは小さく笑いながら、私たちの顔を交互に見た。
「はい……でも、どうしてわかったんですか？」
　私が尋ねると、なっちゃんの浴衣の裾を直し終えた文さんが頭をなでてくれる。
「なんとなく、今日１日あなたたちを見ていたらね、わかっちゃったの」
　もしかして、昼間縁側から帰ってきたときから、はたまた手料理を振る舞ったあたりから。

文さんは私たちの決意に気づいていたのかもしれない。
「ごめんなさい、文さん」
　私も、文さんと離れるのが寂しい。
　本当のおばあちゃんだったらいいのにって思うくらいに大好きになった。
「人は、どこかで選択しなければいけないときが来るわ」
「文さん……」
「そんなときこそ、自分にとって大切なモノを見失わないで。ふたりが笑って過ごせる道を探してね」
　その言葉には、私となっちゃんへのエールがこめられている気がした。
「ひとりよがりの想いは、もうやめたんで。文さん、安心してください」
　なっちゃんがチラリと私を見て、文さんに答える。
　それが、私と一緒に歩いていくという意思表示にも見えて、うれしくなった。
「頼もしいわね。いつの時代も男は女を守るもの。どんな困難があっても、想いを貫き通してね」
　ポンポンとなっちゃんの肩をたたくと、文さんは静かに部屋を出ていった。
　部屋には、私となっちゃんだけが残される。
　チラリと見あげれば、なっちゃんも同じように私を見ているのに気づいた。
「あっ……」
「なっ……わ、悪い」

目が合った瞬間、私はうつむく。
なんでかな、ものすごくはずかしい。
あんな話を聞いたからか、なっちゃんの目が見られない。
文さんの言う"男が女を守る"っていうのは、あきらかに恋人同士の男女に向けたものだ。
文さんはカンチがいしてるのかもしれないけど、私たちはそんな関係じゃない。
私はなっちゃんが好きだけど、なっちゃんは……。
「明日も早いし、さっさと寝ようぜ」
「あっ、うん」
ふたつ敷かれた布団のひとつに、横になるなっちゃん。
彼が横になったのを確認して、私は電気を消した。
「おやすみ、なっちゃん」
なっちゃんに背を向けるようにして布団に入ると、そう声をかけた。
「お、おう……」
ぎこちない返事。
なっちゃんも緊張してるのかな……。
だとしたら、なっちゃんも私を意識してるってこと？
ああ、私……なっちゃんのことばっかり気にしてる。
布団に横になると、まっ暗な空間に目が慣れてきたのか、天井の木目が見えた。
「ふう、寝たか？」
どれくらいたったのか、沈黙の果てになっちゃんが声をかけてくる。

「ううん、寝てないよ」

　なっちゃんの方へ向き直り、そう答えた。

　なっちゃんの背中を見つめながら、キュッと胸が締めつけられる。

　こんなんじゃ全然、眠れないって……。

　昨日も同じ部屋だったけど、文さんが『男が女を守る』なんて話をしたからかな。

　今日は余計になっちゃんが動く音に、ドキドキしてしまう。

　別の布団とはいえ、同じ部屋で寝るというのは緊張する。

　日に日に、毎分毎秒、きみへの想いが大きくなっているからこそ、きみという存在をより意識してしまう。

「俺……ちゃんとふうのこと、守るからな」

「え……？」

　それって……どういう意味？

　突然そう言ったなっちゃんが、私の方を向く。

　暗闇の中で、目が合った。

「なんか、ちゃんと言っておきたくてよ」

「なっちゃん……」

　ドキドキと心臓が早鐘を打つ。

　あぁ、どうしよう……。

　今すぐなっちゃんに触れたい、もっと近づきたい。

「私にも……なっちゃんのこと守らせてね」

　守られてるばっかりは嫌だよ。

　大切な人のこと、私だって守りたい。

もちろん、なっちゃんに比べたら弱いし、頼りないとは思うけど。
　せめて、その心は守らせてほしい。
「ふうは、いつだって俺のこと守ってくれてるって」
「え、そうかな？」
「くじけそうになったとき、ふうを見てるとさ……なんかな、がんばらねぇとって力が湧いてくる」
　そう言ったなっちゃんの眼差しは、限りなく優しい。
　私も同じ。
　なっちゃんの存在が、私に前へ進む勇気をくれるんだよ。
「なぁ、ふう」
　なっちゃんが、私に手を伸ばす。
　この手が……いつも、私を導いてくれる。
　私の大好きな、なっちゃんの手だ。
「なっちゃん……」
　伸ばされた手を握り返すと、指を絡ませるように繋ぎ直された。
　あぁ、なっちゃんの温もりだ。
　でも、この手だけじゃ足りないって言ったら……。
　なっちゃんは、どう思うかな。
「ふう、来いよ」
「えっ……？」
　答えを言う前に、強く腕を引かれた。
　瞬く間に、私はなっちゃんの腕の中へとおさまる。
「どうして、なっちゃん……」

なんで私のこと、抱きしめてるの？
　混乱している私を、なっちゃんは有無を言わさない強さで懐(ふところ)深く抱きこんだ。
「離れてると、さみいんだよ」
「で、でもっ……」
　離れようとすると、それ以上の力でなっちゃんの腕が私の体を押さえこむ。
　なっちゃんは暖取りのつもりかもしれないけど……。
　こんなの、私の心臓がもたないっ。
　パニック状態の私を落ちつかせるように、後頭部をなでるなっちゃん。
「でも、はいらねぇ。いいからそばにいろ」
「うぅっ……はい」
　なっちゃん、急にどうしたんだろう。
　なんで、こんな強引なの。
　嫌なわけじゃないけど、理由がわからないと不安になる。
　私だけが好きで、ドキドキしてるなんて寂しいから。
「ずっとそばにいたからよ、少しも離れたくないっつーか。こんぐらい近くにお前がいないと、変な感じなんだよ」
「そそっ、そうなん、だ……」
　どうしよう、なっちゃんの話が頭に入ってこない。
　だって、それ以上にドキドキして……苦しい。
「ふう」
「う、うん？」
　なっちゃんが私の髪を指で遊びはじめて、ついに心臓が

爆発しそうになった。
「俺……こんなに大事だと思える女に会ったのは……生まれて初めてだ」
「え……」
　まるで、私のことが好きみたいな言い方……。
　こんなこと言ったら、自意識過剰って思われるかもしれないけど。
　でも、なっちゃんの言葉の端々、仕草のひとつひとつに、私がなっちゃんに向ける想いと同じモノを感じるんだ。
「すげー安心する……離れたくねぇって思う」
「なっちゃん……私も同じ気持ちだよ」
　私も、きみと離れたくないって思う。
　この旅が終わっても、ずっとずっときみのそばにいたい。
「そばにいて……」
「ああ、約束……」
　そう言ったなっちゃんの声はだんだん小さくなって、私の頭をなでる手の動きもゆるやかに止まった。
　なっちゃんが眠ったのだと気づく。
「なっちゃんは、ずるいなぁ」
　言いたいことだけ言って、寝ちゃうんだから。
　私もね、きみに伝えたいこと、たくさんあるんだよ。
　だけど、今はこの時間を大切にしたいから……。
「なっちゃん、おやすみ」
「おや……す、み……」
　寝言で返事をしてくれるきみに、愛しさが増した。

おやすみ、なっちゃん……いい夢を。
なっちゃんの寝顔を見つめて、私もまぶたを閉じる。
目的地に着いたら、全部伝えるね。
きみが、大好きだってこと……。

◇最終章◇

Episode 12：終着地点

　遠くに鳥のさえずり、波の音が聞こえる。
　まぶたににじむ光のまぶしさに導かれて、ゆっくりと目を開けた。
「んっ……う？」
「おはようさん」
　目を開けると、視界いっぱいになっちゃんの顔が広がる。
　横たわったまま、彼もまだ眠そうに私を見つめていた。
「おは、よう……」
「おう、まだ眠そうだな」
　少しだけ上半身を起こし、布団に片肘をついて笑うなっちゃんが、私の頭をなでてくる。
「それ、だめ……」
　あぁ、また眠っちゃいそう。
　なっちゃんに頭なでられるの、気持ちいいんだよね。
　簡単に夢の世界にさらわれそうになってしまう。
「ふにゃ……」
「おいおい、寝るなよ」
「んー……すぅ」
　目を閉じようとする私に、なっちゃんが苦笑いするのが、なんとなく空気でわかった。
「ったく……この無防備が」
「んー？」

なっちゃんがなにか言ってる。
　あぁでも……眠くて仕方ない。
　昨日はなっちゃんにドキドキしっぱなしだったのに、今はこんなに安心しちゃうなんて、不思議だ。
「起きろ、ふう」
「ふぁい……」
　起きろなんて、鬼畜(きちく)だ。
　こんなに眠いのに、無理だよー……。
「……本当に、ほっとけねぇよ。仕草のひとつひとつ、可愛すぎんだよ」
　その声に導かれるようにして、私は重いまぶたを持ちあげる。
　目覚めて１秒、なっちゃんとバッチリ目が合った。
　その瞬間、彼はギョッとした顔をする。
「おまっ、起きてたのかよ？」
　目の前であわてているなっちゃんに首をかしげる。
　なっちゃん、なんでこんなにあわててるんだろう。
　しかも、顔が赤い。
　昨日見たタコさん再登場って感じだ。
「なっちゃん、どうしたの？」
「……んだよ、聞こえてなかったのか？」
　私の反応を見て、落胆と安心が混ざったようなため息を漏らすなっちゃん。
　そういえば、なっちゃんなにか言ってたな。
　さっきまで覚えてたのに、うーん……思い出せない。

「聞こえてはいたんだけど、寝ぼけてたからなぁ」
「いや、覚えてないなら忘れとけ」
「でも……」
　すっごく、気になる。
　なっちゃん、なんで忘れとけなんて言うの。
「うん、なおさら気にな……」
「わ、す、れ、と、け」
　ものすごい形相で、念を押された。
　これは、恐喝では？
　朝から、ちがう意味で心臓に悪い。
「……了解しました」
「よろしい。ほら、起きんぞ」
　先に布団を出たなっちゃんに続いて、私も起きあがる。
　すると、肩からするりと浴衣がはだけた。
「わわっ」
「俺、向こうで着替えて……って、お前っ!?」
　立ったままこちらを振り返ったなっちゃんが、私の姿を見て大声をあげる。
「わぁーっ、見ないで！」
　お、遅かった……あとワンテンポなっちゃんが振り返るのが遅ければ、見られなかったのに。
　って、早く隠さなきゃっ!!
　私は浴衣を手繰り寄せて前を合わせると、なっちゃんを見あげる。
「ご、ごめんね……」

「いや、俺の方こそ悪い……っ、あとでな」
「う、うん」
 その悪いって、見たことに対しての謝罪だよね？
 会話もぎこちないし、なっちゃんも照れてるんだろうか。
 あぁっ、はずかしい。
 赤面してうつむくと、なっちゃんがそそくさと逃げるように部屋を出ていく。
 襖がシタンッと閉まる音を聞きながら、私は目の前の布団に埋もれたい気分になった。

「「文さん、お世話になりました」」
 文さんのおいしい朝食をいただいてから１時間後。
 私たちは玄関の前で文さんに頭をさげる。
 ２日間、文さんには家に泊めてもらうばかりか、食事まで作ってもらって、本当にお世話になった。
「また、顔を出しにきてね。年寄りは寂しがり屋なのよ」
「きっとまた……ううん、絶対に来ます」
 また、ここに来られる。
 そう信じても、いいよね？
 なっちゃんを見あげると、強くうなずき返してくれた。
「本当にありがとうございました、文さん。次に会ったときは、あらためてお礼させてください」
「なっちゃん……」
 きみが未来を語ってくれることが、すごくうれしい。
 私が笑うと、文さんも私たちを見て微笑んでくれた。

「行ってらっしゃい。風花ちゃん、夏樹くん」

 文さんの笑顔に見送られて、私たちはバイクに跨る。
「ふう、それじゃあ……最後のひとっ走りだな」
「うん、どこまでも一緒だよ」

 ギュッと、なっちゃんの腰に腕を回して抱きつく。

 絶望ばかりを見せるこの世界で、永遠、希望、奇跡なんて見いだせなかった私たち。

 だけど、あきらめかけていた夢のありかを……光ある未来を探して、ここまでやってきた。
「あぁ、なにがあっても、ふたり一緒にいられる道を探す。俺の道に、ふうがいない選択肢なんてねぇーからな」

 きっと見つけられる、なっちゃんと一緒なら。

 それに、なっちゃんはもう、生きる理由をつかみかけているのではないだろうか。

 だって、旅に出たときに比べて、きみは自然に私と生きる道を探してくれてる。

 また会おうという約束を、遠矢くんや店長さん、若菜さんや文さんとしてきた。

 ねぇ、気づいてる?

 きみは、生きようとしてるんだよ。
「なっちゃん……うん、うれしい」

 早く、自分の生きたいという気持ちに気づいてほしい。

 私、何度でもきみに言うから。

 私と一緒に生きてって。
「んじゃ、行こうぜ」

「うん‼」
　──ブロロロロッ‼
　波音さえかき消すほどのエンジン音とともに、力強く走り出したバイク。
　風が髪を巻きあげて、まるで自分が風そのものになったかのように錯覚する。
　このまま、なっちゃんとどこまでも行ける。
　不安もなにもかも吹き飛ばして、今はワクワクした気持ちだけが私たちを突き動かしていた。

　海沿いをバイクで走ること１時間半、ようやく目的地へとやってきた。
　バイクをおりた私たちは、潮風に吹かれながら砂浜へとおりる。
「やっと、たどり着いたんだな……」
「本当に、ここまで来たんだね……」
　まだ信じられない気持ちで、海に囲まれた周囲１kmほどの小さな島を見つめる。
　……数日前までは、雑誌の海に憧れているだけだったのに。
　ああ、本当に夢が叶ったんだ！
　距離にして120km。
　病院という白亜の籠の中に囚われていた私たちにとっては、長く遠い旅だった。
　潮風が冷たい冬でも、ちらほら観光客がいるのが見える。

「ふう見ろよ、おみやげ屋がある」
「本当だ、行ってみようよ」

　差し出された手に、自分の手を重ねる。

　いつの間にか、こうして手を繋ぐことが当たり前になっていた。

　なっちゃんと一緒にいれば、これからふたりだけの当たり前が増えていくのかもしれない。

　そんなことを思いながら、私たちはふらりとおみやげ屋に入ってみることにした。

「いらっしゃいませー！」

　店員さんの明るい声に迎えられながら、私たちはお店の中を歩く。

　商品棚には海にちなんで、魚の人形や貝殻(かいがら)のキーホルダーが並んでいる。

　なんだか、普通に観光に来たみたい。

「あ……」

　ふと、並んだ人形のひとつに目がとまる。

　ツッコミを入れずにはいられない、鋭い目つきのサメの人形だ。

　それが、ドストライクになっちゃんに似ている。

「ぶっ、ははっ」

　店内だというのに、耐えきれず吹きだしてしまった。

　まさか、ここまで精巧(せいこう)に、なっちゃんの凶悪な表情を再現した人形があるなんて！

「ふう、てめぇ……それ、俺に似てるって思っただろ」

「すごい！　なんでわかったの!?」
「すごい、じゃねぇ。顔に書いてあるんだよ！」
　なっちゃんは私のほっぺをムギュッと引っぱって、人形と同じくらい怖い顔をした。
「いひゃいっ、だって……ははっ」
　なんか、この顔がツボに入ってしまった。
　すると、なっちゃんは苦い顔をする。
「俺、そんな凶悪な顔してねぇだろ？」
「ぷはっ」
　なっちゃんの手から逃れて人形を手に取り、まじまじと見つめる。
　……やっぱり笑いがこみあげてきた。
「ふふっ」
「ツボに入りやがったな……」
　ポカッと頭を軽くたたかれる。
　見あげて笑ってみせると、なっちゃんは仕方ないなとでも言いたげに笑い返してくれた。
　私は、なっちゃんのこの笑い方が好きだ。
　大切でしょうがないって気持ちが、伝わってくる気がするから。
　それを見られるのは私だけの特権に思えて、幸せな気持ちになる。
「ったく……あとで覚えてろよ」
　そう言って、私から離れるなっちゃんの背中を見つめる。
　なっちゃん、本当に大好きだよ。

私も気持ちを伝えるから、あとで覚えててね。
　そんな強気な言葉を、心の中で言ってみる。
　人生初の告白に、緊張がないわけじゃない。
　でも、それ以上に、ようやくきみに言えるって気持ちが勝っていた。
　これから待つふたりの未来への答えに、期待と不安を胸に抱きながら、私は人形を棚に戻す。
　すると、なっちゃんがレジに並んでるのが見えた。
「おみやげでも買ったのかな？」
　あまり気にもとめず、入り口でなっちゃんを待つ。
　すぐに、買い物を終えたなっちゃんが戻ってきた。
「なんかいい物があった？」
「まあな、そろそろ行くか」
　先に歩きだした彼の後を、あわてて追いかける。
　それに気づいたなっちゃんが、私を振り返った。
「ほら、行こうぜ。行きたかった場所に」
「うんっ」
　伸ばされた手を、迷わずにつかむ。
　なっちゃんの手に引かれながら、ふたりで足場の悪い砂浜を進んだ。
　振り返れば、ふたり分の足跡が続いている。
　これが私たちの歩いてきた軌跡なんだ……。
　ザァーッと寄せては返す波の音に、私は目を閉じて耳を澄ませる。
「これが、海……」

光のかげんなのか、ときどきエメラルドの宝石のようにも見える海。
　　私の目に自然と涙がジワリとにじんだ。
「どうだ、ここへ来た感想は？」
「なっちゃん……世界には、こんなにも綺麗な場所があるんだね……っ」
　　感動なんて言葉では、言い表せない。
　　ただ気持ちが溢れて、うまい言葉が見つからないんだ。
　　もっとこの景色に触れたい……感じたいっ。
　　いてもたってもいられず、靴を脱ぐ。
　　裸足になった私は、海まで続く砂浜を歩きはじめた。
「すごい、やわらかい砂のカーペットみたい」
　　歩くたびに沈むアイボリー色の道。
　　足の指の間をすり抜けていく砂の感触。
　　感じたことのない、不思議な感覚だった。
　　なっちゃんは、そんな私を優しい眼差しでただ見守ってくれている。
「わっ、冷たい……ふふっ」
　　冷たい海水を両手ですくうと、指先がしびれるほどの冷たさを感じた。
　　冬の海は、こんなに冷たいんだ。
　　あの籠を飛びださなければ、私はこの砂のやわらかさも、海の冷たさも知らずに死んでいたかもしれない。
　　それは、とても悲しいことだ。
「ふう」

「なっちゃん……」
　海水に足をつけた私の隣に、同じように裸足になったなっちゃんがやってくる。
「冷てぇな……ははっ。でも、来てよかった」
「うん、本当だね」
　そばに来たなっちゃんと、自然と手を繋ぐ。
　この人と、ずっとここへ来ることを望んでた。
「なっちゃん、私を連れてきてくれてありがとう」
　なにより、ふたりで無事にここまで来られたことがうれしくて、頬を涙が流れていく。
　まるでまぶしい光でも見つめるかのように、目を細めて私を見るなっちゃん。
「俺も、ふうとここに来られてよかった」
「なっちゃん……」
「お前と出会ってから、俺の生きる理由ってなんだろうってずっと考えてて……」
　そこまで言うと、なっちゃんは海の向こう、地平線へ視線を移す。
　私はその横顔を見あげながら、話に耳を傾けた。
　きみの生きる理由が、見つかってくれていたらいい。
　もしまだ見つからないのなら、ずっとそばにいて一緒に探す覚悟もあるけど。
　なっちゃんの今の気持ちを聞かせて……。
「俺のせいで死んだ母さんのことを思えば、俺にそんなモノ見つけられるわけねぇって思ってた」

お母さんが、自分を産んですぐに死んでしまったことが、なっちゃんの心にはずっと、罪という形で残っていたんだろう。
「でも……泣かせたくない女が、誰かのものになっちまうのが嫌だと思う女ができた」
　そう言ったなっちゃんの視線が、迷わず私に向けられる。
　なっちゃん、それって……。
　向けられる視線の意味を、知りたい。
　怖いけど、ちゃんとあなたの気持ちを受けとめたい。
「俺の手で笑顔にしたいとか、一緒に幸せになりてぇって思える女ができたから……」
　なっちゃんに優しく手を引かれて、また一歩近づく距離。
　今だけは潮風も、そよぐように穏やかに私たちを見守ってくれている。
「それだけで、俺の生きる理由になるとは思わないか？」
「あっ……」
　我慢できずに、両目からボロボロと涙が溢れた。
　喉がつかえて、嗚咽が邪魔して、うまく言葉が出ない。
　だけど、ちゃんと伝えなきゃ……。
　不安げに揺れるなっちゃんの瞳。
　その答えに自信を持ってほしいから。
「うん、立派な理由だよ、なっちゃんっ」
「っ……そうか。それなら、母さんに感謝しねぇとな。母さんが産んでくれたから、俺はお前に出会えた」
　彼の指先が存在を確かめるように、私の輪郭をなぞる。

その手を外側から包むように私は触れる。
「ふう、俺が、目的地に着いたら話したいことがあるって言ったの、覚えてるか?」
「うん、ちゃんと覚えてるよ」
　真剣な目。
　なっちゃんの言葉を聞きのがさないように、しっかり受けとめよう。
　そう決めて、まっすぐに見つめ返した。
「お前が見たことない世界を見に、これからも一緒に旅をしよう」
「なっちゃん……うん、うれしい」
　綺麗なモノを見るときも、知らない世界を探しにいくときも、きみと一緒がいい。
「好きだ……風花。俺と、どこまでも一緒に、生きてくれ」
「っ……なっちゃんっ」
　もう、今すぐにでも心臓が止まりそうなほどにうれしい。
　目の前のこの人が、たまらなく愛しい。
　人は、こんなにも誰かを愛することができるんだね。
「ずっと、この世界のなにも知らずに死ぬことが怖かったっ。ただ、言いなりになるだけの生き方を変えたいって、焦がれてたっ」
　涙で歪む視界。それでも精いっぱいに笑う。
　ドキドキとせわしない心臓。
　これもすべて、生きてる証だ。
　あぁ、私は今、たしかに自分の意思で生きてる。

「なっちゃんが、私らしく生きるための勇気をくれたんだ」
　それって、すごいことだ。
　なにもかもあきらめてしまっていた私に、光をくれた。
　なっちゃんこそ、私の運命の人。
「ふうは出会ったときより、うんと強くなったよな」
「なっちゃんがくれた力だよ」
　なっちゃんがいてくれたから、私は強くなれた。
　私にない勇気、強い意思を持つきみのようになりたいって、憧れていたから。
「私もなっちゃんを守りたいって思ったから、強くなれたんだ」
「ふうの顔を見るとさ、前向きになれる気がすんだよ。だからもう、守ってもらってる」
　なっちゃん……そんな風に思っていてくれたんだ。
　私も、きみのそばにいると安心する。
　笑顔を見ると幸せな気分になる。
　なっちゃんの存在は、どんなに辛いこと、苦しいこと、悲しいことがあっても、私に前を向かせてくれるんだよ。
「この人を幸せにしたい、そう思える人に出会えたのは初めてだよ……」
「ふう……」
　言葉だけじゃ足りないと、見つめ合う。
　すると、なっちゃんが私の手を両手で包みこむように繋ぎなおした。
「私の行きたい場所はなっちゃんのいる場所で、生きてい

きたい人はね……なっちゃん、あなたです」
「っ……ははっ、そうか」
 うれしそうな顔をするなっちゃん。
 私の行きたい場所、生きていきたい人。
 私にとって大切なモノがなんなのか、この旅で気づくことができた。
「大好きだよ、夏樹」
 あだ名じゃなくて、ちゃんと名前を呼んでみたかった私は、はずかしさをこらえながら声に出した。
 なっちゃんは一瞬目を見張って、すぐにふわっと笑う。
「俺も、風花が好きだ」
 大事な言葉だから、ちゃんと名前を呼ぶ。
 それだけ本気なんだって、伝えたかったから。
 なっちゃんも同じ気持ちだったのか、私のことをふうではなく風花と呼んでくれた。
「風花……」
 なっちゃんが静かに、私に顔を近づける。
 その甘い予感に、私はそっと瞳を閉じた。
 きみに、私の持てるものすべてを捧げたい。
 そう思えるほどに、なっちゃんのことが好きなんだ。
「ん……っ」
 触れた唇は、少しだけ乾いていた。
 だけど、優しく包みこむような熱を感じる。
 まるで、この冬の寒さを忘れてしまうような温もり。
 ふいに、鎖骨らへんに冷たさを感じた。

不思議に思って、私はパッと目を開ける。
　すると、なっちゃんの唇も離れていった。
「あれ、これ……」
　自分の胸もとを見れば、貝殻のペンダントがキラキラと光っている。
　えっ、いつの間に！？
　驚いて顔をあげると、なっちゃんは照れくさそうに頬をかいていた。
「悪いな、安物で。なんかふうにあげたかったんだけどよ、身ひとつで来ちまったから」
　そっか、さっきのおみやげ屋さんでこれを買ってたんだ。
　どんな気持ちでこれを選んでくれたんだろう。
　私のためになにかをしようと考えてくれていたことが、すごくうれしいっ。
「クリスマスも近いし……プレゼントだ」
　なっちゃんからもらったペンダントに触れると、言葉にできないほどの愛しさが溢れてきた。
「なっちゃん……」
「ん？」
「っ……本当にっ、ありがと……っ」
　涙が止められそうにない。
　なんで、こんなにうれしいことばっかりしてくれるんだろう。
　これ以上ない幸せに、私はただただ泣き続ける。
「泣き虫……」

また近づくなっちゃんの唇が、私の頬を伝う涙を拭った。
　そして、また私の唇に重なる。
　一度目より深く重なった唇が、ずっと離れていかなければいい、そう願いながら受けとめた。

　想いを確かめ合った私たちは、砂浜で砂の城を作りはじめた。
　私が作りたいと言うと、「子供か」と言ってなっちゃんはからかったけど、なんだかんだ付き合ってくれているから優しい。
「ここでトンネル作るぞ」
「トンネル？　せっかく作ったのに穴開けるの？」
　なんて無謀(むぼう)なチャレンジ。
　私たちが作った砂の城は、砂と水分の割合が悪いのか、やわかった。
　けれど、崩れるのを恐れることなく、なっちゃんは作った砂の城に穴を開けはじめる。
　というか、なっちゃんの方が本気で遊んでない？
　さっきは、からかったくせに。
　それが、なんだかおかしくて笑ってしまった。
「ふふっ」
「おいコラ、なんで笑ってんだよ」
　目ざとく気づいたなっちゃんの抗議の視線が、こちらに飛んでくる。
「なんだかんだ言って、なっちゃんの方が楽しんでるから

おもしろくって」
　私も反対側から穴を掘る。
　すると、なっちゃんはばつが悪そうな顔をした。
「う、うるせぇ、ふうのためにやってるだけだ」
「はいはい」
　本当は楽しいくせに。
　でもそんな、きみのはずかしがり屋なところも好き。
「バカにすんな、ふうのくせに」
「ふふっ」
　ふてくされるなっちゃんを、幸せな気持ちで見つめた。
　なんだか、この時間が終わってしまうのが寂しい。
　この旅がここで終わりなことは、初めからわかっていたのに……。
「…………」
　今日中には、病院に戻る。
　そして、私たちは手術を受けなきゃいけないんだ。
　でも、もし手術中になにかあったら……？
　ふと、そんな不安が頭をよぎってしまう。
　なっちゃんとは、もう二度と会えなくなるかもしれない。
　ズキズキと痛みだす心臓を、そっと押さえた。
「ふう、どうした？」
　手を止めた私を心配してか、なっちゃんが見つめてくる。
「あのね、怖くなって……」
「怖い？」
「うん……」

このまま、病院に戻って手術を受けることが怖い。
幸せを知れば知るほど、失ったときのことを考えて不安になる。
「今までの幸せが、全部消えてしまいそうで……」
きみと歩んだ軌跡も、築いた関係も、なにもかも。
波が砂の城を攫うように、全部なかったことになってしまうのではないか。
そんな悪いことばかり考えてしまう。
「……手術のことか？」
「うん……絶対なんて、ないから……」
いっそ、ここに築いた砂の城に、ふたりで……。
誰にも邪魔されることなく、ずっと一緒にいられたらいいのに。
もちろん、そんなのは幻想でしかないけれど。
「なっちゃんと過ごす時間が、これで最後かもしれないって思ったら……」
この世界でいちばん大切な人を失うことが、自分の命が消えてしまうかもしれないことが……私は怖い。
「ずっとここにいられたらいいのにって、そんなことを考えちゃうんだ。本当に、弱虫でごめんね」
作った砂の城が、いつの間にか波に攫われて崩れるように。
どちらかがその命を終えても、悲しみに浸る間もなく、寄せては返す波にすべて攫われてしまえばいいのに。
なんて、きみと想いが通じ合ったら余計に、弱気なこと

を考えてしまう自分がいる。
「弱虫なんかじゃねーよ。大切なものができれば、誰だって臆病になんのは当たり前だ」
「え……？」
「それだけ大切だから、失いたくないと思うんだろ。俺も同じ気持ちだからわかる。でもな、ふう」
　いつの間に貫通させたのか、トンネルごしになっちゃんは私の手を握った。
「なにがあっても、あきらめるな。あきらめそうになったら、俺のことを思い出せ」
「なっちゃんのこと？」
「そうだ。俺も不安になったら、ふうのことを思い出す。そんで、お前と生きる未来をあきらめねぇから」
　なっちゃん……そうだ。
　もし私が挫けそうになったときは、なっちゃんのことを考えよう。
　大切な人のためなら、心を強く持てる気がするから。
　ありがとう、そう伝えたくて口を開いた瞬間。
　ズキンッ！と、胸に鋭い痛みが走る。
「あっ……うっ!?」
　それは言葉にはならず、うめき声へと変わる。
　心臓に突然、杭を打たれたかのような、想像を絶するほどの痛みに一瞬、意識が飛びかけた。
「うぅっ、あぁ……っ」
　痛いっ、苦しいっ!!

なにこれ、今までのとはちがう痛みだっ。
　すぐに治まるかと思っていた胸痛発作が、長引く。
　どっと汗をかいて、私は胸を押さえたままその場に崩れ落ちた。
「ふう!!」
　砂浜に倒れこむ私を、なっちゃんがあわてて抱き起こす。
　痛みからなのか、怖さからなのか……。
　涙が目尻からこぼれ落ちた。
「ふうっ、ふうっ……しっかりしろ!!」
「あっ……く、うっ……」
　もう、なっちゃんの名前も呼べない。
　どうしよう、意識が朦朧としてきた……。
「大丈夫だ、俺が助けるからっ」
　なっちゃんが私を横抱きにして、走りだす。
　足もとが不安定なせいで、大きく揺れた。
「絶対、死なせないっ」
　なっちゃんが必死に、私のことを助けようとしてくれているのがわかる。
「生きたい……よ、なっちゃっ……」
　なっちゃんと、ずっと一緒にいたいよ。
　私、ここで死んじゃうの？
　そんなの、絶対に嫌っ。
「お前が俺の未来なんだよっ。なのに、置いてくとか絶対に許さねぇから！」
　なっちゃんはあきらめてない。

強く、私との未来を信じてくれている。
「だから、絶対に助け……っ」
　言いかけたなっちゃんの声がとぎれて、とたんに体に浮遊感を感じる。
「ぐっ、うぅ……っ」
　なっちゃんがうめき声をあげながら、地面に膝をついた。
　私を落とさないように抱えたまま、苦悶の表情を浮かべている。
「ううっ……なっ……ちゃん？」
　なっちゃんは震える腕で、私を砂浜に横たえた。
　そして、うつ伏せで隣に倒れこむ。
　私はもう一度名前を呼ぼうとしたけれど、痛みで声にならなかった。
「ぐっ……こんなっ……とき、にっ……」
　なっちゃんは苦しみながら、私を見つめる。
「はぁっ、なっ……ちゃっ……」
　私はなっちゃんに、必死に手を伸ばした。
　お願いっ、なっちゃんに届いてっ。
　腕が重い、頭もボーッとする、胸が痛い。
　どうして、私の体は動かないのっ。
　伸ばした手は何度も砂をかくだけで、くやしくて奥歯を噛みしめる。
「なっちゃ……んっ」
　霞む視界に、苦しんでいるなっちゃんの姿が映った。
　痛みで動かない体は鉛のように重く、私はただただ涙を

流すことしかできない。
「ふ、うっ……ふうっ、ぐっ……」
　なっちゃんも、私に手を伸ばすのが見えた。
　お願いっ……なっちゃんをひとりにしたくないっ。
　その温もりを、感じたいっ。
「ふうっ……ふうっ……!!」
「あっ……」
　なっちゃんと指先がぶつかる。
　それを逃すまいと、なっちゃんが指を絡めた。
　そして、強く手を握り合う。
「あきらめ、るなっ……ふうっ」
「うっ……なっちゃっ……死に、たくないっ……ううっ」
　死にたくない……っ。
　やっと、きみと生きていけるって、そう思ったのに。
　なっちゃんの存在を確かめるように手に力をこめると、強く握り返された。
「なっちゃ……んと、生きて、いきた……いっ」
　なのに、こんなところで終わってしまうのだろうか。
　きみと過ごした幸せな時間が、すべて消えてしまうのだろうか。
「ふうっ……絶対、助けねぇ……とっ」
　助けたいと繰り返すなっちゃんに、私は泣いてしまう。
　私だって、今、目の前にいるきみを救いたい。
　お願い……お願いっ、消えないで!!
　私からなっちゃんを奪わないで、神様……。

「なっちゃ……っ」
　痛みすら感じなくなってきて、意識が遠のいていく。
　すでに感覚のない体で、唯一感じる手の温もりを頼りに、私はなっちゃんの名前を呼んだ。
「わた……し……っ」
「ふうっ……だめ、だっ……目、閉じ……るなっ……」
　なっちゃんの、絞りだすような声が聞こえる。
　私は自分が目を開けてるのか、閉じてるのかすらわからなくなっていた。
　なっちゃんの姿もぼやけて、もう見えない。
「なっ、ちゃん……好き……ありがとう……」
　なっちゃんのことが好きだよ。
　今までありがとう。
　もしかしたら最後かもしれない。
　そう思って、精いっぱい伝えた言葉だった。
「なんでっ、そんなことっ……。ううっ、いくなっ!!」
「ごめ……ん……っ」
　一緒に生きられなくて、ごめんなさい。
　なっちゃんのそばに、ずっといられなくてごめんなさい。
「あきらめるなっ、一緒に生きるん……だろう!?」
「っ……泣か……い、で……っ」
　泣かないで……。
　そう伝えたかったのに、もう声にならない。
　繋いでいたはずの手の温もりも、感じない。
「ふうっ……頼、むっ、そばにいてくれっ……ふう!!」

最後に聞こえたのは、なっちゃんの血を吐くような叫びだった。
　闇に沈んでいく意識の中、どうか、なっちゃんが悲しみませんように、と心の中で願う。
　でもすぐにそれは、綺麗事だと思った。
　本当は今でも……。
　きみと生きたかったって、傲慢なほどに願っているから。
　本当にごめんね、なっちゃん……。
　できることなら、ずっときみのそばで生きていきたかったんだよ。
　ふと、不器用に笑うなっちゃんの姿が目の前に現れる。
　これは、願望が見せた幻だろうか。
　ぼんやりと大好きな人の笑顔を見つめながら、私は眠るように意識を手放した。

Episode 13：見つけた答え

「……でね、遠矢先輩はいつも余裕そうで……って、ふう姉聞いてる?」
　すぐそばで声が聞こえて、私はパチッと目を開ける。
　ここはどこだろう。
　周りを見渡せば、見覚えのある白で統一された部屋に、ツンとする消毒液の匂い。
　夕暮れが照らすここは、私が入院していた病院だ。
「ふう姉ってば!」
「えっ、あっ……」
　名前を呼ばれて我に返ると、私は窓際のベッドに座って誰かと話をしていた。
「ふう姉って、本当にボーッとしてるよね」
「えっと……そうかな?」
　目の前に、ほのかちゃんがいる。
　ああ、また話の途中でぼうっとしちゃってたんだ。
「もうっ、大丈夫?」
　そう言って、私のベッドサイドに腰かけたまま、ほのかちゃんは笑顔を見せてくれる。
「どうしたの、ふう姉?」
「え、ううん……」
　……なにかがおかしい。
　いや、そう思うことこそが、おかしい?

ほのかちゃんが、私のそばにいてくれる。
それを、あんなに必死に願っていたじゃないか。
そう思ってから、あんなにっていつのことだろう、と首をかしげる。
だめだ、考えがなにもまとまらない。
むしろ考えたくないのか、靄がかかったみたいに記憶も曖昧だった。
「遠矢くんの……話だっけ？」
まだハッキリしない頭で、ほのかちゃんに返事をする。
彼の話題を振ると、ほのかちゃんはパッと輝くような笑みを浮かべた。
「そうなの！　私は会うたびに毎日ドキドキしてるのに、遠矢先輩は平然としてて、なんだかくやしくって」
「遠矢くんと……ふふっ、それはくやしいね」
ほのかちゃんと遠矢くんが幸せな世界。
ふたりが手を繋いで笑い合う姿を想像すると、ズキンッと胸が痛んだ。
「な、なに……？」
今、本当に一瞬だけ。
遠矢くんが泣きながら、ほのかちゃんの名前を呼んでいる姿が頭に浮かんだ。
「今のは、なに……？」
どうして、あんな光景が浮かんだんだろう。
考えれば考えるほど、頭痛が増していく。
「ねぇ、ふう姉、このくやしい気持ちがわかる？」

「え……うん、なんとなくわかるよ」
　だって私も、自分だけがあの人のことを好きなんだと感じるたびに、くやしいなって思って……。
「あの人……？」
　私は、誰のことを言ってるんだろう。
　──ズキンッ。
　今度は頭じゃなくて、心臓がズキッと痛んだ。
「ふう姉、どうしてその気持ちがわかるんだろうね」
「え？」
　いつの間にかうつむけていた顔をあげて、ほのかちゃんを見る。
　ほのかちゃんは、意味深に微笑んでいた。
「もしかして、誰かに恋をしたの？」
「恋……」
　そうだ、私、誰かに恋をしたはずだった。
　離れたくないって強く願うほどに、恋焦がれた人がいた。
「そう、私には……好きな人が、大好きな人がいた」
　なのにどうして、思い出せないんだろう。
　頭の中がモヤモヤする。
　今、核心に触れられそうだったのに逃げられた感じ。
「へぇ、ふう姉の好きな人って、どんな人？」
　どんな人……だったかな。
　思い出そうとすると、頭の中に、ふとまぶしいアッシュゴールドの髪が風になびくのが見えた。
『なにがあっても、あきらめるな。あきらめそうになったら、

俺のことを思い出せ』

　ふいに、懐かしい声が聞こえた。
「……不器用な優しさで、私を守ってくれる。私に、勇気をくれる人……」
　言いながら、私の心に温もりが染みわたっていくのを感じた。
『そうだ、俺も不安になったら、ふうのことを思い出して、あきらめねぇから』
　私のことを思い出して、今も生きようと闘っているだろうあの人。
「私を必要としてくれてる……もう、離れるなんてできないくらいに……好きな……人っ」
　うれしさと切なさが同時にこみあげて、頬に涙が伝う。
　どうして、私……今まで忘れちゃってたんだろう。
　こんなにも、愛しい人のことを。
「ふう姉、その人の名前は？」
　なっちゃん……。
　うん、今なら迷いなくきみの名前を呼べる。
「……小野夏樹。私の一緒に生きていきたい人だよ」
「そっか、ふう姉は見つけたんだね」
　そう言って微笑んだほのかちゃんが、私のことを強く抱きしめた。
　そのとき、視界に入ったほのかちゃんの髪がキラキラと輝いて透けていっているのに気づく。
「ほのかちゃん、体が消えかけてるっ……」

私はほのかちゃんの存在を引きとめるように、必死に抱きしめ返した。
　あのときみたいに、ほのかちゃんが消えちゃうっ。
　そこでハッとする。
　……そうだ。
　ほのかちゃんは私の腕の中で、亡くなったじゃないか。
　どうして、忘れてたんだろう。
　この世界に感じた違和感。
　それは、ほのかちゃんの存在だったんだ。
「いいんだよ、私は初めからこうなるはずだったの」
　どんどん存在が消えていくほのかちゃんは、取り乱すことなく私に語りかける。
「私、ずっと心配だったけど……。行きたい場所に行けて、生きていきたい人を見つけられたふう姉なら……」
「ほのかちゃん……っ」
　あぁ、ほのかちゃんは私をずっと見守ってくれてたんだ。
　ここまでの道のりは辛くて、何度もくじけそうになった。
　だけど、ほのかちゃんの言葉となっちゃんの存在があったから、私はあきらめずにここまで来られた。
「なっちゃんと生きていくんでしょう？」
「ほのかちゃん……うんっ」
　私は……あの人と生きていく。
　何度も、あきらめるなって言ってくれた。
　なにを失ったとしても、きみと生きる道を選ぶ。
　でも、なっちゃんは無事なのかな？

目覚めたとき、きみがいなかったらと思うと怖くなる。
　きみがいない世界でなんて、生きていけないっ。
「こんなところにいちゃだめ。未来を恐れないで。早く、大切な人に会いにいかなくちゃ」
　ほのかちゃんの言葉は、痛いほど正論だった。
　私のことを想うからこそ、厳しい言い方をしてくれているんだろう。
「っ……私は、ほのかちゃんのことも大好きだよ」
「うん、知ってるよ、ふう姉」
「たとえ幻でも、会えてうれしかったっ」
　なのに、私がこれから選択するのは、ほのかちゃんのいない現実で生きること。
　それは、この世で最も残酷な選択なんじゃないか。
　泣きながら、ほのかちゃんを抱きしめ返す。
　この温もりをまた失うのだとしても、私は……。
　絶対なんてないこの世界で、都合のいい未来なんて存在しない。
　だからこそ、私は選択しなくちゃいけない。
「ふう姉、またバカなこと考えてる」
「えっ……？」
「優しすぎるふう姉は、いつも誰かの顔色をうかがってた。それで、自分の気持ちを押し殺しちゃうんだ」
　ほのかちゃんの方が、私のことを理解している気がする。
　やっぱり、ほのかちゃんには敵わないや。
「私はずっと、ふう姉の心の中に生きてる。ふう姉が私の

ことを忘れない限り、ずっと」
　私が忘れない限り、ほのかちゃんの存在が……。
「私の心の中に……?」
「ふう姉が不安なときは、いつだって背中を押すから。ほら、ふう姉の行きたい場所はどこ?」
　ほのかちゃんは、私なんかよりずっと大人だ。
　私の何歩も先を歩いてる。
　私が欲しい言葉をくれて、背中を押してくれる。
　この選択は、どちらかを選んで切り捨てるんじゃない。
　ほのかちゃんの想いも、すべて受けとめて進む。
　未来への選択だ。
「私の行きたい場所は、なっちゃんのいる場所……」
「ふう姉の生きていきたい人は?」
「……なっちゃんだよっ」
　言葉にすると、とたんになっちゃんに会いたくなる。
　私の行きたい場所も、生きていきたい人も……。
　世界でたったひとり、なっちゃんだけ。
「もう、ふう姉には白亜の籠も、砂の城も必要ないね」
「え……?」
「幻想はときに幸せな夢を見せてくれる。だけど、いちばん大切なのは、今目の前にいる人なんだよ」
　優しく、ほのかちゃんの小さな手が私の背中をなでた。
「夢、幻に逃げないで。確かな未来を見てほしい」
　ほのかちゃんの言葉が、胸にストンッと落ちてくる。
　それは、今目の前にいる幻のほのかちゃんではなく、なっ

ちゃんと生きる未来を見るべき、ということ。
「だからふう姉、もう私との約束は必要ないね？」
　ほのかちゃんとした、私が後悔しないように生きるという約束。
　それは、私の変わらない現実を変えるための、勇気をくれた約束だった。
「ふう姉の意思で、幸せになるための旅をするの。どこまでも、なっちゃんとふたりで」
　ほのかちゃんから少しだけ体を離して、その顔をまっすぐに見つめる。
「うん……。この命が燃えつきるまで、なっちゃんと一緒に生きていくよ」
　どこまでも大好きな人と、気の遠くなるまで人生という名の旅をする。
　私は彼女を安心させるために強く、自分の意思を言葉にした。
「うん、幸せになってね」
「そのための道を、自分でつかむから……っ」
　今度は私が、あなたに約束する。
　この生涯(しょうがい)をかけて、ほのかちゃんに誇(ほこ)れるくらいに幸せになるって。
「だから見ててね、ほのかちゃんっ」
　涙で歪む視界に、光り輝くほのかちゃんが見えた。
　うれしそうな笑顔。
　最後に見た、私を心配するような顔とはちがう。

彼女らしい、まぶしい春の日差しのような笑顔だった。
「ちゃんと、見届けるよ」
「ありがとう、私の大切で大好きな……っ」
　嗚咽に言葉を奪われた。
　最後くらい、ちゃんと笑いたかったのにな。
　光が、強くなっていく。
　それと同時に、ほのかちゃんの体は窓ごしに広がる茜空と同化するほどに透けてしまった。
　意識が、声が遠ざかる。
　ねぇ、あなたは私の大切な妹で、お姉さんみたいな人。
　ほのかちゃんから放たれた光が、私を優しく包みこんだ。
「ありがとう、私の大切で大好きな……お姉ちゃんっ」
　聞こえてきたほのかちゃんの声に、私は泣きながらそっと微笑む。
　そっか、きみにとっても私は、家族になれていたんだね。
　襲ってくる眠気に、不思議と恐怖はなかった。
　だって、この先に待つのは、本当の意味での目覚めだ。
　私が新しい旅に出るための、はじまり。
　それがわかっているから、安心してまどろみに身を任せることができた。

＊＊＊

「…………」
　まぶたににじむ光に、私の意識はゆっくりと浮上する。

指の先まで感覚が戻ると、私はそっと目を開けた。
「ここは……」
　まだぼんやりとする頭で周りを見渡すと、白い天井や壁、いくつも並ぶベッドの数々。
　鼻につく消毒液の匂いに、ここが病室なのだとわかった。
　でも、どれも見覚えがない。
　今まで私が入院していた病院ではないみたいだ。
　夢の中でも病室にいたけれど、ここはほのかちゃんがいた幻の世界ではない。
　彼女がいない現実で生きると決めた私には、それがちゃんとわかった。
「風花!!」
「よかった、目が覚めたのね!!」
　私の顔をのぞきこむ、お父さんとお母さん。
　ふたりの姿を見たとたんに涙が溢れ、瞬きと同時に頬を伝って流れた。
　私は、帰ってきたんだ。
「ただいま……お父さん、お母さん」
　微笑むと、ふたりも泣きながら横になっている私を抱きしめる。
　最後に覚えてるのは、とてつもない心臓の痛みと、なっちゃんの必死な顔。
　もうだめだと思った。
　けれど、なっちゃんへの想いが私を生かしてくれたのだ。
「風花っ、心配したんだぞ!!」

「ごめん……なさい」
「勝手に病院を抜けだして、お父さんたちがどれだけ心配したと思ってるんだ！　言うことを聞かないから、こんなことに……」
　お父さんは、私の手を握ってくれている。
　私はふたりが大切だし、この世界に産み落としてくれたことをすごく感謝してる。
　だからこそ、もう逃げずに向き合いたい。
「お父さん、風花は昨日倒れて、覚めたばかりなんですよ。休ませてあげ……」
「お母さん、いいんだ」
　私を気遣ってか、お母さんがめずらしくお父さんの話を止めようとする。
　その言葉を、私は首を横に振りながらさえぎった。
　そして、なまりきった体に力を入れて私はベッドに座る。
「風花、あなたは救急車で運ばれて、そのまま緊急手術をしたのよ？　まだ寝てないと……」
「そうだ、お前は本当に危険な状態だったんだ。どれだけ無茶をしたのか、わかってるのか!?」
　病室にお父さんの怒鳴り声が響きわたる。
　それでも、前みたいに言うとおりにしなきゃとは思わなかった。
　そこには、私の意思があったから。
「あのね、ふたりとも聞いて」
　ほのかちゃん、私の中に今もいますか？

なっちゃん……私にあなたのような強さがあるのか、まだわからないけど……。
　でも、なっちゃんと生きる道をあきらめずにいられた。
　それは、今までたくさんのことをあきらめてきた私にとって、大きな進歩だ。
　だから、もう自分の道は自分で決められる。
「私、ふたりに心配をかけたことは申しわけなく思ってる。だけど……病院を抜けだしたことは、後悔してないよ」
　キッパリと、迷うことなくそう言った。
　なっちゃんとほのかちゃんの存在に勇気をもらって、私は大切な両親に向き合う決意をする。
「なっ……お前は、なにを言ってるんだ」
「あのね、お父さん。私はずっと、自分の気持ちを伝えることが怖かった」
　本当は、もっとみんなと同じように外へ出たかったし、手術を受けることも相談してほしかった。
　行きたい場所、やりたいことがたくさんあったから。
「お父さんの言うとおりにしなかったことで、嫌われるのが怖かった」
「風花……あなた、そんなことを考えてたのね……」
　お母さんの言葉に、私はうなずく。
　いつからか、心の中でだけ叫んで押し殺していた。
　言えなかった、本当の気持ちを伝えよう。
「でも、同じ病室だった、私の大切な女の子が亡くなって、この世界には絶対なんてないんだって知って……」

そう、ほのかちゃんが教えてくれた。
　この世界には絶対なんて保証できるものは、なにひとつない。
　だからこそ……。
「行きたい場所へ思うままに行く、生きていきたい人と精いっぱい生きる。後悔しないために、自分の意思で生きていくことが大切なんだって気づいた」
　不思議なくらい、言葉がスラスラと出てくる。
　まるで弁護士になったみたいに、熱弁していた。
「風花……」
　お父さんは、驚いたように私を見つめて、ただ私の話に耳を傾けてくれている。
　だから、この勢いを失わないように話し続けた。
「ふたりの言いつけを破って、病院を出るのは怖かった。けど、私にはどうしても行きたい場所があったの」
「それは、あなたがいつも見ていた雑誌に載ってる海のこと？」
「うん。そうだよ、お母さん」
　私が毎日飽きもせずに見ていたからだろう。
　お母さんは私の気持ちに気づいていたみたいだ。
「お前は、昔から物わかりがよかった。だから、驚いたんだ。お前が自分から、病院を抜けだしたって知って」
「お父さん……」
　私はたぶん、自分で言うのもなんだけど、絵にかいたようないい子だったと思う。

自分の心をだまして、そうなるように演じていたのだ。
「いなくなったと聞いて、まっ先に誘拐だと思った。だが、病院の防犯カメラにお前が抜けだしている姿が映ってるのを見て、思った」

お父さんはそこまで言って、一呼吸を置く。

自分の心の中にある本音を話すのは怖い。

それは、お父さんも同じなのかもしれないと思った。

言葉にすることで変わるかもしれない誰かの目や、失いたくない関係性、お互いに傷つきたくないという保身の気持ち。

たくさんのしがらみが、私たちから本当の言葉を、本来の姿を奪っていく。

でも、時には傷ついても、嫌われることを恐れないで向き合うことが大切なんだ。

そう気づかせてくれた人たちがいるから、私は静かにお父さんの心が決まるまで待つことにした。

お父さんを見つめていると、しばらくして意を決したように口を開く。

「俺は、風花のことをなにもわかってなかったんだ。なにも言わないのをいいことに、お前を追いつめてたんだな」

お父さんはうつむくと、小さな声でそう言った。

胸が締めつけられる。

きっと、私がいなくなったあとのふたりの不安や心配は、私が想像できないほど大きかったはずだ。

「お父さんたちが安心したいばかりに、お前を目の届くと

ころに置き、心も体も縛ってしまった。本当にすまない」
「……っ」
　嘘……。
　厳しくて、いつも自分が正しいって意見を押しつけてくるあのお父さんが、謝るなんて……。
　お父さんは、私のことを頭ごなしに怒ると思っていた。
　けれど、こうやって話せばわかり合えるんだ。
「お父さん、私もこの気持ちをもっと早く、ふたりにぶつけていたらよかった」
　ちゃんと言葉を交わして、伝えるべきだった。
　今回の旅は、それを知るために必要だったんだと思う。
　両親と離れてみて、気づいたこともたくさんあったから。
「私ね、もう自分のことはちゃんと自分で考えられる。これからは、自分の意思で生きる道を決めていきたい」
「風花……」
「ふたりから見たら、私は前よりいい子じゃないかもしれない。けど、今の私を愛してほしい」
　お父さんとお母さんの顔を交互に見れば、ふたりは涙を流しながら何度もうなずいてくれた。
「お前は、お父さんたちが思うよりずっと強いんだな」
「えぇ、私たちは過保護すぎたのね。風花はもう、自分の足で歩いていける大人だった」
　ふたりの温かい眼差しに、ホッとする。
　ちゃんと言えた、私の気持ち。
　ちゃんと伝わったよ……なっちゃん、ほのかちゃん。

「あなたがそんなに強くなれたのは、どうしてなの？」
　突然のお母さんの問いに、私は微笑む。
「それは……」
　私の記憶の中で、アッシュゴールドの髪をした、あの人が微笑んだ。
　そう、私に自由になるための勇気をくれた人。
　そして、最初で最後の恋を教えてくれた人。
「私と一緒に旅をした、男の子のおかげ。あの人がいたから、今の私がいるんだ」
「一緒に砂浜に倒れていたって子ね」
　お母さんには心当たりがあるのか、小さく笑った。
「うん、あの……その子は、今どこにいるかわかる？」
　お母さんの言葉を待つ数秒間、心臓がバクバクと鳴っていた。
　なっちゃんになにかあったらどうしようと、怖くなった。
　でも、絶対にあきらめるなと言ってくれた。
　きっと、きみも無事だよね？
　最後に見た彼の瞳は、未来をあきらめてなかったの。
「あなたとその子は、砂浜から近い別々の病院に搬送されたみたい」
　じゃあ、ここはあの海からそんなに離れていないんだ。
　それに、お父さんとお母さんもここまで駆けつけてくれたんだ。
　別々に搬送って……。
　じゃあ、なっちゃんはどこの病院にいるの？

「だから、その子が今どこにいるのかは、わからないの」
　申しわけなさそうに言うお母さんに、私は絶望的な気持ちになる。
　他人であるお父さんとお母さんに、なっちゃんのことを病院の人は話せないはずだ。
　知らないのも、当然だろう。
「そんな……」
　でも、それじゃあなっちゃんが無事なのか、手術は受けられたのか、どこの病院にいるのか、なにもわからない。
　私、なっちゃんの連絡先も知らないのに……。
　——ガラガラガラッ。
　うつむいていると、病室の扉が開いた。
　顔をあげると、そこにはお医者さんと看護師さんの姿があった。
「目が覚めたんだね」
「はい、おかげさまで……」
「少し、診察するよ」
　そう言って先生は、私の診察を始める。
　その間も、私はなっちゃんのことばかり考えていた。
「風花ちゃんの体は、バイパス手術も無事に終えて状態も安定しています。2週間ほどで退院できるよ。そのあとは定期的に心臓の調子を診ていく必要があるから、今まで入院していた病院を定期受診してね」
「よかったわね、風花ちゃん」
　看護師さんも笑顔でそう言ってくれる。

だけど、私は曖昧に微笑んだ。

なっちゃんの無事がわからないのに、よかったなんて思えない。

でも、今はなっちゃんを信じるしかない。

不安になったら、俺のことを思い出せって言ってたもんね。

きみも同じ不安を抱えて、それでも私が生きてるって信じて待っていてくれてるはず。

そう思っていいんだよね？

押し寄せてくる不安を振り払うように、自分に何度も言い聞かせる。

先生の話なんて、耳に入ってこなかった。

***

2週間後、無事に退院した私は、両親と一緒に元いた病院へと来ていた。

「手術をしても再発の可能性が消えるわけではないので、定期的に受診が必要になります」

私が入院していた病棟の応接室で、担当医の東堂先生が説明する。

そう、私はこれから定期的に受診をしなければならない。といっても、問診や検査がメインらしく、こういったフォローアップはかかりつけ医のいる元の病院に通った方が安心だろうとのことで、手続きに来ていたのだ。

「また、東堂先生に診ていただけるんですよね?」
「ええ、もちろんです」
　お母さんの質問に東堂先生が答える。
　再発の可能性は、手術した病院でも聞かされていたことなので、驚きはしなかった。
　それよりも、ずっと不安なことがある。
「あの、東堂先生。なっちゃ……この病院に入院してた小野夏樹くんのこと、なにか聞いてませんか?」
　先生なら、なにか知ってるかもしれない。
　そんな希望を持って、思いきって尋ねた。
　すると、先生は少しだけ迷うように顎に手を当てる。
「本当は他患者の個人情報は話せないんだけどね」
「そんな……」
　絶望的な気持ちでいると、先生は困ったように笑った。
「風花ちゃんと同じ日に、海で倒れて別の病院で緊急手術を受けたっていう男の子が……」
「……え?」
「つい昨日、ここに通院の手続きをしにきたよ」
　それって、まさか……!
　私は驚いて、弾かれるように顔をあげる。
　先生の顔を凝視すると、おどけるように肩をすくめた。
「その子も、大切な女の子を捜してるみたいだよ」
　鼓動が加速する。
　東堂先生は誰とは言っていないのに、私の頭の中にはたったひとりの顔だけが浮かんでいた。

「クリスマスイブの日、あの場所で待ってるって」
「っ……そう、ですか……っ」
　あの場所、それもひとつしか思い浮かばない。
　私たちの旅の終着地点で、きみが待ってる。
　そう、なっちゃんがここに来たんだ。
　ということは、なっちゃんは無事だったんだね。
「っ……ありがとうございます、東堂先生っ」
　それがわかっただけで目もとが熱くなり、涙がにじんだ。
「いや、単なる世間話だよ」
「ふふっ、はい……」
　先生の立場的に、答えにくい質問だっただろう。
　だけど、こうして話してくれた。
　先生のおかげで、不安が吹き飛んだ気がした。
　なっちゃんも手術を受けたんだ。
　初めは絶対に受けないと言っていた。
　緊急手術だったとはいえ、なっちゃんが生きていてくれて本当によかった。
　彼にも未来があることに安堵すると、全身の力が抜ける。
「風花、大丈夫か!?」
　椅子から転げ落ちそうになった私を、お父さんが支えてくれた。
「あ、うん……ホッとしちゃって」
　なっちゃんが生きてる。
　同じ空の下に、きみがいるのなら、なにも恐れることはないよ。

だって、私がなっちゃんに会いにいけばいい。
　私はもう、自由なんだから。
「お父さん、お母さん。私、これからすぐに行きたい場所があるの」
　私は、お父さんとお母さんの顔を見あげる。
　じつは、今日は12月24日。
　約束の日は今日なのだ。
　いてもたってもいられない。早く会いにいかなくちゃ。
「ふふっ、そう言うと思ったわ」
「あぁ、お前の好きにするといい」
　ふたりには私が言いだすことがわかっていたのか、温かい笑みを浮かべながらうなずいてくれた。
　行きたい場所、生きていきたい人。
　なっちゃん、待っててね。
　必ず、きみに会いにいくから。
　――コンコンッ。
「東堂先生、風花ちゃんに会いたいって子たちがいるんですが……」
　ノックをして扉を開けたのは、看護師のさっちゃん。
　そのうしろで、こちらの様子をうかがっている小さなふたりの姿を見て、私は目を見張る。
「おや、風花ちゃんに可愛らしいお客様が来たようだよ」
「嘘……また会えるなんてっ」
　そこにいたのは、私のもうひとつの家族。
「「……ふう、姉ぇ～っ」」

泣きながら、私のところへと駆けてくる圭ちゃんと愛実ちゃんだった。
「圭ちゃん、愛実ちゃんっ」
　私のそばにやってきて、強く抱きついてくるふたりを受けとめる。
「急にいなくなるなよっ、バカふう!!」
「ごめんね、圭ちゃん……」
　きっと、ほのかちゃんがいなくなってすぐに、私もいなくなったから……不安だったんだろう。
「ふう姉っ、寂しかったっ」
「愛実ちゃん、ごめんね。不安にさせて……」
「いいよ、ふう姉が帰ってきてくれたから。もう、勝手にいなくなったら、だめだよ」
　普段は口数の少ない愛実ちゃんが、めずらしくたくさんしゃべる。
「うん、ごめんね。ありがとう……」
　そんなふたりを抱きしめながら、ここへ戻ってこられて、生きていてよかったと思えた。
「お父さんが、ふたりに風花ちゃんが来ていることを話してくれたのよ」
　さっちゃんが、そう教えてくれた。
　私は驚いて、隣に座るお父さんの横顔を見あげる。
「お父さん、どうして……」
　まさか、お父さんがそんな気を回してくれていたなんて想像もしてなかった。

だって、私が圭ちゃんや愛実ちゃんたちと一緒にいることを、お父さんは快く思っていなかったから。
「お前の大切な人なんだろうと思ってな」
「え？」
「もう、お前の心を縛るようなことはしたくないんだ」
　ぎこちなく笑うお父さんに、私は胸がいっぱいになる。
　お父さんは私のために、変わろうとしてくれている。
　私の心を尊重してくれることがうれしかった。
「ありがとうっ」
　お礼を言うと、お父さんは気はずかしそうに頭をかいていた。
　私は腕の中におさまる圭ちゃんと愛実ちゃんを見つめる。
　まずは、なにを話そう。
　言いたいことはたくさんあるのに、会えた喜びに言葉が出なくなってしまった。
「ふう姉に会いたかったんだぞ！」
「……ふう姉、好き。やっと会えた！」
　言葉を見つけられない私に、ふたりが離れていた分の想いをぶつけてくれる。
　こうして、私の帰りを待ってくれている人がいる。
　それだけで、私は精いっぱい生きなきゃって思うよ。
「圭ちゃん、愛実ちゃん。私……絶対に、またふたりに会いにくるよ。今度は、なっちゃんも連れてね」
　ふたりの顔がパァッと明るくなる。

病気になって、私は普通の人と同じ生き方はできないんだって思ってた。
　だけど……それはちがうね。
　あきらめない限り、希望を持ち続ける限り、夢は叶えられる。
　そう信じられるようになったのは、旅に出て、いろんな人に出会って、私が強くなれたから。
　なっちゃん、あなたの存在があったから、あきらめそうになっても、希望を忘れずにいられたんだよ。
　だから待っていて、なっちゃん。
　必ず、きみに会いにいく。
　家族に認められて、圭ちゃんや愛実ちゃんに会えた。
　そんなひとときの幸せを感じながら、私はそう心に決めたのだった。

Episode 14：きみと築く、永遠の城

　病院を出てすぐ、両親と別れた私はその足でバスに乗る。
　お父さんが車で送ると言ってくれたけど、私が自分の力で行きたい場所だからと押しきった。
　まるであの日、なっちゃんと病院を飛びだしたときの軌跡を追うように。
　——ブロロロッ。
　バスに揺られながら外を見ると、チラチラと雪が降っているのが見えた。
「関東でも雪が降るなんて……」
　もうそんな季節なんだな。
　12月24日、クリスマスイブ。
　恋人たちが愛をささやき合う特別な日。
「なっちゃん……」
　胸もとに輝く貝殻のペンダントを見つめて、遠くにいる愛しい人を想った。
　待ち合わせ時間なんてない。
　残されていたのは、日付と"あの場所"という曖昧な約束だけ。
　もしかしたら、私の想像している待ち合わせ場所がちがう可能性もある。
　けど、もう会えないだろうなんて絶望はしない。
　たとえ一生かかっても、きみを探しだすって決めたから。

バスで駅までやってくると、私は迷わずに電車に乗る。
「人が多いなぁ……」
　電車に乗るのはこれが２回目。
　あのときは、なっちゃんとはぐれて大変だったんだよね。
　誰に命令されたわけじゃないのに、みんなはどこかへと向かってせわしなく動く。
　それが日常で、みんなにとっては普通のことなのに、私にはどれもが新鮮に見えたっけ。
　——ガタンッ、ゴトンッ。
　電車が揺れて、あわてて手すりにつかまる。
「やっぱり、ひとりは心細いな……」
　あのとき、なっちゃんがいてくれなかったら、私はもっとパニックを起こしてただろうな。
　電車に乗りながら、そんなことを考えて、ひとり苦笑を浮かべる。
　でも私、今はひとり旅ができてる。
　きみに会いたい一心で。
　きみへの想いが、私を強くしてくれるんだ。

　電車とバスを乗り継ぐこと約２時間。
　ようやく、"あの場所"の最寄り駅に着く。
「あ、すみませんが……」
　タクシーに乗った私は、行き先を伝えてひと息ついた。
　スマホで到着時間を調べると、15時頃という予測が出た。
　電車とバスを使えば、３時間くらいで着く距離だったん

だと今初めて知った。
　あのときは、なっちゃんが全部ナビしてくれたんだよね。
　今は、初めてのおつかいでもしてる気分だ。
「この寒い時期に海に行くなんて、めずらしいですね」
　スマホを見つめていると、運転手さんが話しかけてきた。
「はい、じつは人と会う約束をしてまして……」
「それはそれは。恋人ですか？」
「ふふっ、はい」
　照れくさいけど、正直に答えた。
　想いが通じ合ってすぐ、離れ離れになった私たち。
　けど、遠くにいても心は繋がってる。
　だからきっと、また会えるよね。
「会えるといいですね」
　運転手さんがミラーごしに微笑んでくれる。
　胸の奥の不安が少しだけ和らいだ気がした。

　10分くらいすると、海沿いの道に出る。
「わぁ……懐かしい……」
　懐かしいってほど、前のことでもないけど……。
　でも、なっちゃんと離れていた２週間ちょっと、それはひどく長い時間のように思えたんだ。
「あ、あの防波堤……」
　窓から見える景色に、記憶の扉が開く。
　防波堤に立って、なっちゃんと月を見あげたときのことを思い出したのだ。

月光が海面に反射して、まるで大地に星空があるみたいで感動したっけ。
　なっちゃんの言っていたとおり、昼間の海はそれ以上に輝いていた。
　私は一生、あの景色を忘れられないと思う。
　なっちゃんは私に、たくさんの初めてをくれたんだ。
「もう少しで着きますよ」
「はい、ありがとうございます」
　運転手さんに返事をしながら、私はなっちゃんとバイクで走った道を見つめて、あの日に思いを馳せていた。

　タクシーに乗ること20分。
　私は旅の終着地点にやってきた。
「あのおみやげ屋さんも、この海も変わらない……」
　3時間かけてやってきた海は、あの日となにも変わらずに美しかった。
　私は裸足で歩いた砂浜に足を踏み入れる。
　このやわらかい砂のカーペットの感触も、潮風の匂いも冷たさも、全部大切な思い出だ。
「あっ……」
　歩きだしてすぐ、見覚えのあるアッシュゴールドの髪に、黒いジャケットを着た長身の男の子の背中を見つける。
　病院を訪ねるのがあと1日でも遅かったら、約束の日には間に合わなかった。
　それでも、奇跡的に私は今日、あの病院できみが残した

伝言を聞くことができた。
　ねぇ、私たちは……。
「やっぱり、離れていても繋がってるんだね」
　きみがあきらめるなと言ってくれたから。
　今こうして、またぬぐり会えた。
「なっちゃん」
　私は、海を見つめるなっちゃんの背中に声をかけた。
　すると、きみは反射的に勢いよく振り返る。
「っ……ふうっ!?」
「そんなに焦らなくても、私はちゃんとここにいるよ」
　そんなこと言って、本当は私がいちばん焦ってる。
　ここまで無我夢中だったから、会ったらなにを話そうとか、そこまで考えていなかったのだ。
　今は、体中を駆けめぐる幸福で胸がいっぱいで動けない。
「風が吹くたび、砂の沈む音を聞くたびに、お前が俺に会いにきたんじゃないかって、何度も振り返ったんだ」
　そんななっちゃんの姿を想像して、うれしくなった。
　それほど、私に会いたいと願っていてくれたんだ。
「今度は本物だよ」
「あぁ、お前の声を聞きまちがうはずねぇからな」
　なっちゃんは、泣きそうな顔で私を見つめていた。
　あぁ、目の前に大好きな人がいる。
　私も、なっちゃんを見まちがうはずなんてない。
　だって、この世界でいちばん愛している人だから。
「来いよ、ふう」

「っ、うんっ!!」
　両手を広げるなっちゃんに、私は我慢できずに泣いた。
　そして、砂浜に足をもつらせながら、その胸へ飛びこむ。
「っ、ふうがちゃんとここにいる……」
「なっちゃんだっ、なっちゃん……っ」
　強く抱きしめられる感覚に、ここが私の帰る場所だと本能で感じた。
　私をこんなに不安にさせるのも、幸せな気持ちにさせるのも、世界中どこを探してもこの人だけだ。
「ふう、俺な……ここで倒れたとき、本気でもうだめかもしれねぇって思ったんだ」
「うん……」
　私もそうだった。
　痛くて、苦しくて、きみが見えないほど視界がぼやけて。
　もう、助からないかもしれないって絶望した。
「でも、いざ死にそうになったら、ふうのことを思い出して、お前を置いて死にたくねぇって思った」
　なっちゃんは震える手で、私の存在を確かめるように強く抱きしめる。
　自分の命を罪だと思っていたなっちゃんにとって、生きたいと強く願えるようになったこと。
　それが、彼の中でどれだけ大きな変化だったのか、私にはわかる。
　なっちゃんが生きたいって思ってくれるたび、私も生きていてよかったって思える。

私たちは、お互いの存在が生きる理由なのだ。
「昔からお袋のために生きろって、そう言われるのが重荷だった。だから親父ともいつも口論になってたけど……」
　入院中、なっちゃんとお父さんの会話を立ち聞きしてしまったときのことを思い出す。
　お父さんは、なっちゃんが大切で仕方なかったんだ。
　だから、少し強引にでも、この世界になんとか引きとめたかったんだと思う。
「でも、大切なモノができた今ならわかる。お前は母さんの命と生きてるって、親父が言ってた言葉の意味が……」
　ほのかちゃんも言ってたな。
　忘れない限り、心の中に生き続けるって。
「俺が母さんの立場なら、愛した人には自分の分まで幸せになってほしいと思う」
　なっちゃんはそう言って、私の頬を手の甲でなでた。
　その手は、私をこの寒空の下で待っていたせいで冷たいはずなのに、温かく感じた。
「お袋が繋いだ俺の命の中に、お袋が生きてる。だからこそ俺は、誰より幸せにならないといけねぇんだな」
　この世界に生まれた理由。
　なっちゃんは、ようやく気づけたんだ。
「そうだね、なっちゃんはお父さんとお母さんに愛されて生まれてきたんだから……」
　なっちゃんの命は、お母さんの犠牲の上に生まれたんじゃないんだよ。

お父さんとお母さんの、愛の証だ。
「だから、俺も親父に全部ぶつけてきた」
「お父さんと話したの？」
　私の問いに、彼は笑みを浮かべて首を縦に振った。
「俺を産んでくれたお袋と親父、それから……」
　なっちゃんの愛しげに細められた目が、私を見つめている。
「好きな女のために、なにがなんでも生きて幸せになってやるってな」
「なっちゃん……」
　好きな女のために。
　それが私なわけないだなんて、もう謙遜はしない。
　きみの想い、ちゃんと届いてるよ。
「お前と出会って旅をして、恋をして……。自分でも気づかないくらい、この世界でやりたいことがあったんだって気づけた」
　なっちゃんの生きたい理由が私なんて、これ以上の幸せがあるだろうか。
「なっちゃん、私も自分の気持ち、お父さんとお母さんに伝えてきたよ」
「そうか……がんばったな、ふう」
　涙目で見あげる私の頭を、なっちゃんが優しく微笑みながらなでてくれる。
「嫌われるのは怖い。だけど、私はもう自分の意思で生きていくって決めたから」

それに、ほのかちゃんとの約束でもあるから。
　私の中に生きるほのかちゃんのためにも、私は幸せになるんだ。
「お前はこれから、自分で選んで行きたい場所に行く、生きたいヤツと生きる」
「うんっ」
「誰にも縛られることはない、自由だ」
　そう、私は自由だ。
　籠を飛びだす翼がなくても、きみと手を繋いで、この足で世界へと飛びだせる。
　その勇気が心にある限り、私は自由なんだ。
「私の生きていきたい人はもちろん、なっちゃんだけどね」
　……後にも先にも、きみだけ。
「それ以外の返答だったら、シメてたぞ」
　そう言って、ワシャワシャと私の頭をなでるなっちゃん。
　彼の頬と耳は、赤く染まっている。
　そんなことを言いながら、本当は照れてるくせに。
「素直じゃないな」
「調子乗んなよ、ふうのくせに生意気」
　口の悪さとは裏腹に、私の頭をなでる彼の手は優しい。
　ほら、素直じゃない。
　でも、そんなきみが好き。
　だから、世界でいちばん私を甘やかしてくれるこの人を、私も幸せにできるように強くなるんだ。
「あのね、なっちゃん。私もね、倒れたときに本当はもう

だめかもしれないって、あきらめそうになったんだ」
「ふう……」
　なっちゃんがあきらめるなと言ってくれたのに、それでも一瞬、怖くて弱気になってしまった。
「でも、ほのかちゃんが私の前に現れて言ったの。未来を恐れないで、早く大切な人に会いにいかなくちゃって」
「ははっ、ほのか……らしいな」
　なっちゃんは、おかしそうに笑う。
　ほのかちゃんがどんな風に怒ったのか、想像がついたんだろう。
　私たちの、大切な人だから……。
「なっちゃんの心の中にお母さんがいるように、私の心の中にもほのかちゃんがいる」
　私は胸に手を当てて、彼女の姿を思い浮かべた。
「俺の中にも、ほのかがいる」
　なっちゃんはそう言って、自分の胸に手を当てた。
　……そっか、私だけじゃない。
　彼女と出会った人たちの心の中に、ほのかちゃんは一緒に生きてるんだ。
「私たちが幸せになるところ、見届けてもらいたいね」
「それなら心配いらねぇよ。俺たちが一緒にいる限り、永遠にこの幸せは続く」
　顔を見合わせて微笑み合いながら、私たちは両手の指を１本１本絡めた。
「ねぇ、なっちゃん」

「ん?」
「また、ふたりで旅に出ようよ。今度はもっと遠く、見たことない世界を見にいきたいな」
　なっちゃんが教えてくれた。
　この世界には、まだ見ぬ美しい景色がたくさんあるんだってこと。
「どこへでも、連れてってやるよ。俺たちは自由だからな」
「うん、私たちは自由だもんね」
　儚く脆い私たちは、絶対なんてないこの世界で、唯一の確かなモノを探しにここへ来た。
　時には辛くて、逃げようと思ったこともあった。
　辛い現実を忘れさせてくれる、幸せな夢だけを見られる幻想の城に。
　そう、それは悲しみも苦しみも、すべては波が跡形もなく攫ってくれる、都合のいい砂の城。
　でも、砂でできた脆い城なんて、すぐに壊れてしまう。
　現実から目をそらすための場所に、未来なんてないのだ。
　私たちはもう、今さえよければいいなんて思わない。
　あなたとこの先の未来も、ともに生きていきたいから。
　絶望ばかりだと思っていたこの世界には、永遠の愛に希望ある未来、奇跡のような出会いに溢れていた。
　永遠、希望、奇跡……あきらめかけていた夢のありかは、あなたのそばにあった。
「あのさ、ふう」
「なっちゃん……?」

なっちゃんの唇が私の唇に近づいた。
　かかる吐息が温かい。
「そろそろ俺、風花に触れてーんだけど」
「あっ……」
　そのストレートな言葉に、顔が熱くなる。
　なっちゃんは満足そうな顔をして、そのままキスをしてきた。
「風花、好きだ……。お前は俺の生きる理由……」
「んっ、私の生きる理由も……夏樹、きみだよ」
　唇を触れ合わせたまま、愛をささやく。
　そう、この不確かで絶対なんてない世界に、唯一ある永遠。
　それは、この熱く灯る想い……あなたへの愛だった。
　もう……幻想に逃げるだけの脆い砂の城は、私たちには必要ない。
「幸せになろうぜ、ふう」
「幸せになろうね、なっちゃん」
　重なる言葉と想いに、私たちは笑う。
　潮風が冷たくても、私たちの心と体は温かかった。
　過去ではなく未来を見つめて、心の中に生きる大切な人とともに、確かな愛とともに、私たちは生きていく。
　これからはきみと、この世界で永遠の城を築いていこう。
　　　　　　　　　　　　　　　　　　　Ｅｎｄ

◇文庫限定番外編◇

After story：旅の続きは、未来に向かって

　なっちゃんと海で再会したあと、高校へは冬休みが明けた１月から通えるようになった。

　もちろん、再発の可能性がまったくないわけではないので、通院しながら。

　それから私は、なっちゃんと同じ大学に行くために、寝る間も惜しんで受験勉強をした。

　入院していたので、みんなより勉強の遅れがあったのと、受験日まで２ヶ月しかなかったからだ。

　猛勉強の末、なんとか志望校に合格することができた。

　３月になり高校を卒業した私は、後は入学式を待つだけになった。

　今は、高校最後の春休みだ。

「ふう、もう出かけるの？」

　玄関で靴を履いていると、お母さんが声をかけてきた。

「あっ、うん！　今日からなっちゃんと旅に出るから！」

　出かける時間、お母さんに言いそびれていたみたい。

　私は苦笑いしながら、そう答えた。

「気をつけてね」

　お母さんは、なにも言わずに送り出してくれる。

　以前の両親なら、誰かと出かけるなんて猛反対していただろう。

　だけど、旅に出たいと話したときも、ふたりは『やりた

いことを、どんどんやりなさい』と背中を押してくれた。
「帰るときに連絡ちょうだいね」
「はーい」
　両親が心配してくれることを、今は息苦しいと思わない。
　あの騒動から、家族の絆はぐんと深まったと実感していた。
「それじゃあ、行ってきます！」
　家を出ると、玄関の前にヘルメットを脇に抱えたなっちゃんがいた。
「よう」
「おはよ、なっちゃん」
　時刻は9時ジャスト。
　私たちはこれから、バイクであの海を目指す。
　ただの旅じゃない。
　あの旅の途中で出会った人たちに、感謝を伝えにいくのだ。
「最初は圭と愛実んとこ行って、それから遠矢と店長たちに会いにいくでいいか？」
　初めは、まだ入院している圭ちゃんと愛実ちゃんに会いにいくことになっている。
　私となっちゃんまで退院しちゃって、ふたりとも寂しがってるかもしれない。
　今日は少しでも不安を和らげてあげられたらいいな。
「うん！」
　なっちゃんにヘルメットを渡され、私は手際よくかぶる。

付き合うようになってから、こうしてなっちゃんのバイクのうしろに乗せてもらうのが当たり前になっていた。
　最初は留め具が外せなかったりしたけど、今では慣れたものだ。
「今日中に文さんのところまで行けるかな？」
　バイクのうしろに跨った私は、前に座るなっちゃんをのぞきこむように声をかける。
「俺たちには、時間がたっぷりあるだろ」
「うん、それもそうだね」
　いつも、明日死ぬかもしれないからって、心のどこかに焦りがあった。
　だけど、手術をしたおかげで、発作が起きて突然死ぬなんてことはほとんどない。
　絶対ではないけど、確率は格段にさがった。
　だから、私たちのペースでゆっくりと、一緒に歩んでいけばいい。
「ほら、ちゃんとつかまってろ」
「はぁーい」
　言われたとおり、なっちゃんの腰に腕を回して、ヒシッと抱きつく。
　それを確認したなっちゃんはバイクを走らせた。

　しばらく走っていると、川沿いに植えられた桜並木が見えてきた。
　桃色の雨を降らせる桜は満開ではないけれど、ちらほら

花を咲かせている。
「綺麗……」
　なっちゃんと一緒にゆっくりお花見するのもいいよね。
　そんなことを考えて、思わず声を漏らすと、バイクがスピードをゆっくりと落として止まった。
「なっちゃん？」
　どうしたのかと声をかけると、ヘルメットを脱いだなっちゃんが私を振り返る。
「寄り道しようぜ」
　いたずらにニッと笑うなっちゃん。
「あ……ふふっ、うん」
　なっちゃんも同じ気持ちだったんだな。
　つい寄り道したくなるような、春の温かい陽気に、美しい桜の花と甘い香りだもんね。
　うれしくてはにかむと、なっちゃんが私のヘルメットを外してくれた。
「もうひとりで脱げるのに」
「俺が世話焼きたいだけだ」
「え……」
　今、なんと？
　なっちゃんは最近、こうしてストレートに甘い言葉をぶつけてくる。
　前は素直になれなくて、よくごまかしてたのに。
　余裕を見せられるたびに、私だけが焦っているみたいではずかしいんだよね。

「悪いか？」
「いえ、悪くないです」
「ほら、おりろ」
　なっちゃんの手を借りてバイクをおりる。
　バイクは道の端に止めて、桜の木の下まで一緒に手を繋ぎながら歩いた。
「春って、あったかいんだね」
「そうだな。病院の中じゃ季節なんて関係ないから、新鮮な気分だ」
　春や夏、秋や冬が来ようと、温度が一定で風もない病院では四季を感じない。
「窓の外に見える世界だけが変わっていって、私たちの時間は止まってしまったような気がしてたな……」
　あのときの、世界に置いてけぼりにされたような、なんとも言えない不安を思い出す。
「でもようやく、俺たちの時間を歩みはじめたんだ」
「そうだね、こうやって季節を感じると実感する」
　私たちはこうして外の世界に戻ることができたけど、あの場所にはまだ、圭ちゃんや愛実ちゃんがいる。
　ふたりにも時の流れを、世界の広さを教えてあげたい。
「私たち、こうしてふたりで春を迎えられてよかったね」
　川のせせらぎを聞きながら、なっちゃんと桜の木を見あげる。
「そうだな。ふうとこうして、一緒にいられてよかった」
　繋いだ手に力がこめられる。

今、なっちゃんが私の隣にいること。
「それだけで、私も幸せだよ」
　私もなっちゃんの手を強く握り返した。
　この人の手を、二度と離さない。
「ばーか、俺たちはもっともっと幸せになんだよ」
「もっと？」
「そう、同じ大学に行って、一緒にバイトして……」
　なっちゃんが言ったことだが、じつは私たち、同じ大学に受かって、春から通うことになっている。
　そして、バイト先はもちろん『KATCHAN BIKE』だ。
　初めてバイトの面接というものを受けたけど、店長さんと若菜さんから即決で合格をもらった。
　両親は心配そうではあったけど、社会勉強になるからと、許してくれた。
「バイト代たまったら、旅行行きたいな」
「海でも山でも、どこでも連れてってやるよ」
「あとは……」
　言いかけた私の頬に、なっちゃんの手が添えられる。
　いきなりのことで、私は目を見張って固まった。
「最初の目標は結婚だな。そんで次は、子供が生まれることで……」
「ええっ!?」
　気が早くないですか、なっちゃん。
　驚きに声をあげる私を、なっちゃんは不満げな顔で見つめてくる。

「大学行ったら変な男がつきそうだし、歳重ねるたびに、お前は美人になってくんだろ？」
　だろ？と言われましても……。
　その質問は、なかなか自分では答えづらい。
「この際だから覚えとけよ？」
「はい、なんでしょうか……」
　あらためて言われると、かまえてしまう。
　なに言われるんだろう……。
　すごまれて、私は身をのけぞらせながらなっちゃんを見つめた。
「この先どんな男が現れようが、俺以上にお前のことを好きなヤツはいねぇから」
　言いきったなっちゃんに、私は唖然とする。
　な、なんという自信……。
　というか、なっちゃんってこんなキャラだったっけ？
「俺はお前となら、地獄の果てまでだって歩いていける」
「それは……私も同じだよ」
　きみとなら、どんな過酷な運命だって乗りこえられる。
　なっちゃんを安心させるように笑えば、そのまま唇を奪われた。
「んっ!?」
「っ……それから、ふうのこと、心も体も全部俺のモノにしたいって思ってるし……」
　もう、なんの話？
　そう聞きたいのに、なっちゃんが話の合間にキスをする

から、私は全然話せない。
「俺以上にふうを求めてるヤツはいないってこと」
「あ、ありがとう……」
「ああ……早く一緒に住みてぇーな」
　なっちゃんが甘えるように私を抱きしめる。
「そしたら、おはようも、おやすみも、俺がお前のいちばんになれんだろ？」
　クールな彼からは想像できないくらいに独占欲が強い。
　付き合ってから、自分で言うのもあれだけど……愛されてるなぁ。
「あとはこうして毎日抱きしめて……」
　なっちゃんの方が背が高いので、私は抱きこまれるとなにも見えない。
　まっ暗な視界の中、なっちゃんの声だけを聞いていた。
「眠そうなふうとか、ご飯をおいしそうに食べてるふうとか、ときどき眺めて……」
「それは怖い！」
　最後の方、ストーカー発言ですよ、夏樹さん。
「なんだよ、不満か？」
　不安げに、ややふてくされ気味に、こぼれるきみの声。
　私はなっちゃんの溺愛ぶりに苦笑いしながら、その背に手を回した。
「ううん、私はなっちゃんが好きだから……」
　不満なんて、あるわけない。
　私はむしろ、そんなに求めてもらえてうれしいくらいだ。

「全部叶えよう、ふたりで」
「ああ、約束な」
　私たちは顔を見合わせて微笑み合う。
　好き、愛しいという気持ちが、きみといると溢れてくる。
「ずっとずっと、ふたりで旅をしよう」
　私はなっちゃんの顔を両手で包みこむ。
　きみさえいれば、どこまでも一緒に行けるから。
「ふたりの未来に向かって、ずっとこの先も」
「ああ、ずっと……な」
　そう言ったなっちゃんの顔がまた近づく。
　私も背伸びをして、きみを迎えにいく。
　もう一度重なる唇に、ひとしずく幸福の涙が流れた。
「ずっと、きみだけを愛してるよ」
「俺も、ふうだけを愛してる」
　なっちゃんが私の涙の痕を親指で拭う。
「んじゃ、名残惜しいけどそろそろ行くか。日が暮れちまうからな」
　差し出された手を見て、私は笑った。
「うんっ、出発進行〜」
　私はご機嫌で、きみの手を取る。
　そう、私たちの旅は始まったばかり。
　これから長い時間、道を一緒に進んでいくから。
　ずっとずっと旅をしよう、ふたりの未来に向かって。

After story・End

あとがき

こんにちは、涙鳴(るいな)です。

このたびは『永遠なんてないこの世界で、きみと奇跡みたいな恋を。』をお手に取ってくださり、ありがとうございました。

この物語は、今まで学校を舞台に描くことが多かった私の作品にはない、旅に出るお話です。

私も主人公の風花のように、自分の気持ちを伝えることが苦手でした。

長女だったこともあり、両親の前ではいい子でいないと、という気持ちがありました。

我慢することも、多かったように思います。

ですが、自分の気持ちを隠すことに慣れてしまうと、本当に望んでいるものがなんなのか、自分でもわからなくなってしまいます。

本当は辛いことがあったりするのに、うまく言葉にできなくなってしまうのです。

ささいなことですが、たとえばレストランに行ったときに、みなさんは自分の食べたいモノを選びますよね。

でも私は、自分のことなのに、なにが食べたいのかわからなかったりするのです。

よく、仲のいい友達から、なにを考えているかわからないと言われることもありました（笑）。
　そういうときは、私自身がいちばん自分のことがわからない状態だったりします。
　自分の意見を言えない環境というのは、本当に恐ろしいなと感じました。

　みなさんの中にも両親が厳しかったり、複雑な環境の中で生活している方もいるかと思います。
　なかなか、自分の思っていることを言えないこともあるかもしれません。
　でもどうか、自分の気持ちを言葉にすることを忘れないでください。
　あれがしたい、これが欲しい、なんでもいいです。
　時には我慢も必要でしょうが、自分の心を見失わないように、友達でも恋人でも家族でも、誰でもいいので伝えてみてください。
　風花を自由にした夏樹のように、苦しい日々から救い出してくれる誰かが、みなさんにもきっといるはずです。

　最後に、書籍化の話をくださった飯野さん、今作の編集を担当してくださった長井さん、本文編集の渡辺さん、スターツ出版の皆様。
　そしてなにより、読者の方々に心から感謝申しあげます。

2018.01.25　涙鳴

この物語はフィクションです。

実在の人物、団体等とは一切関係がありません。

♥

涙鳴先生への
ファンレターのあて先

〒104-0031

東京都中央区京橋1-3-1

八重洲口大栄ビル7F

スターツ出版(株)書籍編集部 気付

涙鳴先生

KEITAI SHOUSETSU BUNKO SINCE 2009

永遠なんてないこの世界で、
きみと奇跡みたいな恋を。

2018年1月25日　初版第1刷発行

著　者	涙鳴
	©Ruina 2018
発行人	松島滋
デザイン	カバー　平林亜紀（micro fish）
	フォーマット　黒門ビリー&フラミンゴスタジオ
DTP	朝日メディアインターナショナル株式会社
編　集	長井泉
	渡辺絵里奈
発行所	スターツ出版株式会社
	〒104-0031　東京都中央区京橋1-3-1　八重洲口大栄ビル7F
	TEL　販売部03-6202-0386（ご注文等に関するお問い合わせ）
	http://starts-pub.jp/
印刷所	共同印刷株式会社
	Printed in Japan

乱丁・落丁などの不良品はお取替えいたします。上記販売部までお問い合わせください。
本書を無断で複写することは、著作権法により禁じられています。
定価はカバーに記載されています。

ISBN 978-4-8137-0389-1　C0193

ケータイ小説文庫　2018年1月発売

『ほんとはずっと、君が好き。』善生茉由佳・著

高1の雛子は駄菓子屋の娘。クールだけど面倒見がいい蛍と、チャラいけど優しい光希と幼なじみ。雛子は光希にずっと片想いしているけど、光希には「ヒナは本当の意味で俺に恋してるわけじゃないよ」と言われてしまう。そんな光希の態度に雛子は傷つくけど、蛍は不器用ながらも優しくて…？
ISBN978-4-8137-0386-0
定価:本体590円+税

ピンクレーベル

『俺が絶対、好きって言わせてみせるから。』青山そらら・著

お嬢様の桃果の婚約者は学園の王子様・翼。だけど普通の恋愛に憧れる桃果は、親が決めた婚約に猛反発！　優しくて、積極的で、しかもとことん甘い翼に次第に惹かれていくものの、意地っぱりな桃果は自分の気持ちに気づかないふりをしていた。そんなある日、超絶美人な転校生がやってきて…。
ISBN978-4-8137-0387-7
定価:本体570円+税

ピンクレーベル

『忘れようとすればするほど、キミだけが恋しくて。』田崎くるみ・著

知花と美野里、美野里の兄の勇心、美野里の彼氏の一馬は幼なじみ。ところが、美野里が中2の時に事故で命を落とし、ショックを受けた3人は高校生になっても現実を受け入れずにいた。大切な人を失った悲しみから立ち直ろうと、もがきながらもそれぞれの幸せを見つけていく青春ストーリー。
ISBN978-4-8137-0388-4
定価:本体590円+税

ブルーレーベル

『永遠なんてないこの世界で、きみと奇跡みたいな恋を。』涙鳴・著

心臓病の風花は、過保護な両親や入院生活に息苦しさを感じていた。高3の冬、手術を受けることになるが、自由な外の世界を知らないまま死にたくないと苦悩する。それを知った同じく心臓病のヤンキー・夏樹は、風花を病院から連れ出す。唯一の永遠を探す、二人の命がけの逃避行の行方は…？
ISBN978-4-8137-0389-1
定価:本体590円+税

ブルーレーベル